Tanja Bechtel-Metzken

Weiße Schmetterlinge

Über dieses Buch

Die Architektin Liliane ist 43 Jahre alt und glücklich, dass sie mit Julia, Marie und Susan etwas geschafft hat, was nur wenige Menschen von sich behaupten können: eine Freundschaft, die seit ihrer Kindheit Bestand hat.
Nach einem gemeinsamen Abendessen der vier Freundinnen unternehmen Liliane und Susan noch einen nächtlichen Spaziergang in den Metzinger Weinbergen. Dabei gesteht Susan unter bitteren Tränen eine Affäre mit Julias Mann Holger. Aufgewühlt von diesem Geständnis fährt Liliane nach Hause. Sie fragt sich, welche Auswirkungen diese Affäre auf ihre Freundschaft haben wird.
Liliane ahnt zu diesem Zeitpunkt noch nicht, wie unwichtig ihr diese Frage schon sehr bald erscheinen wird. Denn noch in derselben Nacht verschwindet Susan spurlos. Zwei bange Tage später wird sie an einem Weiher brutal ermordet aufgefunden. Für Liliane und ihre anderen zwei Freundinnen beginnt ein Psycho-Krimi mit mehrfachen Reisen in die Vergangenheit, die nicht nur an ihren Nerven zehren.
Kommissar Frank Schneider und seine Kollegin Babs Hochdorfer, ein Computer-Ass, aus dem Reutlinger Morddezernat konzentrieren ihre Ermittlungen zunächst auf Holger und Susans Mann Andreas. Sie tappen lange Zeit im Dunkeln und befürchten schon, den Fall in die Schublade der ungelösten Fälle ablegen zu müssen, als ein weiterer Mord geschieht. Der Auftakt einer Serie? Und wer steckt dahinter? Welche Motive hat der Mörder? Erst eine überraschende Wendung löst die Rätsel.

Tanja Bechtel-Metzken lebt in Metzingen. Dieser Ort und seine Umgebung im Ermstal hat sie auch zu ihrem ersten Krimi inspiriert. Außer dem Schreiben zählen Natur und Fotografie zu ihren großen Leidenschaften.

Tanja Bechtel-Metzken

Weiße Schmetterlinge

Ein Psycho-Krimi aus dem Ermstal

Oertel+Spörer

Dieser Kriminalroman spielt an realen Schauplätzen. Alle Personen und Handlungen sind frei erfunden. Sollten sich dennoch Ähnlichkeiten mit lebenden oder verstorbenen Personen ergeben, so sind diese rein zufällig und nicht beabsichtigt.

Titelbild: sombra_de_luna, Fotolia
Umschlaggestaltung + Satz: Oertel + Spörer Verlag,
Bettina Mehmedbegović
Druck und Bindung: CPI books GmbH
Printed in Germany
ISBN 978-3-88627-377-5

Bringen Sie mir bitte noch einen Espresso«, rief Marie dem Kellner freundlich lächelnd zu und widmete sich dann wieder der Runde ihrer Freundinnen, die heftig diskutierte.

Es war ein milder Frühlingsabend. Die Luft war erfüllt von dem Duft der Blüten der Kastanienbäume, die sich ganz in der Nähe ihres Tisches befanden. Sie waren – wie in all den vergangenen Jahren – auch an diesem Abend zu viert. Vier Frauen, die sich seit ihrer Kindheit kannten. Die sich immer wieder, wenn auch unregelmäßig, zu einem gemeinsamen Essen trafen.

Die Emotionen kochten an diesem Abend ein wenig hoch. Das lag sicherlich auch am Wein, aber in erster Linie an den unterschiedlichen Charakteren und Temperamenten der vier Freundinnen.

»Ich kann es nicht fassen, Liliane, dir scheint wohl entgangen zu sein, dass du verheiratet bist!«, fauchte Julia sie an.

Dabei fuchtelte sie aufgeregt mit ihrem Kaffeelöffel in der Luft herum. Lilianes grün funkelnde Augen, die an die Farbe eines Bergsees erinnerten, starrten ihre Freundin überrascht an.

»Meine Güte, Julia, jetzt hör aber auf. Was kannst du manchmal spießig sein!«

»Ach ja, jetzt bin ich mal wieder die Spießerin unter uns, bloß weil ich eine andere Vorstellung von Moral habe als ihr«, konterte Julia mit einem hörbar verächtlichen Unterton.

Liliane fühlte sich von ihrer Freundin zu Unrecht angegriffen und schüttelte unverständlich ihren blonden

Pagenkopf. Sie war genervt und hatte keine Lust, sich mit Julia weiter über einen unbedachten Spruch, der ihr nach zwei Gläsern Rotwein herausgerutscht war, zu streiten.

Was sollte das überhaupt. War Julia allen Ernstes der Meinung, sie hätte vor, Martin zu betrügen? Was für ein Quatsch, dachte Liliane. Ihr Mann und sie kannten sich schon lange und waren seit fünf Jahren verheiratet. Sie hatten wie alle Ehepaare ihre Höhen und Tiefen. Aber Martin zu betrügen, war ihr noch nie ernsthaft in den Sinn gekommen. Den gemeinsamen Sex fanden sie immer noch aufregend und anziehend. Und auch wenn sie sich in vielen Dingen sehr unterschieden, so teilten sie doch den gleichen Humor und konnten immer noch miteinander reden. Äußerlich waren die Gegensätze allerdings groß. Während Liliane sportlich sehr aktiv war und man dies ihrer Figur auch ansah, vermied es Martin eher, sich in der Freizeit körperlich zu betätigen. Trotz seines kleinen Bauchansatzes hatte er für sie jedoch keineswegs an Attraktivität eingebüßt.

Für Liliane war Martin ein absolut bäriger Typ, so wie sie es mochte. Mit seinen 1,92 Metern und der kräftigen Statur überragte er Liliane um einiges. Dabei gehörte sie mit ihren 1,78 auch nicht gerade zu den kleinen Frauen. Mit seinem rötlich-blonden Haarschopf, den sehr hellen Wimpern und Augenbrauen sowie der blassen, leicht mit Sommersprossen gesprenkelten Haut sah er aus wie ein Skandinavier. Sie dagegen hatte einen dunkleren Teint, wohl ein Überbleibsel ihrer brasilianischen Urgroßmutter. Als Kind hatte sie dunkelbraunes, fast schwarzes, langes Haar. Mittlerweile war sie erblondet und ihre Haar um ein Vielfaches gekürzt.

Während dieser Gedanken an ihren Mann und ihre Beziehung zueinander hatte sich Liliane in ihrem Stuhl zurückgelehnt und die Arme verschränkt. Bei ihren Freundinnen erweckte dies den Eindruck, dass sie sich auf stur stellte.

Derweil versuchte Susan, die Situation etwas zu entschärfen.

»Mädels, bitte, es ist so ein schöner Abend, lasst uns doch nicht streiten.«

Abwechselnd blickte sie Julia und Liliane an. Auch Marie mischte sich jetzt ein. Allerdings nicht mit einem so versöhnlichen Unterton wie Susan.

»Jetzt trägst du ja wohl ein bisschen dick auf, Julia! Liliane hat doch nur ein bisschen mit dem Kellner geflirtet, nichts weiter«, versuchte sie Liliane zu verteidigen.

»Ein bisschen mit ihm geflirtet«, flüsterte Julia ironisch. »Der junge Mann ist höchstens fünfundzwanzig und sie hat ihn angesehen, als würde sie gleich hier auf dem Tisch über ihn herfallen. Und dann noch dieses Getuschel, nachdem er unseren Tisch verlassen hatte, von wegen, den würde ich auch nicht von der Bettkante stoßen. Was seid ihr, sechzehn?«

Marie verdrehte ihre großen, braunen Augen.

»Oh du meine Güte, Julia, musst du unbedingt immerzu alles auf die Goldwaage legen. Du und deine geheuchelten, grundsoliden Moralvorstellungen, das ist ja nicht zum Aushalten.«

Julias Gesicht verfinsterte sich zunehmend.

Maries und Julias Freundschaft war ein Phänomen. Eigentlich waren sie nie einer Meinung. Sie hatten schon immer völlig unterschiedliche Vorstellungen vom Leben. Auch ihr Geschmack bei Mode oder Männern war konträr. Aber aus irgendeinem Grund mochten sie sich trotzdem. Vielleicht hatte Marie schon früh durchschaut, dass hinter Julias harter, disziplinierter Schale der berühmte weiche Kern mit viel Herz steckte.

Lilianes Augen wanderten jetzt zu Julia, die nicht müde wurde, weiter mit Marie zu diskutieren. Vor ihr saß eine perfekt gestylte, attraktive Frau von 42 Jahren. Jedes ihrer mahagonigefärbten, kurzen Haare lag exakt da, wo es ihrer Meinung nach zu liegen hatte. Ihre Kleidung war elegant und passte bis aufs i-Tüpfelchen zu den Farbtönen des Make-ups, das sie trug.

Bereits als Teenager war sie sehr ehrgeizig und diszipliniert gewesen. Und sie hatte genaue Vorstellungen, wie die Beziehung zu einem Mann und ein Leben mit ihm sein sollten. Ein Märchenprinz musste es sein. Allerdings keiner, von dem romantische Teenagermädchen üblicherweise so träumten. Julias Anforderungen an einen Prinzen sahen völlig anders aus. Statt schöner Worte und Romantik brauchte sie einen Mann, der ebenso ehrgeizig war wie sie selbst. Ihrer Meinung nach war dies die wichtigste Eigenschaft, um beruflich und finanziell ganz oben in der Liga mitspielen und zu gegebener Zeit eine Familie gründen zu können.

Auf den ersten Blick hatte Julia dies alles erreicht. Sie war seit Ewigkeiten mit einem attraktiven Mann verheiratet, der es beruflich und gesellschaftlich zu etwas gebracht hatte. Holger war Teilhaber einer großen, erfolgreichen Anwaltskanzlei, politisch engagiert und Vorsitzender im Tennisclub. Sie war die starke Frau im Hintergrund. Hielt ihm den Rücken frei, damit er sich ausgiebig um seine Karriere kümmern konnte. Julia organisierte das komplette Familienleben und hatte alles fest im Griff. Die neunjährige Lisa und der siebenjährige Philipp waren absolute Wunschkinder. Nie war ein Wort des Bedauerns über ihre Lippen gekommen, ihre eigene vielversprechende Karriere als Anwältin schon kurz nach dem Jurastudium an den Nagel gehängt zu haben. Julia, die ewige Einser-Kandidatin.

Von außen betrachtet gehörten Julia und Holger eindeutig zur sogenannten Oberschicht und führten ein glückliches Leben in einer perfekten Traumwelt. Wenn man allerdings hinter diese vermeintliche Idylle blickte, fing die Fassade massiv zu bröckeln an. Vor ihrem ach so tollen

Ehemann und liebenden Vater ihrer Kinder war kein Rock sicher. Jeder, der die beiden näher kannte, wusste das und Liliane war sich sicher, dass auch Julia darüber im Bilde war, was ihr Mann, ihr Märchenprinz, so alles trieb.

Und da es im Märchen eben nie heißt, »sie lebten glücklich und zufrieden, nur manchmal bumst mein Prinz eine andere«, musste der schöne Schein nach außen um jeden Preis gewahrt werden. Diese Blöße hätte sich Julia nie gegeben. Für das finanziell abgesicherte Leben mit ihren beiden glücklichen Kindern darin, die das Schauspiel ihrer Eltern noch nicht durchschaut hatten, war sie bereit, auf wahre Gefühle und Liebe in ihrer Partnerschaft zu verzichten.

Lilianes Augen wandten sich nun Marie zu. Sie schaute in zwei große, braune Augen, die zu einem frechen und etwas rundlichen Gesicht gehörten. Die braunen, kurzgeschnittenen Haare, die sich nicht entscheiden konnten, in welcher der vier Himmelsrichtungen sie liegen sollten, unterstrichen ihr lausbubenhaftes Aussehen.

Marie war genauso alt wie Julia, das war aber auch schon das einzige, was die beiden gemeinsam hatten. Sie war ein total chaotischer Typ und immer für irgendeine Spontanaktion zu haben. Sie kleidete sich – trotz ein paar Pfunden mehr auf den Rippen – gerne farbenfroh und auffällig. Marie hielt die Ehe für eine bescheuerte Institution, deshalb lebte sie mit Bernd seit zehn Jahren ohne Trauschein zusammen und hatte auch nicht vor, dies zu ändern. Bernd war ein großer, hagerer und stoischer Typ mit schütterem Haar und einem schon relativ großen Glatzenansatz. Er trug eine Brille mit runden Gläsern, die Liliane an die von John Lennon erinnerte. Er war Lehrer, ein überzeugter Vegetarier und engagierter Umweltaktivist. So unterschiedlich er und Marie optisch und auch charakterlich waren, sie passten wirklich gut zusammen und ergänzten sich auf eine wunderbare Weise.

Maries zwanzigjährige Tochter Hanna stammte aus einer früheren Beziehung. Sie studierte in Heidelberg Medizin und lebte dort zusammen mit zwei Kommilitonen in einer WG. Sie war nur noch in den Semesterferien zu Hause. Marie war es gewohnt, für ihren Lebensunterhalt selbst aufzukommen. Sie arbeitete seit vielen Jahren als Grundschullehrerin und liebte diesen Beruf. Bevor sie und Bernd sich kennengelernt hatten, hatte sie alleine für sich und Hanna gesorgt. Seit Liliane Marie kannte, vertrat sie zudem immer ihre Meinung. War ihr etwas besonders wichtig, wurde sie auch nicht müde, um ihren Standpunkt in endlosen Debatten zu kämpfen.

Plötzlich wurde Liliane aus ihrem Sinnieren über Julia und Marie herausgerissen. Marie zupfte etwas grob am Ärmel ihres Kleides herum und kreischte ihr ins Gesicht.

»Mein Gott, Liliane, wo bist du bloß wieder mit deinen Gedanken?«

Liliane strich den Ärmel ihres Kleides wieder glatt und sah Marie dabei verdutzt an.

»Wir wollen zahlen«, sagte Marie jetzt in einem etwas ruhigeren Ton. »Also ehrlich Liliane, ich möchte wirklich zu gerne wissen, wie man inmitten einer Diskussionsrunde mit seinen Gedanken einfach so abdriften kann. Manchmal habe ich echt das Gefühl, dass sich das bei dir nie ändern wird. Schon früher musste man dich immer wieder aus deiner Traumwelt zurückholen.« Marie schüttelte lächelnd den Kopf. »Wir zerfetzen uns hier fast wegen deines Bettkanten-Spruchs und du bist weiß der Himmel wo.«

Die Worte »zusammen oder getrennt meine Damen?« brachen die Unterhaltung abrupt ab. Lächelnd legte der Kellner die Rechnung auf den Tisch.

»Wir zahlen jeder separat«, entgegnete ihm Julia forsch und ließ den jungen Mann dabei durchaus spüren, dass er der Grund ihrer Auseinandersetzung war.

Liliane hatte neben Marie auf der Rücksitzbank und Susan auf dem Beifahrersitz in Julias neuem Mercedes C-Klasse-Coupé Platz genommen. Die Innenausstattung mit den karamellfarbenen Lederbezügen war vom Feinsten. Ein deodorisierendes Etwas, das im Zigarettenanzünder steckte, konnte den Geruch nach »frisch vom Werk« nicht übertünchen.

Während der Fahrt zu Maries Wohnung betrachtete Liliane die vorbeiziehenden Häuser durch das Autofenster. Rhythmisch folgten ihre Augen den funkelnden Lichtern. Im Gegensatz zu ihren Freundinnen hatte sie diese Kleinstadtidylle hier in Metzingen noch nie gemocht, auch wenn sie selbst in dieser Stadt aufgewachsen war. Jeder kannte jeden. Getratsche ohne Ende. Manchmal hatte Liliane das Gefühl, die Nachbarn oder die Bäckersfrau in der Stammbäckerei wüssten mehr über das Leben der Mitbürger als sie selbst. Vom alteingesessenen Frisörsalon ganz zu schweigen. Dort wurde man über alles Aktuelle, ob man wollte oder nicht, jederzeit auf dem Laufenden gehalten.

Was Liliane mindestens genauso nervte wie das Getratsche, war das Allerheiligste im Schwäbischen überhaupt, »die Kehrwoche«. Große Kehrwoche, kleine Kehrwoche, wöchentlich, monatlich. Da gab es natürlich so einiges zu beachten. Es fing schon damit an, dass man auf gar keinen Fall das Kehrwoche-Schildchen, meist bebildert mit einem Besen, übersehen durfte, wenn es an dem extra dafür vorgesehenen Nagel an der Wand neben der eigenen Wohnungstür hing. Ebenso wichtig war es, das Schildchen nach getaner Arbeit auch an den richtigen Nachbarn weiterzuleiten. Wenn einem schon dabei ein Fehler unterlief, konnte allein dies bereits Streit im Mietshaus auslösen. Damit aber nicht genug. So war es beim Putzen des Treppenhauses taktisch sinnvoll, immer mal wieder mit dem Schrubber an das Geländer zu poltern. Damit bekam auch der Letzte im Haus mit, dass die Kehrwoche ordnungsgemäß durchgeführt wurde. Liliane huschte unwillkürlich ein Lächeln über die Lippen. Ja, ja die heilige schwäbische Kehrwoche, dachte sie und schmunzelte in sich hinein.

Sie selbst hatte es vorgezogen, mit Martin nach Stuttgart in eine Penthousewohnung zu ziehen. Von dort aus hatte man einen fantastischen Blick über die Stadt. Zudem gab es in ihrem Gebäudekomplex einen Hausmeisterdienst. Was sie total entspannend fand.

Sicherlich kannte sie natürlich auch in ihrem Wohnkomplex einige Mitbewohner etwas näher und beim Namen, aber bis auf das übliche Geplänkel übers Wetter oder schöne Wochenendwünsche gab es keinen engeren Kontakt. Wenn sie Gespräche über Wetteranalysen hinaus führen wollte, tat sie dies mit Freunden, mit der Familie oder Kollegen. So wie heute an diesem Abend.

Julia fuhr jetzt an den Prachtbauten der Fabrikverkaufsgebäude vorbei. In Lilianes Augen spiegelten sich die vielen Lichter der edel ausgestatteten, großen Schaufenster, die in der Dunkelheit um die Wette glänzten. Ihr wurde in diesem Moment wieder deutlich bewusst, dass diese Stadt nichts mehr mit der beschaulichen Kleinstadt ihrer Kindheit und Jugend zu tun hatte. Man konnte längst nicht mehr von einem ruhigen Städtchen sprechen. In der Innenstadt reihte sich mittlerweile ein moderner Bau an den anderen. Immer wieder mussten ältere Häuser mondänen Verkaufsgebäuden weichen oder wurden aufwendig saniert und umgebaut. Hauptsächlich Kleidung, aber auch Haushaltswaren, Kosmetik und selbst Lebensmittel wurden hier den zahlreichen Besuchern aus aller Welt angeboten.

Metzingen hatte sich zu einer Outlet-City entwickelt, wie es in dieser Form wohl keine zweite gab. Liliane hatte sogar schon davon gehört, dass es in einigen asiatischen Ländern mittlerweile Angebote für ein hübsches »Paket Deutschland« gab. Sie stellte sich vor, wie eine Werbung dafür lauten könnte:

»Märchenschloss Neuschwanstein in Füssen – zu den Kuckucksuhren in den Schwarzwald – Schnäppchenstadt Metzingen – alles in vier Tagen.«

Ganz besonders an den Wochenenden und an Brückentagen strömten Massen von Menschen in die Innenstadt und versuchten, vor allem bei den großen Labels der Modewelt ein attraktives Angebot zu ergattern. Nach erfolgreichem Einkaufsbummel konnte man dann Hunderte von ihnen mit ihren Taschen und Tüten durch die Stadt flanieren sehen.

Als erste wurde Marie zu Hause abgeliefert. Sie war die einzige von ihnen, die noch im Neugreuth, einem Teilort von Metzingen, wohnte. Bis sie anfingen zu studieren und ihre Elternhäuser nach und nach verließen, hatten alle vier Freundinnen dort gelebt. Der kleine Ort sowie die angrenzenden Wiesen und Wäldchen waren in ihrer Kinder- und Jugendzeit ein riesiger Spielplatz für sie gewesen. Bis in die Abendstunden hinein hatten sie im Sommer mit einer Horde anderer Kinder draußen gespielt. Selbst wenn es dunkel wurde, hörte man noch das Kinderlachen vor den Häusern. Ein wahres Paradies für Kinder.

Susan hatte sich genau wie Julia und Marie gewünscht, in solch einer Umgebung einmal ihre Kinder aufwachsen zu sehen. Doch im Gegensatz zu den beiden anderen blieb Susans Kinderwunsch unerfüllt. Sie wurde einfach nicht schwanger. Andreas und sie waren gerade dabei, sich ernsthaft Gedanken über eine Adoption zu machen, und Liliane hoffte inständig, dass sie sich dafür entscheiden würden. Sie zweifelte überhaupt nicht daran, dass die beiden wundervolle Eltern abgeben würden und somit ein kleiner Junge oder ein kleines Mädchen die großartige Chance bekäme, in einem liebevollen Elternhaus aufzuwachsen.

Liliane selbst hatte sich schon relativ früh in ihrem Leben dazu entschieden, keine Kinder in die Welt zu setzen, und sich auf ihre Karriere als Architektin konzentriert.

Sie kannte zwar die vielen Argumente, dass man beziehungsweise frau beides unter einen Hut bekommen konnte. Doch sie sah das anders. Es war auch nicht so, dass sie Kinder grundsätzlich nicht mochte, aber Babys wickeln, Kindergeburtstage organisieren und durchhalten, geschweige denn mit anderen Müttern Bastelnachmittage veranstalten, das war einfach nicht ihre Welt. Glücklicherweise hatte sie in Martin einen gleichgesinnten Partner gefunden. Ungewöhnlich zwar für einen Gynäkologen, der fast täglich damit zu tun hatte, Babys auf diese Welt zu bringen, aber auch er verspürte nicht das Bedürfnis, selbst Vater zu werden.

Als Julia vor dem Hochhaus anhielt, in dem Marie mit Bernd wohnte, stiegen sie gemeinsam aus.

»Ach, was war das heute mal wieder für ein schöner Abend mit euch«, sagte Liliane und blickte lächelnd in die Runde ihrer Freundinnen.

»Wohl wahr«, gab ihr Marie recht und stupste gleichzeitig Julia mit einem schelmischen Grinsen in die Seite. Julia sah Marie zuerst ein wenig verdutzt und mit zusammengezogenen Augenbrauen an. Innerhalb von Sekunden bogen sich aber auch ihre Mundwinkel nach oben zu einem breiten Lächeln und sie knuffte Marie mit ihren vor dem Körper verschränkten Armen leicht zurück.

Nach der üblichen Verabschiedung mit einer dicken Umarmung sowie Küsschen links und rechts und dem Versprechen, sich so bald wie möglich wieder zu treffen, stiegen die drei anderen wieder in den Wagen ein und winkten Marie beim Davonfahren zu. Allen war klar, dass der Wunsch nach einem baldigen Wiedersehen wahrscheinlich eher in weitere Ferne rücken würde. Schließlich hatte jede einen vollgepackten Alltag zu bewältigen, beruflich wie auch privat.

Susan wohnte genau wie Julia am Fuße des Metzinger Weinberges. Die Wohngegend zählte schon in Lilianes

Kindheit zu einer der besten der Stadt. Dort standen besonders schöne, große Häuser und Villen in unmittelbarer Nähe von Streuobstwiesen und Gärten, die zu einem entspannten Spaziergang in der Natur einluden. Liliane hatte ihr Auto vor Susans Haus abgestellt.

Nachdem sie sich von Julia verabschiedet hatten, standen die beiden Freundinnen nun alleine vor Susans Haus. Liliane begann zu frösteln. Es war merklich kühler geworden, als es zuvor im Restaurantgarten des Hotels »Schwanen« gewesen war. Sie ging hinüber zu ihrem Wagen, den sie hinter Susans in deren Einfahrt geparkt hatte, und kramte ihren beigefarbenen Blazer aus dem Kofferraum hervor. Susan hatte sich bereits einen leichten Strickpullover, den sie sich schon beim gemeinsamen Essen um die Taille gebunden hatte, übergezogen. Sie stand hinter Liliane, die gerade im Begriff war, den Deckel ihres Kofferraumes wieder zu schließen.

»Hättest du nicht Lust, noch eine Runde mit mir spazieren zu gehen? Es ist so ein schöner Frühlingsabend.«

Liliane musste von ihrer Freundin keineswegs überredet werden. Wer wusste schon, wie lange das Wetter noch hielt. Sie erinnerte sich an die Wettervorhersage, die sie auf dem Weg von Stuttgart nach Metzingen im Radio gehört hatte. Nach Meinung der Meteorologen war bereits das nächste Tief im Anmarsch.

Sie schloss ihren Wagen ab. Beide gingen, die Arme eingehängt, nebeneinander her. So hatten sie es schon als Mädchen getan. Es war zwar schon spät geworden, aber durch den mystisch leuchtenden Vollmond und den wolkenlosen Himmel würde es hell genug sein, um selbst bei Dunkelheit dort noch spazieren zu gehen, wo keine Straßenlaternen mehr die Wege erleuchteten. Susans Haus stand am Ende einer Sackgasse, von wo aus man direkt in die anliegenden Obstwiesen und Gärten unterhalb des Weinberges losgehen konnte. Liliane atmete tief die angenehme Frühlingsluft ein. Dank ihres Blazers war es ihr nun auch nicht mehr kühl. Sie genoss es, mit Susan Arm in Arm in dieser vertrauten Umgebung dahinzuschlendern. Auch wenn sie hier nicht mehr leben wollte, war es doch schön, in den Erinnerungen ihrer Kindheit zu schwelgen.

Sie spazierten gemütlich vorbei an den meist sehr gepflegten Grundstücken mit kleinen Gerätehäuschen oder -schuppen und ihren unterschiedlichen Obstbaumbeständen. In einigen Gärten waren auch Gemüsebeete angelegt worden. Immer weiter nach oben führte die beiden die kleine, asphaltierte Straße und schon bald kamen sie an den ersten Rebstöcken vorbei. Ordentlich in Reih und Glied standen die Pflanzen auf dem Hügel, bereit, die nächste Generation Wein hervorzubringen. Einige von ihnen waren knochig und alt, andere frisch gepflanzt und noch zart und klein.

Nach mehreren kleinen Kehren, immer umgeben von Weinreben, hatten sie die Weinbergkuppe erreicht. Hier oben waren keine Rebstöcke angepflanzt. Der Hügel war mit einer Grasfläche überzogen, um die herum einige Bäume und Sträucher wuchsen. Mitten auf der Kuppe stand ein kleines, weißes Häuschen. Es sah aus wie ein etwas zu kurz geratener Turm. An seinem Fuß befand sich eine Holzbank, auf der die beiden Freundinnen nun Platz nahmen. Da auf Augenhöhe keine hohen Bäume standen, hatten sie eine wunderbare freie Sicht auf Metzingen.

Liliane ließ ihren Blick über die Stadt schweifen. Erneut kam ihr in den Sinn, wie sehr sich ihre Heimatstadt seit ihrer Kindheit verändert hatte. Nach und nach hatte sich der Ortsrand immer weiter ausgedehnt. Ackerflächen und Wiesen waren Neubaugebieten zum Opfer gefallen. Wo sich früher noch eine beträchtliche Lücke in Form von Wiesen zwischen Metzingen und dem Teilort Neuhausen aufgetan hatte, stand nun eine ganze Reihe neuer Häuser, mit denen sich hauptsächlich junge Familien den Traum vom eigenen Heim verwirklicht hatten. Auch in den Industriegebieten war ein deutliches Wachstum nicht zu übersehen. Eines schloss sich bereits nahtlos an das östlich gelegene Gewerbegebiet des Nachbarortes Riederich an.

Von hier oben konnte man den alten Ortskern Metzingens mit seinen roten Dächern und auch den Bahnhof gut erkennen. Gerade fuhr ein Zug mit hell erleuchteten Fenstern ein. Das Geräusch wurde durch die Luft bis zu ihnen auf die Weinbergspitze getragen. Nur ein paar Leute stiegen um diese Uhrzeit noch ein und aus. Auch den Verlauf der ausgebauten Umgehungsstraße konnte man von hier oben gut verfolgen, weil die Autos mit ihren Scheinwerfern die Stecke ausleuchteten.

Liliane genoss es sehr, mit Susan hier oben in der Stille zu sitzen und das spätabendliche Geschehen in Metzingen zu verfolgen. Es war eine besondere Stimmung. Unter ihnen funkelten die Lichter der Stadt und von oben fiel das silberne Licht des Vollmondes auf sie herunter. Sie musste daran denken, wie sie vor Jahren mit Susan und einigen anderen Menschen hier gestanden war, um die mit Spannung erwartete Sonnenfinsternis zu erleben und das seltene Ereignis zu beobachten. Trotz der geschlossenen Wolkendecke war es eine beeindruckende Erfahrung gewesen, wie es plötzlich am helllichten Tag zu dunkeln begonnen hatte. Alle hatten brav ihre extra dafür erstandenen Sonnenfinsternis-Brillen auf die Nasen gesetzt und waren mit Blick gen Himmel gespannt auf dem Weinberghügel gestanden.

Lilianes Bild dieser Erinnerung verblasste langsam vor ihren Augen. Sie spürte plötzlich eine deutliche Anspannung, die von Susan ausging. Ständig wechselte sie ihre Sitzposition auf der Bank. Und im Augenwinkel sah Liliane, dass Susan nervös an ihren Fingern herumknetete, als wollte sie aus ihnen die Kälte vertreiben.

Erst jetzt fiel ihr auf, dass Susan schon den ganzen Abend etwas still und in sich gekehrt gewesen war. Eine große Plaudertasche war Susan zwar noch nie gewesen, aber heute Abend war sie besonders still. Selbst während des gesamten Spaziergangs hier hoch hatte sie kaum ein Wort gesprochen. Es schien, als wäre Susan mit ihren Gedanken irgendwo, nur nicht hier bei ihr.

Wenn sie sonst mit ihr durch die Natur ging, philosophierte Susan üblicherweise über diese oder jene Pflanze. Durch ihren Beruf als Botanikerin verfügte sie über ein detailliertes und breites Wissen. Zudem besaß sie die wundervolle Gabe, ihre profunden Kenntnisse mit solch einer Begeisterung und auch für Laien verständlich weiterzugeben, dass sie in Liliane immer eine interessierte Zuhörerin fand.

Als Liliane sich gerade entschieden hatte, bei ihrer Freundin nachzufragen, was heute Abend mit ihr los sei, kam Susan ihr zuvor. Ihre Stimme durchbrach völlig unerwartet die Stille. Sie drehte sich zu Liliane um, deren Blick noch immer auf die Stadt gerichtet war.

»War der Spruch mit der Bettkante wirklich nur so daher gesagt oder würdest du mit diesem Typen vielleicht doch was anfangen, wenn sich eine Gelegenheit ergeben würde?«

Lilianes Blick löste sich abrupt von den unter ihr funkelnden Lichtern der Stadt. Sie starrte ihrer Freundin erstaunt in die Augen, die auf eine Antwort warteten.

»Was?« Liliane erschrak selbst ein wenig über den keifenden Klang, der dabei in ihrer Stimme lag. Sie starrte Susan ungläubig an. »Was soll denn jetzt diese Frage? Du hörst dich ja schon an wie Julia. Meine Güte, das war mir doch einfach nur aus Quatsch und in der beschwingten

Laune herausgerutscht. Ich habe nicht vor, Martin zu betrügen, falls du mir das gerade unterstellen willst.«

Susans Blick sank verschämt nach unten und ihre Stimme klang entschuldigend.

»Nein, das war wirklich nicht meine Absicht, Liliane.«

Ihr Gesicht war blass wie das einer Porzellanpuppe und wirkte ebenso zerbrechlich. Ihre stahlblauen Augen sahen Liliane sorgenvoll an. Liliane legte einen Arm um die Schultern ihrer Freundin und strich ihr dabei mit der anderen Hand eine ihrer blonden Locken aus dem Gesicht.

»Was ist denn heute bloß los mit dir? Du warst den ganzen Abend schon so still.«

Susans Augen wurden zusehends glasiger und schon bald perlten erste Tränen über ihre Wangen. Liliane holte aus ihrer Hosentasche ein Papiertaschentuch hervor und tupfte sie ab. In diesem Moment sah Susan noch kleiner und zierlicher aus, als sie es sowieso schon tat.

»Ich muss dir etwas erzählen.«

Susans Stimme zitterte und war kaum noch zu vernehmen. Sie atmete einmal tief und hörbar durch und sagte dann:

»Ich hab etwas Furchtbares getan, Liliane, ... Holger.«

Sie stockte und vergrub ihr Gesicht für einen Augenblick in den Händen. Liliane verstand nicht und schaute Susan mit einem fragenden Blick an. Was hatte Julias dämlicher Mann mit Susans Stimmung zu tun?

»Was ist mit Holger?«, fragt sie ungläubig und ein wenig drängend.

Susan hob ihren Kopf und schaute ihre Freundin schuldbewusst an.

»Ich habe mit Holger geschlafen. Ich habe mit dem Mann meiner besten Freundin geschlafen und das nicht nur einmal. So, jetzt ist es raus.«

Liliane starrte Susan mit offen stehendem Mund an. Sie war in diesen Moment zu keiner anderen Reaktion fähig.

Unwillkürlich schossen ihr mehrere Fragen durch den Kopf. Wie konnte es nur dazu kommen? Hat er sie verführt oder sie ihn? Nein, nicht Susan, das konnte sie sich einfach nicht vorstellen. Holger, dieser notgeile Mistkerl. Nicht einmal von Julias Freundin konnte er seine dreckigen Finger lassen. Kannten denn die Triebe dieses Mannes überhaupt keine moralischen Grenzen?

Liliane konnte nicht begreifen, wie ausgerechnet Holger, in ihren Augen ein unsensibler Idiot, Susans Interesse wecken konnte. Zugegeben: Holger war ein gutaussehender Mann. Er war groß, hatte einen sportlich durchtrainierten Körper, leicht graumeliertes Haar und smaragdgrüne Augen. Aber sie konnte sich einfach nicht vorstellen, dass dies der Grund sein sollte, warum Susan sich mit ihm eingelassen hatte. Hinzu kam, dass Julia schon immer ihr großes Vorbild gewesen war. Susan bewunderte einfach alles an ihr. Besonders ihre Perfektion und Beharrlichkeit bei allem, was sie tat. Nein, sie musste sich einfach verhört haben.

Die verzweifelte Stimme ihrer Freundin holte sie aus ihren Grübeleien zurück.

»Liliane, was soll ich nur tun, ich schäme mich zutiefst. Aber ich glaube, ich habe mich in Holger verliebt.«

Liliane starrte ihre Freundin noch immer ungläubig an und versuchte, ihre Gedanken zu ordnen. Es war Susan ernst, so viel hatte sie inzwischen begriffen.

»Du und Holger, ich kann es einfach nicht fassen.«

Liliane fing an, Susan mit ihren Fragen zu bombardieren.

»Wie um Himmels Willen konnte es dazu kommen und wie lange geht das denn schon zwischen euch beiden?«

Susan legte ihre zierlichen Hände von beiden Seiten um ihre Nase, so als wolle sie einer Hyperventilation vorbeugen. Dann schloss sie für einen Moment die Augen. Als sich ihre Lider wieder öffneten, begann sie, zaghaft zu erzählen.

»Seit zirka sechs Monaten geht das jetzt schon zwischen uns beiden. Angefangen hat alles an Holgers Geburtstagsparty. Sicherlich kannst du dich noch an diesen Abend erinnern. Ich hatte wie beinahe alle etwas zu viel getrunken und war ziemlich ausgelassen. Andreas war so betrunken, dass er nicht einmal mehr dazu zu bewegen war, die kurze Strecke nach Hause zu laufen. Einige Partygäste sind wegen des Alkohols mit dem Taxi nach Hause gefahren, ein paar wenige haben die Nacht bei Holger und Julia verbracht. Darunter auch Andreas und ich.«

Liliane erinnerte sich an diesen Abend und nickte bestätigend, sagte jedoch kein Wort. Sie war zu gespannt, alles über diese merkwürdige Beziehung zu erfahren, weshalb sie ihre Freundin bei ihrer Erzählung keinesfalls unterbrechen wollte.

»Andreas und ich«, fuhr Susan fort, »sowie noch drei weitere Partygäste hatten sich bereits in den beiden Gästezimmern schlafen gelegt, als ich mitten in der Nacht plötzlich wach geworden bin. Mir war wahnsinnig schlecht und ich habe es in diesem Moment zutiefst bereut, meinen betrunkenen Mann nicht dazu gebracht zu haben, die zwei Straßen bis zu uns nach Hause zu laufen. Vorsichtig habe ich mich aus Andreas' Umarmung gelöst, um ihn nicht zu wecken. Doch er hat weitergeschlafen, fast wie im Koma. Zum Glück lag das Badezimmer direkt neben unserem Zimmer. Wenige Sekunden später hing ich mit dem Kopf über dem Toilettenbecken und musste mich übergeben. Danach ging es mir etwas besser. Ich habe dann meinen Mund gründlich ausgespült und noch einige Schlucke Wasser getrunken. Beim flüchtigen Blick in den Spiegel sah mein Gesicht genauso aus, wie ich mich fühlte, hundeelend.«

Unwillkürlich musste Susan schlucken. Die Erinnerung an diese Nacht war plötzlich so präsent, dass sie wieder diesen üblen Geschmack in ihrem Mund hatte.

»Auf dem Weg zurück ins Gästezimmer überkam mich der dringende Wunsch nach frischer Luft. Also bin ich langsam die Treppe hinuntergeschlichen. Auf Zehenspitzen ging ich in die Küche und dort zur Glastür an Julias kleiner Küchenterrasse. Gerade als ich den Hebel der Tür herunterdrücken wollte, habe ich plötzlich Holgers tiefe Stimme aus der Dunkelheit gehört. Er fragte, ob ich auch nicht schlafen könne. Liliane, ich dachte, mir bleibt das Herz auf der Stelle stehen, so sehr bin ich erschrocken. Schließlich war ich der Meinung, dass außer mir alle fest schliefen. Ein Irrtum, wie sich nun herausstellte. Kurz darauf erhellte die kleine Flamme eines Feuerzeuges Holgers Gesicht. Er war dabei, eine Kerze auf der eingebauten Bar in der Küche anzuzünden. Er saß auf einem der Hocker am Tresen und trug noch immer die Jeans und den dunkelblauen Pullover wie auf der Party. Ich nehme an, dass er noch nicht einmal im Bett gewesen war.«

Susan nahm das zerknautschte Papiertaschentuch, das sie neben sich auf die Bank gelegt hatte, und schnäuzte sich die Nase. Dann erzählte sie weiter:

»Nachdem ich meinen ersten Schrecken überwunden hatte, hab ich ihn gefragt, warum er hier mitten in der Nacht alleine im Dunkeln sitze. Er antwortete, er könne so besser über alles nachdenken, was ihn derzeit beschäftige. Dies habe ich mit einem für ihn wahrscheinlich nicht besonders interessiert klingenden Aha kommentiert. Ich bereute bereits, diese Frage überhaupt gestellt zu haben. Schließlich ging es mich nun wirklich nichts an. Außerdem interessierte mich im Moment eigentlich nur die kühle Nachtluft. Ich entschuldigte ich mich für die Störung und erklärte ihm, dass er sofort wieder seine Ruhe vor mir haben würde, wenn ich nur einen Augenblick frische Luft geschnappt hätte. Holger machte mir jedoch ohne Umschweife klar, dass er sich keineswegs von mir gestört fühle. Im Gegenteil, er hat mich gebeten, ihm doch danach ein wenig Gesellschaft zu leisten.«

Nun war Liliane diejenige, die vor Aufregung ständig auf der Bank hin und her rutschte. Susan dagegen saß jetzt völlig ruhig da.

»Ich stand dann mit nackten Füßen auf dem kleinen Fußabtreter hinter der Terrassentür und atmete mehrere Male tief ein und aus. Der Himmel über mir war sternenklar und die Luft eisig. Schon nach kurzer Zeit zitterte ich vor Kälte. Schließlich war es November und ich hatte außer meinem T-Shirt und meiner Jeans, die ich mir im Gästezimmer schnell übergezogen hatte, nichts an. Bevor ich wieder zurück in die Küche ging, überlegte ich, ob ich Holgers Angebot, ihm Gesellschaft zu leisten, annehmen oder lieber wieder nach oben gehen sollte. Eigentlich war ich überhaupt nicht mehr müde und ich war mir sicher, dass ich auch nicht mehr einschlafen könnte. Nach einigen tiefen Atemzügen ging es meinem Magen auch schon wieder besser. Also entschloss ich mich spontan, mich zu ihm zu setzen. Er schien sich darüber sehr zu freuen. Holger stand auf und holte mir ein Glas Wasser, das er mit einem sympathischen Lächeln, du weißt ja, wie charmant er sein kann, zu mir herüberschob. Wir unterhielten uns über belangloses Zeug. Ich dachte mir, immer noch besser, als oben im Zimmer zu liegen, hellwach an die Decke zu starren und Andreas beim Schnarchen zuzuhören. Holger schilderte seinen Alltag als erfolgreicher Anwalt, ich gab ausschweifend meine botanischen Kenntnisse zum Besten. Irgendwann, ich weiß nicht mehr so genau warum, sind wir auf das Thema Holger und seine Ehe gekommen.«

Liliane stellte sich einen Moment lang bildlich vor, wie Julia ausrasten würde, wenn sie wüsste, dass Holger mit Susan über ihre Ehe gesprochen hatte. Ausgerechnet mit der zurückhaltenden, ruhigen Susan, die immer schon in Julias Schatten stand.

»Er erzählte mir«, sagte Susan dann, »dass die Ehe mit Julia eine einzige Katastrophe sei. Ich saß vor ihm und konnte nicht verstehen, warum dieser Mann seine Ehe als eine Katastrophe bezeichnete. Er hat eine gutaussehende, intelligente Frau an seiner Seite. Sie ist eine perfekte Hausfrau, eine liebevolle Mutter und eine hervorragende Gastgeberin, wenn er zu seinen Geschäftsessen einlädt. Sie ist die Frau, die seit seiner Jugend immer hinter ihm steht und ihm den Rücken stärkt, damit er Karriere machen kann.«

In Gedanken stimmte Liliane Susan zu und konnte deshalb umso weniger begreifen, dass sie sich hinter Julias Rücken mit Holger eingelassen hatte.

»Ich muss einen ziemlich ungläubigen Gesichtsausdruck gemacht haben, denn Holger erzählte mir dann Dinge, die ich eigentlich gar nicht hören wollte. Er meinte, eines ihrer größten Probleme sei ihr Sexualleben. Ich hab sofort gespürt, wie ich rot wurde, und ihm erklärt, dass mich das wohl kaum etwas anginge. Aber er ließ sich nicht beirren und setzte das Thema einfach fort. Er müsse endlich mit einem Menschen darüber reden, sagte er, und dass ich genau die Richtige dafür sei, da er vollstes Vertrauen zu mir habe. In meinem tiefsten Innern fühlte ich mich natürlich irgendwie schon sehr geschmeichelt. Holger sprach dann weiter über seine Ehe mit Julia. Sie hätten seit mindestens fünf Jahren keinen Sex mehr miteinander gehabt, auch die Ehejahre davor seien nicht berauschend gewesen. Ich hatte keine Ahnung, ob oder was ich zu seiner Beichte sagen sollte, also hab ich geschwiegen und mich aufs Zuhören begrenzt. Er wisse, welcher Ruf ihm vorauseile, dass er kein Kostverächter beim weiblichen Geschlecht sei, hat Holger gesagt. Doch das sei alles nur Oberflächlichkeit, niemand würde ihn und seine Bedürfnisse wirklich kennen. Der harte, berechnende Anwalt, der immer und jederzeit alles im Griff habe – das sei alles Illusion. In Wirklichkeit brauche er viel Zuneigung und eine Frau, die auch fähig sei, ihm Zärtlichkeit und Liebe zu geben. Seine Affären seien nur ein Ventil, um die Bedürfnisse, die jeder Mensch in sich trage, zu befriedigen. Vor allem das Bedürfnis nach Liebe.«

Liliane blieb der Mund offen stehen, sie schüttelte leicht ihren Kopf. Doch Susan schien dies gar nicht zu bemerken, so sehr war sie auf ihre Schilderung dieser Begegnung mit Holger konzentriert.

»Holger verglich Julia mit einem Eisberg – sie sei eiskalt. Über seine Seitensprünge wisse sie seit langem Bescheid und toleriere diese auch. Damit könne sie sicher sein, dass er sie in Ruhe lasse, was wiederum in ihrem Interesse liege. Plötzlich begann Holger zu weinen. Er sank mit dem Oberkörper über der Bar zusammen und vergrub sein Gesicht in der Armbeuge. Ich hab mich zunächst völlig hilflos gefühlt und versucht, ihn mit Worten zu trösten. Aber er hat weiter geweint wie ein kleines, verletztes Kind. Und monoton hat er ständig wiederholt, dass er doch nur geliebt werden wolle. Daraufhin habe ich ihm mit meiner Hand sanft über sein kräftiges Haar gestrichen, um ihn zu beruhigen. Nach einiger Zeit ist mir dies auch gelungen. Endlich hat er seinen Kopf gehoben und mich angeschaut. Auf einmal habe ich alles um mich herum vergessen. Ich sah nur noch in diese wunderschönen, grünen Augen, die mich magisch anzogen. Ehe ich überhaupt wusste, wie mir geschieht, haben wir uns leidenschaftlich geküsst. Ich glaube, noch nie in meinem Leben bin ich von einem Mann so geküsst worden wie von Holger.«

Lilianes sah ihre Freundin mit großen Augen an.

»Und was ist nach diesem leidenschaftlichen Kuss passiert, habt ihr es etwa dort in der Küche getan?«, fragte sie voller Neugier.

»Nein, natürlich nicht.« Susans Stimme klang jetzt sehr bestimmt und auf ihrer Stirn bildete sich eine Falte. »Zuerst berührten seine Fingerspitzen zärtlich meinen Hals. Dann ließ er sie weiter langsam nach unten gleiten, bis seine Hand sanft und doch fordernd meine Brust berührte. Obwohl ich glaubte wahnsinnig zu werden, als nur noch ein dünnes Stück T-Shirt-Stoff zwischen uns war, stoppte ich ihn. Ich habe seine Hand festgehalten. Mein schlechtes Gewissen gegenüber Julia und Andreas war zu groß. Ich erklärte ihm, dass wir das eben Geschehene schnellstens vergessen sollten und dass es davon auf gar keinen Fall eine Wiederholung geben werde. Ich gab ihm nicht einmal die Zeit, darauf zu reagieren. Kaum hatte ich meinen Satz zu Ende gebracht, bin ich aus der Küche gerannt, die Treppe hoch ins Gästezimmer, in dem Andreas schlief und von alledem nichts mitbekommen hatte. Ich habe mich an ihn geschmiegt und angefangen, stumm zu weinen. Ich fühlte mich einerseits mies wegen Andreas und Julia, andererseits total dämlich, auf diesen Gigolo hereingefallen zu sein.«

»Das ist ja der helle Wahnsinn«, unterbrach Lilianes aufgeregte Stimme die kurzzeitige Stille nach Susans letztem Satz. »Ich kann es einfach nicht fassen, du und Holger.«

Sie saßen dort oben nun schon einige Zeit und Liliane begann, trotz ihrer Jacke wieder zu frösteln. Susan blickte auf ihre Armbanduhr, es war bereits kurz nach halb zwölf.

»Wir sollten uns auf den Weg, machen, sonst sitzen wir morgen früh, wenn die Sonne aufgeht, noch immer hier auf der Bank und sind völlig durchgefroren. Andreas macht sich sicherlich auch schon Gedanken, wo ich so lange bleibe.«

Susan erhob sich von der Holzbank. Auch Liliane stand auf und griff beim Gehen mit ihrer Hand nach dem Arm ihrer Freundin.

»Entschuldige meine Neugier, aber würdest du mir erzählen, wie es mit dir und Holger weitergegangen ist? Das kann es ja noch nicht gewesen sein, wenn das schon seit sechs Monaten zwischen euch geht.«

Susans Augen füllten sich wie zu Beginn ihrer Beichte erneut mit Tränen.

»Weißt du, Liliane, ich bin alles andere als stolz auf das, was ich getan habe. Deshalb fällt es mir auch schwer, darüber zu reden. Ich werde dir sicher noch erzählen, wie es zwischen uns weiterging, aber nicht mehr heute. Ich hoffe, du kannst mich verstehen.«

Liliane nahm Susan einen Moment in die Arme und drückte sie an sich.

»Natürlich.«

Den Weg nach unten gingen die beiden wortlos nebeneinander her. Susan wollte im Augenblick nichts weiter darüber sagen und auch Liliane musste das, was sie eben gehört hatte, erst einmal innerlich verarbeiten.

Liliane schloss die Tür zu ihrer Wohnung auf. Drinnen war alles still und dunkel. Martin, der in einer Stuttgarter Klinik als Oberarzt der gynäkologischen Abteilung angestellt war, hatte heute Nachtdienst. Sie würde diese Nacht wie schon viele andere Nächte zuvor ohne ihn verbringen. Babys ist es völlig egal, um welche Tages- oder Nachtzeit es sich handelt, sie kommen, wann sie wollen, dachte Liliane.

Sie streifte im Flur die Schuhe von ihren Füßen und hing den Blazer an einen Haken der Garderobe. Einen kurzen Augenblick blieb sie vor dem großen Spiegel stehen und starrte geistesabwesend hinein. Sie musste wieder an Susan denken.

Als sie sich vor zirka einer halben Stunde von ihr verabschiedet hatte, musste sie ihr versprechen, niemandem von ihrem Geständnis zu erzählen. Liliane wollte dies auch einhalten, obwohl sie sich zugegebenermaßen als Mitwisserin nicht unbedingt wohlfühlte. Schließlich war sie mit Julia genauso lange und eng befreundet wie mit Susan. Auch zu Andreas verband sie eine langjährige Freundschaft. Halten unsere Freundschaften die Belastung durch diese Affäre aus oder zerbrechen sie daran, fragte sich Liliane. Am allerbesten wäre es, wenn Susan zeitnah selbst reinen Tisch machen würde. Das hielt Liliane im Interesse aller Beteiligten für die einzig richtige Entscheidung.

Als sie das Wohnzimmer betrat, blinkte ihr der Anrufbeantworter hektisch entgegen, so als wolle er sagen, »komm schon, beeil dich, ich habe wichtige Nachrichten für dich.«

»Nachricht eins«, tönte die Blechstimme aus dem Apparat. Es war ihre Vermieterin, die einen Termin mit Martin und ihr ausmachen wollte, um über die Kostenabrechnung der Heizung zu sprechen. Liliane zog die Stirn in Falten. Auch das noch, dachte sie. Immer diese Hin- und Her-Rechnerei. Für die Diskussion, ob sie nun eine höhere Abschlagsumme zahlen sollten oder nicht, hatte sie nun wirklich keinen Nerv.

»Nachricht zwei«, meldete sich ihr Anrufbeantworter zum zweiten Mal.

»Hallo Liliane, ich bin's, Andreas. Du bist also auch noch nicht zu Hause. Ich nehme an, Susan ist mit dir unterwegs. Über ihr Handy konnte ich sie leider nicht erreichen und Marie sagte mir, dass ihr zusammen den Heimweg angetreten habt, das ist allerdings schon über zwei Stunden her. Na ja, ich hoffe, sie kommt bald nach Hause, ich mache mir schon Sorgen. Also bis dann, Ciao.«

Das ist mal wieder typisch Andreas, dachte Liliane, macht sich sofort Sorgen, wenn seine Frau nicht zum erwarteten Zeitpunkt nach Hause kommt. Allerdings nicht aus Sorge, seiner Frau könnte etwas zugestoßen sein, vielmehr plagte ihn die Ungewissheit, wo sie sich aufhielt und vor allem mit wem. Andreas war ein sehr eifersüchtiger Typ. Genau solch eine Situation wie heute ließ seine Fantasie in Höchstform auflaufen. Wenn er wüsste, wie berechtigt seine Eifersucht tatsächlich ist – nicht auszudenken! Liliane schob diesen Gedanken sofort wieder beiseite.

Mittlerweile war es kurz vor eins und sie musste um

sechs Uhr wieder aufstehen. Schon der Gedanke daran brachte Liliane zum Gähnen. Ihr wurde bewusst, wie müde sie eigentlich war. Sie ging ins Badezimmer, um sich die Zähne zu putzen, und schlüpfte gleich darauf in ihren Pyjama. Danach kuschelte sie sich in ihr vereinsamtes Bett und dachte an Martin, der erst kurz nach sechs zu Hause sein würde. Sie konnten also gerade mal eine knappe Stunde zusammen verbringen, bevor Liliane los musste. Sie arbeitete mit vier Kollegen in einem Architekturbüro, in dem sie Teilhaberin war. Somit blieb nicht viel Zeit für traute Zweisamkeit. Liliane knipste ihre Nachtischlampe aus, drehte sich auf den Bauch und schlief sofort ein.

Er riss den Stuhl nach oben und schleuderte ihn mit brachialer Wucht in die große Glasvitrine. Die Glassplitter der Vitrine wie auch die der darin stehenden Figuren aus Kristallglas flogen durch die Luft und verteilten sich im gesamten Raum. Er nahm einen zweiten Stuhl und schlug ihn gegen die Wand. Dieser zerlegte sich in seine Einzelteile, als handele es sich um den Stuhl aus einer Puppenstube und nicht um einen aus rustikalem Holz.

Danach nahm er sich den Esszimmertisch vor. Er packte ihn mit beiden Händen an der langen Seite und warf ihn gegen zwei weitere der insgesamt sechs Stühle. Die Wucht war so groß, dass der schwere Eichentisch eine halbe Drehung in der Luft machte, bevor er auf dem Boden aufschlug und laut krachend die beiden Stühle unter sich begrub. Sein Blick kreiste suchend und wirr über die restliche Einrichtung, als wäre sein Zerstörungsdrang noch nicht gestillt. Schweißtropfen standen auf seiner Stirn und seine Augen blitzten wie die eines Wahnsinnigen.

Das Klingeln des Telefons ließ sie plötzlich aufschrecken. Unkontrolliert tastete sie mit der Hand neben ihrem Bett herum, bis sie endlich zu fassen bekam, wonach sie suchte.

»Hallo?«, sagte sie mit verschlafener Stimme. Ihr Blick wanderte zum Digitalwecker, auf dem sie die Uhrzeit 03:03 zu erkennen glaubte. Niemand antwortete ihr und genervt wiederholte sie: »Hallo, wer ist denn da?« Als sie schon wieder auflegen wollte, vernahm sie ein Schluchzen am anderen Ende der Leitung. Dann erkannte sie Susans Stimme, völlig verstört.

»Liliane, er weiß alles.«

Liliane war jetzt hellwach und saß aufrecht in ihrem Bett.

»Wer weiß alles und was?«

»Andreas, er weiß das mit Holger und mir. Wir haben uns vorhin fürchterlich gestritten. Es war so schlimm, dass ich mich sogar im Schlafzimmer eingeschlossen habe. Er war wie von Sinnen und hat getobt wie ein Wahnsinniger. Als er endlich aufgab, mit seinen Fäusten gegen die Schlafzimmertür zu hämmern, hörte ich, wie er die Treppen hinunterrannte. Dann gab es einen fürchterlichen Krach. Ich glaube, er hat unser Esszimmer zerlegt. Als es endlich still wurde, bin ich zum Fenster geschlichen. Ich hab gesehen, wie er an sein Auto stürmte, einstieg und davonraste. Liliane, ich hab Andreas noch nie so erlebt. Wer weiß, was er jetzt vorhat. In diesem Zustand ist er zu allem fähig.«

Liliane versuchte, Susan zu beruhigen, und bot an, sofort bei ihr vorbeizukommen. Susan war allerdings offenbar so durcheinander, dass sie keine Entscheidung treffen konnte. Ihre Weinkrämpfe waren jetzt so heftig, dass Liliane fast kein Wort mehr verstand. Nur bei einem Satz war sie sich sicher.

»Ich kann nicht mehr«, schluchzte Susan.

Dann legte sie einfach auf.

Liliane schmiss das Telefon auf ihren Nachttisch und sprang aus dem Bett. Im Eiltempo suchte sie ihre Kleider zusammen und zog sie an. In ihrer Hektik stolperte sie im Flur über das Paar Schuhe, das sie noch vor ein paar Stunden dort ausgezogen hatte. Um ein Haar verlor sie dabei das Gleichgewicht und wäre beinahe in den gegenüberstehenden Schuhschrank gedonnert.

Sie schnappt die Autoschlüssel und stürmte aus der Wohnung. Als sie draußen im Gang stand, entschloss sie sich spontan, die Treppe zu nehmen. Obwohl es sich um Hunderte von Stufen handelte, fühlte sie sich dabei besser, als im Aufzug herumzustehen und warten zu müssen, bis er unten angekommen war.

Dieses Gefühl, abwarten zu müssen, konnte sie jetzt auf gar keinen Fall ertragen.

Vor Aufregung gelang es ihr nicht auf Anhieb, ihre Autotür aufzuschließen. Einige Male drückte sie unkontrolliert auf der Fernbedienung des elektronischen Schlüssels herum. Als sich die Fahrertür endlich öffnen ließ, stieg sie ein und fuhr mit quietschenden Reifen davon. Während der Fahrt nach Metzingen versuchte sie immer wieder, Susan über ihr Handy zu erreichen, aber ohne Erfolg.

Sie hatte das Gefühl, als befinde sie sich in einem fahrenden Auto. Um sich Gewissheit zu verschaffen, müsste sie nur ihre Augen öffnen. Aber so sehr sie sich auch anstrengte, es funktionierte nicht. Susan war einfach zu müde und schlief wieder ein.

Nach einer gefühlten Stunde, aber einer tatsächlichen Fahrzeit von nicht einmal dreißig Minuten, stand Liliane vor Susans Haus. Kein Fenster war beleuchtet. Aufgeregt lief sie zur Eingangstür und klingelte. Nichts rührte sich. Immer und immer wieder drückte sie ihren Finger auf die Klingel. Aber es blieb dabei, nichts passierte.

»Verdammt, Liliane, denk nach«, murmelte sie vor sich hin und presste dabei die Hände gegen ihren Kopf.

Plötzlich fiel ihr das Versteck für den Hausschlüssel ein, das Susan erst vor ein paar Monaten angelegt hatte: neben der Kellertür hinter einem losen Ziegelstein. Susan wollte nicht noch einmal so blöd dastehen wie damals, als Andreas auf einem Ärztekongress gewesen war und sie sich ausgeschlossen hatte. Sie hatte einen Schlüsseldienst beauftragen müssen und sich darüber geärgert, dass ihr ihre Vergesslichkeit so teuer zu stehen gekommen war.

Liliane ging ums Haus herum und stieg langsam die Kellertreppe hinunter. Durch den Vollmond war es zwar relativ hell, allerdings verschluckte das kleine Vordach über dem Kellereingang einiges an Licht. Außerdem konnte Liliane im Dunkeln noch nie besonders gut sehen. Sie war mit einer schwächeren Form der Nachtblindheit geschlagen.

»Verdammt noch mal, warum geht dieser dämliche Bewegungsmelder nicht an«, meckerte sie leise vor sich hin und bekam prompt die Antwort auf ihre Frage.

Unter ihren Schuhen knirschten die Scherben der Kellerlampe. Sie tastete in der Dunkelheit die Hauswand nach dem losen Ziegelstein ab und fand ihn auch schneller als erwartet. Sie zog den Stein heraus und griff in die kleine Nische. Glücklich hielt sie den Schlüssel in ihrer Hand, bereit, die Kellertür aufzuschließen. Sie tastete mit einer Hand nach dem Schlüsselloch, um dann mit der anderen den Schlüssel ins Schloss zu stecken.

Liliane hielt einen kurzen Augenblick inne. Bevor sie den Schlüssel drehte, fragte sie sich, ob ihr Vorhaben, mitten in der Nacht in das Haus ihrer Freundin einzudringen, wohl wirklich die richtige Entscheidung sei.

Innerhalb von Sekunden entschied sie sich. Es gab kein Kneifen. Sie musste wissen, ob es Susan gut ging.

Liliane schloss die Kellertür auf. Sie tastete im Dunkeln nach dem Lichtschalter, den sie auch sofort rechts neben der Tür fand. Die Neonröhre an der Decke flackerte zwei-, dreimal auf, bis sie schließlich konstant leuchtete. Sie stand in Andreas' Hobbyraum.

Wie angewurzelt blieb sie stehen. Hier sah es aus wie in einem Baumarkt. Ein Paradebeispiel an Ordnung. Jedes Werkzeug hatte hier seinen ihm zugewiesenen Platz. Nichts lag herum. Selbst die Schrauben, Nägel und sonstigen Kleinteile waren fein säuberlich in ausgedienten Marmeladegläsern untergebracht. Andreas hatte deren Deckel an die Unterseite eines Holzbrettes geschraubt und dieses wie ein Regal an der Wand befestigt. Wenn man nun einen Nagel brauchte, konnte man die Gläser einfach abschrauben und hineingreifen. Ziemlich pedantisch, dachte Liliane, während sie die Treppe zum Wohnbereich hinaufstieg.

Als sie oben angekommen war und auch dort das Licht eingeschaltet hatte, stockte ihr der Atem. Das Esszimmer glich einem Schlachtfeld. Gänzlich alles war durcheinander geworfen. Einzelteile der Stühle lagen kreuz und quer in der Gegend herum. Ein Stuhl war mitten in der Glasvitrine mit Susans Kristallfigurensammlung gelandet. Selbst der schwere rustikale Esszimmertisch war umgeworfen. Liliane war völlig außer sich und rief immer wieder nach Susan. Hektisch durchsuchte sie alle Zimmer im Haus. Keines der übrigen war verwüstet. Von Susan wie auch von Andreas fehlte jedoch jede Spur.

Da stand sie nun. Mitten in der Nacht im zertrümmerten Esszimmer ihrer Freundin und war vollkommen durcheinander. Wie sollte sie jetzt reagieren? Sie musste doch irgendetwas unternehmen! Aber was? Die Polizei benachrichtigen oder einfach hier herumsitzen und warten, ob einer der beiden wieder auftauchen würde? Vielleicht sollte sie auch Martin in der Klinik anrufen und ihn fragen, ob es ihm irgendwie möglich sei herzukommen?

Liliane entschloss sich für die Polizei. Sie fingerte in der Jackentasche nach ihrem Handy. Als sie es dort nicht fand, fiel ihr ein, dass sie es im Auto in der Mittelkonsole liegen gelassen hatte. Also machte sie sich in dem Chaos auf die Suche nach Susans Telefon und wurde oben im Schlafzimmer fündig. Aufgeregt tippte sie die Notrufnummer ein.

Doch noch bevor sich am anderen Ende der Leitung jemand meldete, legte sie wieder auf. War es wirklich richtig, die Polizei zu rufen? Vielleicht würde sie die ganze Situation auch überdramatisieren. Vielleicht war alles nur halb so schlimm, wie es das Esszimmer vermuten ließ.

Ein Geräusch an der Haustür riss Liliane aus ihrer verzweifelten Situation, eine Entscheidung zu treffen, heraus. Wie angewurzelt blieb sie stehen und starrte mit angehaltenem Atem auf die Tür. Ihre Pulsfrequenz stieg und pochte wie verrückt in ihren Ohren. Sie hörte, wie jemand einen Schlüssel ins Schloss steckte und ihn umdrehte. Eine Sekunde darauf öffnete sich die Tür – Andreas stand vor ihr. Überrascht zuckte er zurück. Mit weit aufgerissenen Augen starrte er Liliane an und schrie erschrocken:

»Verdammt, Liliane, ich wäre fast vor Schreck gestorben. Was um Gottes Willen hast du hier zu suchen und wie kommst du überhaupt hier herein?«

»Mit dem Ersatzschlüssel, den Susan an der Kellertreppe versteckt hat«, fauchte Liliane zurück. »Und bevor ich hier noch irgendwelche Erklärungen abgebe, möchte ich von dir wissen, was zum Teufel hier los war und wo Susan ist.«

Andreas setzte sich sichtlich abgehetzt und durcheinander auf die Stufen der Holztreppe, die ins obere Stockwerk führte. Seine Augenlider waren verquollen. Er hatte offenbar geweint.

»Ich habe keine Ahnung, wo Susan ist. Die ganze Gegend habe ich mit dem Auto nach ihr abgesucht, aber nichts. Sie ist wie vom Erdboden verschluckt.«

Er ließ den Kopf nach unten sinken und fuhr sich angespannt mit beiden Händen durchs Haar. Liliane ging ein paar Schritte auf ihn zu.

»Und warum euer Esszimmer aussieht, als hätte man eine Bombe darin gezündet, weißt du wohl auch nicht?«

Andreas hob seinen Kopf und sah Liliane schuldbewusst an. Mit zittriger Stimme sagte er:

»Die Möbel habe ich zusammengeschlagen. Wir hatten einen heftigen Streit. Ich war außer mir, als ich durch einen blöden Zufall eine SMS von Holger in Susans Handy gelesen habe.«

Lilianes prüfender Blick durchbohrte Andreas und sie konnte sich den ironischen Unterton in ihrer Stimme nicht verkneifen.

»Natürlich per Zufall?«

»Okay, nicht zufällig«, gab Andreas ohne Umschweife zu. »Ich habe heimlich nachgesehen. Sie war in letzter Zeit irgendwie verändert, da wurde ich misstrauisch.«

»Misstrauischer als du sowieso schon immer warst?«, fragte Liliane und hob dabei eine Augenbraue.

»Ja, ich weiß, aber ich kann einfach nichts dagegen tun. Ich liebe Susan so sehr und möchte sie nicht verlieren und schon gar nicht an solch eine falsche Ratte, wie Holger es ist. Verstehst du das denn nicht, Liliane?«

Sie antwortete ihm nicht. Sie wollte im Moment nicht über Andreas' Probleme mit seiner Eifersucht diskutieren, sie wollte wissen, was hier los war. Andreas schien Lilianes Schweigen richtig zu deuten, denn er fuhr ohne Umschweife fort.

»Auf jeden Fall habe ich Susan mit dieser SMS konfrontiert. Auf einmal ist es aus ihr herausgesprudelt. Sie hat mir alles erzählt. Ich saß nur da und habe zugehört. Als sie fertig war, fühlte ich mich zuerst zu nichts fähig. Ich saß wie versteinert auf meinem Stuhl und hielt krampfhaft ihr Telefon in meinen Händen. Susan begann, mich zu bedrängen. Sie erwartete irgendeine Reaktion von mir. Als sie einfach nicht nachgab, bin ich auf einmal völlig ausgetickt. Ich habe das Handy in ihre Richtung geschleudert und damit das Treppengeländer getroffen. Durch den wuchtigen Aufprall hat es sich in seine Einzelteile zerlegt. Ich habe sie angebrüllt und auf unterstem Niveau beschimpft. Ich muss wie ein Wahnsinniger auf sie gewirkt haben. Aus Angst vor meiner heftigen Reaktion ist sie nach oben ins Schlafzimmer gerannt und hat sich dort eingeschlossen. Danach habe ich meiner Aggression im Esszimmer freien Lauf gelassen, wie man unschwer erkennen kann.«

Andreas unterbrach sich kurz und blickte mit einem zerknirschten Gesichtsausdruck in die Richtung, wo das Esszimmer lag.

»Dann schnappte ich meine Autoschlüssel und fuhr zu Holger. Ich hatte vor, ihm die Fresse zu polieren. Als ich jedoch kurz darauf mit dem Wagen vor seinem Haus stand, war ich nicht einmal in der Lage auszusteigen. Meine Wut schlug plötzlich um in eine große Traurigkeit. Ich heulte wie ein Schlosshund. Ich kann dir nicht genau sagen, wie lange ich so dasaß. Jedenfalls habe ich mich dann entschlossen, Holger heute in Ruhe zu lassen und zurück nach Hause zu fahren. Ich wollte erst mit Susan über die ganze Sache reden, in Ruhe. Als ich wieder zu Hause ankam, war sie aber nicht mehr da. Ich habe das ganze Haus nach ihr abgesucht – erfolglos. Dann ging ich in die Garage. Ihr Auto ist ebenfalls verschwunden. Also habe ich mich wieder in meinen Wagen gesetzt und die ganze Gegend nach ihr abgefahren. Bis eben.«

Liliane setzte sich neben Andreas auf die Treppe und überlegte, wohin Susan sich zurückgezogen haben könnte. Sie hoffte, dass sie nicht zu Holger geflüchtet war. Dies würde die ganze Geschichte ihrer Ansicht nach nur noch verschlimmern.

Andreas schaute Liliane fragend an und unterbrach ihre Gedankengänge sofort wieder.

»Wie kommt es eigentlich, dass du hier mitten in der Nacht auftauchst?«

Liliane berichtete ihm, Susan habe ihr heute die Affäre mit Holger gestanden, habe sie vor etwa einer Stunde hysterisch angerufen und dieser Anruf habe sie so sehr beunruhigt, dass sie umgehend hergefahren sei.

»Was sollen wir jetzt nur tun?«

Liliane sah Andreas fragend an. Er zuckte mit den Schultern und meinte dann:

»Vielleicht sollten wir bis zum Nachmittag oder Abend abwarten, vorher wird auch die Polizei nichts unternehmen. Wenn ich denen erzähle, dass wir einen riesigen Ehekrach hatten, kann ich mir schon lebhaft vorstellen, was die zu mir sagen werden. Sicherlich werden sie mich damit beruhigen wollen, dass nichts besonders Ungewöhnliches daran zu finden ist, wenn sich der Partner nach einem Streit erst einmal zurückzieht und vom anderen nichts wissen will.«

Liliane musste zugeben, dass sie ähnlich dachte. Die Idee, Julia oder Marie anzurufen, verwarf sie innerhalb von Sekunden wieder. Zu Julia würde Susan in Anbetracht der Situation sicherlich nicht gefahren sein, und da Marie von all dem genauso wenig wusste wie Julia, schloss sie diese als Zufluchtsort ebenfalls aus. Noch erschien es ihr nicht vernünftig, Susans Geheimnis an die große Glocke zu hängen, was zwangsläufig der Fall wäre, informierte sie die beiden jetzt über die Ereignisse dieser Nacht. Zudem wollte sie Julia und Marie nicht in dieselbe Situation versetzen, in der sie sich momentan befand. Es reichte durchaus, dass sie fast verrückt wurde vor Sorge.

Schweren Herzens entschloss sich Liliane, den Nachhauseweg anzutreten. Vielleicht hatte Susan ihr mittlerweile schon auf den Anrufbeantworter gesprochen oder saß sogar bei ihr zu Hause vor der Tür.

Bevor Liliane in ihren Wagen stieg, musste Andreas ihr versprechen, sich sofort zu melden, falls Susan auftauchen oder ihn anrufen sollte.

Ihr erster Blick, nachdem sie eingestiegen war, fiel auf ihr Handy. Erwartungsvoll sah sie auf das Display. Keine Nachricht und kein Anruf waren verzeichnet. Ein Blick auf die Uhr verriet ihr, dass es bereits halb sechs war. Sie hörte sich selbst laut aufatmen. Martin würde gleich vom Nachtdienst aus der Klinik nach Hause kommen. Wenn überhaupt jemand in der Lage war, sie etwas zu beruhigen, dann sicherlich ihr Mann.

Ihr Mund war völlig ausgetrocknet und sie hatte furchtbaren Durst. Ein undefinierbarer Geschmack lag auf ihrer Zunge und löste eine leichte Übelkeit in ihr aus. Obwohl ihre Augen geschlossen waren, drang eine grelle Helligkeit durch ihre Augenlider. Diese waren so schwer, dass sie sich außer Stande fühlte, sie zu öffnen.

Einerseits hatte sie den Geruch von Motoröl in ihrer Nase, andererseits schwebte ein penetranter Duft von Desinfektionsmittel im Raum. Mit dieser seltsamen Geruchskombination konnte sie überhaupt nichts anfangen und dies brachte sie bei ihren fieberhaften Überlegungen, wo sie sich befinden könnte, kein Stück weiter. Susan hatte das Gefühl, als leide sie unter einer Art Amnesie, sie hatte keine Ahnung, was passiert war. Das letzte, woran sie sich erinnern konnte, war, wie sie weinend in ihrem Schlafzimmer saß. Von da an herrschte gähnende Leere in ihrem Kopf.

Nein, da war noch etwas. Sie konnte sich erinnern, in

einem fahrenden Auto gesessen zu haben. Aber auch da war sie schon nicht in der Lage gewesen, ihre Augen zu öffnen. Das angestrengte Nachdenken rief Kopfschmerzen bei ihr hervor.

Ihr Durst wurde immer größer, sie brauchte unbedingt etwas zu trinken.

Mit aller Macht versuchte Susan nun, ihre Augen zu öffnen, was ihr unter großer Anstrengung schließlich auch gelang. Aber das grelle Licht, das über ihr zu schweben schien, machte es ihr unmöglich, sie offen zu halten. Plötzlich, wie von Zauberhand, verschwand die grelle Sonne über ihr und es wurde auf eine angenehme Art und Weise dunkler. Jetzt konnte sie noch einmal den Versuch wagen, ihre Lieder zu heben. Sie schaffte es. Allerdings vermochte sie noch immer nicht viel zu erkennen, denn ihr Blick war völlig verschwommen. Nur ganz allmählich verflüchtigte sich der Schleier, der sich auf ihre Netzhaut gelegt hatte.

Während der gesamten Fahrt nach Hause gab Liliane die Hoffnung nicht auf, dass Susan vor ihrer Tür sitzen würde, wenn sie dort ankam. Enttäuscht musste sie feststellen, dass dem nicht so war. Umso größer war nun die Hoffnung, eine Nachricht von ihr auf dem Anrufbeantworter vorzufinden. Aber nichts blinkte. Nur das Lämpchen, das anzeigte, dass der AB in Betrieb war, leuchtete konstant grün. Völlig niedergeschlagen setzte sich Liliane auf den Rand ihres Bettes und vergrub ihr Gesicht in beiden Händen.

»Wo um Himmels Willen bist du, Susan, wo?«, rief sie halblaut.

Sie war so in Gedanken versunken, dass sie nicht einmal mitbekam, wie Martin die Wohnungstür aufschloss und das Schlafzimmer betrat. Liliane zuckte erschrocken zusammen, als Martin plötzlich vor ihr kniete und sie seine sorgenvolle Stimme hörte.

»Was ist los, Liliane, warum sitzt du um diese Uhrzeit schon angezogen hier herum?«

Sie schaute zu ihrem Mann auf und warf sich gleich darauf weinend in seine Arme. Er hielt sie einen Moment lang fest, drückte sie dann aber entschieden von sich weg.

»Rede mit mir, Liliane, was ist geschehen?«

Sie wischte sich die Tränen aus dem Gesicht und erzählte ihm, was in der Nacht vorgefallen war. Danach umarmte Martin sie wieder und versuchte, sie zu beruhigen.

»Mach dich bitte nicht verrückt, Liliane, wahrscheinlich will sie im Moment nur ihre Ruhe haben. Bestimmt taucht sie im Laufe des Tages wieder auf, du wirst sehen.«

Liliane ließ sich nicht beruhigen.

»Aber was ist, wenn Susan einen Unfall hatte, so durcheinander wie sie war? Oder wenn sie sich etwas angetan hat? Vielleicht sollten wir alle Krankenhäuser in der Umgebung anrufen und nachfragen, ob sie eingeliefert wurde. Oder doch die Polizei anrufen und eine Vermisstenanzeige aufgeben. Ich mache mir solche Sorgen! Schon die ganze Zeit habe ich dieses schreckliche Gefühl in mir, als sei ihr etwas zugestoßen.«

Martin sah Liliane verständnisvoll an.

»Hör zu, mein Schatz, wenn es dich beruhigt, rufe ich jetzt Andreas an und erkundige mich, ob Susan vielleicht schon wieder zu Hause aufgetaucht ist. Sollte dies nicht der Fall sein, rufen wir die Polizei an, okay. Ich bin mir sicher, dass dies auch in Andreas' Interesse liegen wird.«

Mit diesem Vorschlag war Liliane einverstanden. Martin wählte Andreas' Nummer. Nach nur einmal Klingeln hatte er ihn am Apparat und erkundigte sich, ob Susan wieder da sei. Andreas klang völlig verzweifelt. Sie hatte sich weder gemeldet noch hatte sie sich wieder zu Hause eingefunden.

»Verdammt, Martin, ich mache mir solche Vorwürfe, dass ich so ausgerastet bin. Wenn ich doch nur wüsste, wo sie ist. Ich kann nicht noch länger warten, ich muss die Polizei verständigen. Irgendetwas müssen die einfach unternehmen, sonst drehe ich noch völlig durch.«

»Wir sind ganz deiner Meinung«, stimmte Martin ihm zu. »Unter anderem war dies auch ein Grund für meinen Anruf.«

Endlich, nach einer ihr endlos erscheinenden Zeit war der Schleier über ihren Augen völlig verschwunden und ihr Blick wieder klar. Sie konnte über sich ein Wellblechdach mit einigen Querverstrebungen aus Metall erkennen. Es erinnerte sie an das Dach einer Lagerhalle.

Susan hatte noch immer keine Ahnung, wo sie sich eigentlich befand, geschweige denn wie sie hierhergekommen war. Eines allerdings war ihr klar. Das Ganze hier war eine sehr merkwürdige Situation und das machte ihr große Angst. Zudem hatte sie noch immer diesen unsagbaren Durst und sie fror.

Sie musste sich dringend einen besseren Überblick von der Umgebung verschaffen. Also versuchte sie sich aufzusetzen. Es ging nicht. Irgendetwas hielt sie fest.

Das einzige, was sie bewegen konnte, war ihr Kopf. Aber selbst das fiel ihr schwer. Sie hob ihn etwas an und sah an sich herunter. Ihr Oberkörper, ihre Arme und Beine waren mit breiten, weißen Gurten fixiert. Susans Herz begann, heftig zu schlagen. Panisch drehte sie ihren Kopf zuerst nach rechts, dann nach links.

Zu ihrer Linken konnte sie in einigen Metern Entfernung jemanden erkennen, der mit dem Rücken zu ihr stand. Die Person war groß, trug Jeans und ein Sweat-Shirt mit Kapuze, die sich die ominöse Gestalt über den Kopf gezogen hatte.

Susan krächzte ein leises »Hallo«. Sie konnte kaum sprechen, weil ihr Mund ausgetrocknet war. Sie versuchte, etwas Spucke in ihrem Mund zu sammeln, was ihr allerdings misslang.

»Helfen Sie mir bitte.«

Ihre Stimme war schwach und klang flehend.

Sie verstummte ungehört in dem großen Raum.

Obwohl sie keine Ahnung hatte, wie sie den Tag bei der Arbeit überstehen sollte, saß Liliane vor ihrem PC im Architekturbüro und starrte auf den Bildschirm. Von konzentriertem Arbeiten konnte allerdings überhaupt keine Rede sein. Ihr Blick fiel im Minutentakt auf die blau-gerahmte Uhr an der Wand. Sie hoffte auf einen erlösenden Anruf von Andreas oder von Susan selbst.

Nach zwei Stunden quälender Unruhe war ihr Geduldsfaden gerissen, sie hielt es nicht mehr aus. Sie musste auf jeden Fall hier weg und etwas unternehmen, egal was.

Liliane entschuldigte sich bei ihren Kollegen und fuhr nach Metzingen. Dort klapperte sie die gesamte Umgebung mit dem Auto nach Susan ab. Auch wenn ihr dies völlig sinnlos erschien. Sie hatte ja keine Ahnung, wo sie überhaupt suchen sollte. Aber letztendlich war es immer noch besser, als im Büro herumzusitzen und die Zeit totzuschlagen. Nach über einer Stunde unkoordiniertem Herumfahren stand sie schließlich bei Andreas vor der Tür.

»Ich habe zuerst alle Orte aufgesucht, an denen ich Susan im Entferntesten vermutet hätte. Danach bin ich einfach kreuz und quer durch die Gegend gefahren und hab nach ihr Ausschau gehalten. Aber nichts. Sie scheint spurlos verschwunden zu sein.«

Liliane sah Andreas mit einem durchdringlichen Blick an.

»Fällt dir noch irgendetwas ein, wo sie sein könnte? Denk nach!«

Seine dunklen Augenränder zeugten von Schlafmangel und den Sorgen um Susan. Andreas setzte sich auf einen der beiden heil gebliebenen Stühle im noch immer völlig verwüsteten Esszimmer. Mit einem verzweifelten Gesichtsausdruck schüttelte er den Kopf. Liliane hob den anderen unversehrten Stuhl auf und setzte sich direkt neben ihn. Sie legte ihre Hand auf seine und atmete tief durch.

»Ich glaube, wir beide könnten jetzt eine große Tasse starken Kaffee vertragen und das Esszimmer ein wenig Ordnung. Vielleicht lenkt uns das ein wenig von unseren ständig kreisenden Gedanken ab. Ich habe das Gefühl, sonst noch völlig durchzudrehen.«

Julia stand vor ihrem Ehebett und überflog noch einmal die vier unterschiedlichen Kleiderstapel, die sie dort aufgehäuft hatte. Wie jedes halbe Jahr hatte sie die Kleiderschränke ihrer Familie durchforstet und aussortiert, was nicht mehr getragen wurde oder zu klein geworden war. Die beiden größten Stapel stammten aus den Kinderzimmern von Philipp und Lisa.

Kinder wachsen einfach viel zu schnell, dachte sie wehmütig. Insgeheim bedauerte sie wohl eher, dass die Zeit, in der ihre beiden Kleinen sie noch brauchen würden, sich kontinuierlich verkürzte. Behutsam strich sie mit der Hand über die ordentlich zusammengelegten Kleider ihrer Kinder, bevor sie diese in die bereitgestellten Kartons verpackte.

Übermorgen wollte sie sich mit Susan und zwei weiteren Frauen treffen, um die gesammelte Kleidung für den Kinderbasar vorzubereiten. Sie mussten noch nach Größen sortiert und etikettiert werden. Holgers und ihre Sachen wollte sie zu einem Second-Hand-Laden in der Metzinger Innenstadt bringen.

Immer wieder schaute Marie auf ihre Armbanduhr. Es war sonst nicht ihre Art, sich das Ende des Unterrichts herbeizuwünschen. Heute allerdings schon. Der Grund hieß Hanna.

Sie hatte ihre Tochter über drei Monate nicht mehr gesehen, nur mit ihr telefoniert. Sie fand, es war an der Zeit, ihr Kind mal wieder so richtig in die Arme zu nehmen und an sich zu drücken. Hanna hatte heute Vormittag einen wichtigen Termin in der Uni Tübingen wegen einer Praktikumsstelle. Danach war der Tag ausschließlich für sie beide reserviert. Wenn Marie nach Hause käme, wartete ihre Tochter bereits auf sie. Dann hieß es Handys ausschalten, einen langen Spaziergang unternehmen, reden, zusammen etwas essen gehen und all das, auf was sie beide sonst noch Lust hatten, vielleicht einen Kinobesuch.

Mittlerweile waren fast zwei Tage vergangen, seit Liliane das letzte Mal mit Susan gesprochen hatte. Auch diese Nacht hatte sie so gut wie nicht geschlafen. Vor Übermüdung waren ihr ein paarmal die Augen zugefallen, mehr aber nicht. Jetzt war es bereits früher Nachmittag – und noch immer kein erlösender Anruf von Andreas. Nervös tigerte sie in ihrer Wohnung auf und ab. Sie würde verrückt werden, wenn sie noch länger hierbliebe. Also fuhr sie wieder zu Susans Haus. Sie hatte das Gefühl, als sei dies der einzige Ort, wo sie die Warterei einigermaßen ertragen konnte. Zu ihrer Erleichterung war Andreas zu Hause.

Sie war gerade auf dem Weg in die Küche, um sich eine Tasse Kaffee aus der Maschine zu lassen, als es an der Haustür klingelte. Ihr Herz begann, heftig zu schlagen. Kaum spürbar, aber dennoch vorhanden, machte sich ein zaghaftes Gefühl der Freude in ihr breit. Das musste Susan sein. Sie hatte bestimmt in der Aufregung des verheerenden Abends ihren Hauschlüssel verloren oder vergessen. Liliane drehte sich erwartungsvoll Richtung Haustür um, während Andreas schon von seinem Stuhl aufgesprungen und im Begriff war, diese zu öffnen.

Doch nicht Susan, sondern zwei Polizeibeamte in Uniform standen vor der Haustür. Liliane stand regungslos da und wagte nicht zu atmen. Die Beamten zogen bei der Begrüßung die Mützen von ihren Köpfen und hielten sie danach andächtig in den Händen.

Ihrem Gesichtsausdruck nach standen sie vor einer unangenehmen Aufgabe. Lilianes Bauchgefühl riet ihr, sich die Ohren zuzuhalten oder noch besser wegzurennen. Aber weder das eine noch das andere funktionierte. Ihre Arme hingen schlaff an ihrem Körper herunter, als ob sie einen Schlaganfall erlitten hätte, und ihre Füße fühlten sich an, als seien sie in den Esszimmerboden einbetoniert.

»Wir haben leider keine guten Nachrichten für Sie, Herr Winter«, begann der ältere der beiden Polizisten.

In Lilianes Schädel hallten diese Worte wie bei einem Echo nach. »Wir haben leider keine guten Nachrichten, wir haben leider keine guten Nachrichten.« Ein Schaudern zog sich über ihren gesamten Körper und unwillkürlich begann sie zu zittern.

Das waren nicht die Worte, die sie hören wollte. Sie wollte den einzig richtigen Satz hören und der lautete: »Hallo Herr Winter, hier bringen wir Ihnen Ihre Frau, es geht ihr gut.«

Aber der Beamte fuhr unerbittlich mit seiner Version fort.

»Heute Vormittag wurde die Leiche einer Frau gefunden. Nach der Beschreibung Ihrer Vermisstenanzeige, dem Foto, das Sie uns überlassen haben, sowie den Papieren, die im Wagen der Toten gefunden wurden, müssen wir Ihnen leider mitteilen, dass es sich dabei um Ihre Frau handelt.«

Bam, Bam, Bam. Er schoss diese Nachricht förmlich heraus und traf sie mitten ins Herz.

In Lilianes Kopf drehte sich alles. Sie hatte das Gefühl, einer Ohnmacht nahe zu sein. Wie durch Watte vernahm sie die Stimmen um sich herum. Alles erschien ihr unwirklich, nicht real. Andreas' schmerzverzerrtes Gesicht verblasste langsam vor ihr. Und sein lautes Weinen verstummte.

Dann wurde es dunkel um sie herum.

Als sie wieder zu sich kam, lag sie auf dem Sofa in Susans Wohnzimmer. Ihr Hinterkopf schmerzte. Langsam richtete sie sich auf, wobei sie leichter Schwindel überkam. Ein junger Mann in Polizeiuniform kam auf sie zugeeilt. Sie erkannte ihn sofort wieder. Es handelte sich um den jüngeren der beiden Beamten, die in der Tür gestanden hatten, bevor sie bewusstlos geworden war. Noch sitzend strich sich Liliane mit der rechten Hand über ihren Hinterkopf, wo sie eine riesige Beule ertastete.

»Sie haben sich beim Umfallen den Kopf gestoßen«, erklärte der junge Polizist mit besorgter Stimme. Er beugte sich etwas zu ihr herunter und legte beruhigend eine Hand auf ihre Schulter. »Wir haben vorsichtshalber einen Arzt angefordert, er müsste jeden Moment eintreffen.«

Liliane sah den Beamten ungläubig an und zog dabei die Augenbrauen zusammen. Wieso Arzt? Sie brauchte doch keinen Arzt. Was war überhaupt passiert? Warum war sie denn umgefallen? Es dauerte nur Sekunden und die schmerzliche Erinnerung kehrte zurück.

»Susan, wo ist sie?«

Der Polizist gab ihr ruhig und mit besänftigender Stimme Auskunft.

»Frau Winter befindet sich derzeit noch in der Gerichtsmedizin. Herr Winter ist mit einem unserer Kollegen gerade auf dem Weg dorthin.«

Liliane sah den Beamten verstört an.

»In der Gerichtsmedizin, warum ist sie dort?«

Sie hörte wie, der Polizist tief durch die Nase einatmete.

»So wie es aussieht, ist Frau Winter weder eines natürlichen Todes gestorben noch bei einem Unfall ums Leben gekommen. Auch einen Suizid können wir ausschließen. Im Moment müssen wir davon ausgehen, dass sie ermordet wurde.«

Liliane fühlte sich abermals einer Ohnmacht nahe und war froh darüber, dass sie noch immer auf dem Sofa saß.

»Ermordet?«, stammelte sie mit Entsetzen.

Erste Tränen rannen Liliane übers Gesicht, während sie mit dem Beamten weitersprach.

»Aber das ist doch völlig absurd. Wer um Himmels Willen sollte denn so etwas tun, sie ist einer der liebenswürdigsten Menschen, die ich kenne.«

»Über Einzelheiten kann ich Ihnen bisher leider keine Auskunft geben.«

Seine Stimme klang bestimmt. Aber Liliane konnte in

seinen Augen lesen, dass es ihm aufrichtig leidtat, ihr diese furchtbare Nachricht überbringen zu müssen und sie dann mit diesen dürftigen Informationen abzuspeisen.

Liliane vergrub das Gesicht in ihren Händen und schluchzte nun so sehr, dass ihr gesamter Körper bebte.

Der Arzt, der inzwischen eingetroffen war, prüfte mit einem Lämpchen ihre Pupillenreaktion und maß ihren Blutdruck – ohne Befund. Dann erkundigte er sich nach den Schmerzen an ihrem Hinterkopf. Doch sie hatte keine Schmerzen mehr. Zumindest nicht am Hinterkopf. Ihr Herz wollte vor Schmerz zerspringen. Eine von dem Arzt gut gemeinte Beruhigungsspritze lehnte sie dankend ab. Sie wollte nur noch nach Hause zu ihrem Mann.

Langsam erhob sie sich vom Sofa. Als sie auf ihren noch etwas wackeligen Beinen stand, kam ein Mann – gekleidet in Jeans, weißem Hemd und einer schlichten, braunen Lederjacke – auf sie zu. Liliane schätzte ihn in ihrem Alter. Er war groß, mindestens 1,85 Meter, und sportlich, hatte dunkelbraunes, kurzes Haar und ein makelloses Gesicht mit einer geraden schmalen Nase und tiefgrünen Augen. Nach seinem Äußeren hätte er auf einen Laufsteg gepasst. Doch sie vermutete, dass er ebenfalls ein Polizeibeamter war. Der Mann reichte ihr die Hand, seine tiefe Stimme klang ruhig und freundlich.

»Guten Tag, Frau...?«

Er machte eine Pause, die sie aufzufordern schien, ihm ihren Namen zu nennen.

»Kramer«, antwortete Liliane und strich sich dabei über die Beule an ihrem Hinterkopf, die sich noch größer anfühlte als beim ersten Abtasten.

Keiner der Anwesenden wusste bisher ihren Namen. Bevor sie sich jemandem vorstellen konnte, hatte sie das Bewusstsein verloren, und Andreas, der über ihre Identität hätte Auskunft geben können, war aufgrund der furchtbaren Umstände dazu nicht mehr in der Lage gewesen.

Außerdem befand er sich, wie Liliane von dem jungen Polizisten erfahren hatte, momentan in der Gerichtsmedizin, um Susan zu identifizieren.

Armer Andreas, dachte Liliane und war abermals den Tränen nahe.

Gleichbleibend freundlich wiederholte der Beamte die Begrüßung.

»Guten Tag, Frau Kramer, ich bin Kriminalhauptkommissar Frank Schneider vom Morddezernat Reutlingen. Fühlen Sie sich in der Lage, mir ein paar Fragen zu beantworten?«

Liliane nickte zustimmend.

»Dann nehmen Sie doch bitte noch einmal Platz.«

Kommissar Schneider machte eine einladende Handbewegung in Richtung Sofa. Liliane folgte seiner Aufforderung. Er nahm neben ihr Platz und begann ohne Umschweife mit seiner Befragung.

»Waren Sie mit der Ermordeten verwandt?«

Schon die erste Frage bedeutete für Liliane eine emotionale Talfahrt. Denn der kurze Satz enthielt zwei Wörter, die sie unweigerlich zusammenzucken ließen: »waren« und »Ermordete«.

Kommissar Schneider reagierte prompt.

»Bitte entschuldigen Sie, Frau Kramer. Waren Sie mit Frau Winter verwandt?«

Indem er Susan ihren Nachnamen zurückgab, gestaltete er die Frage für Liliane etwas erträglicher.

»Nein, das waren wir nicht. Sie war meine beste Freundin und das seit unserer Kindheit.«

Wieder rann eine Träne über ihre Wange. Frank Schneider holte ein Papiertaschentuch aus seiner Jackentasche und reichte es ihr wortlos. Liliane wischte sich damit hastig übers Gesicht. Dann setzte er seine Befragung fort. Unter anderem wollte er von ihr wissen, wann sie Susan zum letzten Mal gesehen und wo sie sich zum Zeitpunkt von Susans Verschwinden aufgehalten hatte.

Liliane gab ihm auf all seine Fragen bereitwillig Auskunft und stand dann leicht schwankend vom Sofa auf.

»Wenn Sie im Moment keine weiteren Fragen mehr an mich haben, würde ich jetzt gerne nach Hause gehen.«

Der Kommissar erhob sich ebenfalls und stützte Liliane reflexartig einen kurzen Augenblick, um sicherzugehen, dass sie nicht hinfiel.

»Ja natürlich, das war's fürs Erste, Frau Kramer. Einer meiner Kollegen wird nur noch kurz Ihre Personalien aufnehmen, danach könnte Sie einer unserer Beamten nach Hause fahren.«

Gleichzeitig reichte er ihr zum Abschied die Hand. Liliane erwiderte seinen Händedruck und lehnte dabei sein Angebot, nach Hause gefahren zu werden, dankend ab.

Während sie sich von Kommissar Schneider abwandte, suchte sie in der Handtasche nach ihrem Personalausweis. Als sie fündig wurde und dem jungen Polizisten, der vorher zu ihr geeilt war, den Ausweis hinhielt, sprach Schneider sie noch einmal an.

»Sicherlich werden sich im Laufe der Ermittlungen noch einige Fragen ergeben, dann werde ich mich wieder mit Ihnen in Verbindung setzen.«

»Natürlich«, antwortete Liliane knapp, ohne sich nochmals von ihm zu verabschieden.

Genug der Höflichkeiten. Sie wollte jetzt nur noch eines, weg von hier. Weg von den Menschen, die ihr mitgeteilt hatten, dass Susan ermordet worden war, aber ansonsten nichts weiter preisgaben.

Erst auf der Fahrt nach Hause fiel ihr Andreas wieder ein. Armer Andreas. Er stand jetzt in einer Leichenhalle und musste seine geliebte Frau identifizieren. Er tat ihr so furchtbar leid, doch im Moment konnte sie sich nicht um ihn kümmern, viel zu groß war ihr eigener Schmerz.

Martin stand in der Küche und bereitete das Abendessen zu. Auf dem Herd stand ein großer Topf. Der weiße Wasserdampf, der aus ihm quoll, wurde von der leise brummenden Dunstabzugshaube unablässig aufgesogen. Die aufgerissene Packung mit den Spaghetti hatte er schon neben sich bereitgelegt. Martin rührte derweil mit einem Kochlöffel langsam in einem kleinen, roten Topf herum. Er hatte gar nicht registriert, dass Liliane in die Wohnung gekommen war. Ihm kam eine Kindheitserinnerung in den Sinn.

Den Topf hatte er vor vielen Jahren von seiner Großmutter geschenkt bekommen. Davor war er eines der wichtigsten Spielutensilien gewesen, wenn er seine Oma als kleiner Junge am Wochenende besuchte hatte. Kochte sie Suppe oder Eintopf, verwendete sie immer frisch geerntetes Gemüse und Kräuter aus dem eigenen Garten. Martin bekam immer einen kleinen Teil davon ab. Er schnitt dies zuerst fein säuberlich klein, dann warf er es zusammen mit ein paar anderen Zutaten in seinen Spieltopf. Unter seinen Spezialeinlagen befanden sich auch Chilischoten, bunte Pfefferkörner, Gemüsereste und Eierschalen. Die beiden letztgenannten Zutaten sammelte seine Großmutter auf einer alten, ausgelegten Zeitung, sie waren eigentlich für den Kompost im Garten bestimmt. Mit diesen Extraeinlagen Biomüll schuf er zwar eine farbenfrohe Eigenkreation, allerdings war sie auch völlig ungenießbar. Aber darum ging es beim Eintopfkochen mit Oma überhaupt nicht. Es machte beiden wahnsinnigen Spaß und das war die Hauptsache.

Liliane ging davon aus, dass in diesem Moment schon die Tomatensoße à la Martin in dem kleinen, roten Töpfchen vor sich hin blubberte, die sie so sehr mochte.

Ohne ein Wort zu sprechen, ging sie langsam auf ihren Mann zu. Als er Liliane endlich bemerkte und sich nach ihr umdrehte, warf sie sich schluchzend in seine Arme.

Martin war bewusst, dass etwas Furchtbares mit Susan passiert sein musste, und er wagte kaum, danach zu fragen. Eine ganze Weile hielt er sie einfach nur fest und ließ sie weinen. Irgendwann hob Liliane ihren Kopf und sah ihren Mann an.

»Susan ist tot. Die Polizei war bei Andreas und sagte, jemand hätte sie ermordet.«

Martin stockte der Atem. Mit solch einer schrecklichen Nachricht hatte er nicht gerechnet.

»Das kann doch nicht wahr sein. Susan tot?«

Martin ließ sich wie in Zeitlupe auf einen Küchenstuhl sinken. Liliane setzte sich auf seinen Schoß.

»Ich weiß noch nicht einmal, wie sie umgebracht wurde und wo man sie gefunden hat. Keiner wollte mir nähere Auskünfte darüber geben. Wegen der Ermittlungsarbeiten, haben sie gesagt. Ich weiß nur, dass meine beste Freundin umgebracht wurde.«

Martin drückte Liliane an sich und sie schmiegte sich schutzsuchend an ihn. Das Spaghettiwasser dampfte weiter unbeachtet vor sich hin.

Als sie mitten in der Nacht schreiend aufwachte, standen ihr Schweißperlen auf der Stirn. Martin knipste das Licht an und streichelte besorgt ihre Wange.

»Schatz beruhige dich, ich bin bei dir.«

Hoffnungsvoll sah sie ihn an.

»Bitte sag mir, dass Susan nicht tot ist und ich nur schlecht geträumt habe, bitte!«

Ohne ihr zu antworten, nahm Martin sie in seine Arme und hielt sie fest. Mehr brauchte es nicht, um ihr die traurige Gewissheit zu verschaffen, dass sie nicht geträumt hatte.

Es dauerte lange, bis Liliane sich wieder in den Schlaf geweint hatte.

Sonnenstrahlen fielen durchs Schlafzimmerfenster direkt auf Lilianes Gesicht. Die Wärme war angenehm. Langsam schlug sie ihre verquollenen Augen auf und drehte ihren Kopf zu Martins Bettseite, die bis auf seine zerknüllte Decke verwaist dalag.

Er war bereits in die Klinik gefahren. Liliane quälte sich aus dem Bett und ging in die Küche. Dort fand sie den Frühstückstisch liebevoll gedeckt vor. Auf ihrem Teller lag ein kleiner Zettel mit Martins Handschrift.

Wenn Du reden willst, ruf mich jederzeit an. Ich bin für dich da. Versuche, heute etwas früher nach Hause zu kommen.

Ich liebe Dich, Martin.

Der Gedanke an solch einen liebevollen und einfühlsamen Menschen an ihrer Seite zauberte ein kleines Lächeln in Lilianes Gesicht. Doch dieses Gefühl der Geborgenheit hielt nicht lange an. Die furchtbaren Ereignisse des vergangenen Tages holten sie rasch wieder ein. Sie fühlte sich nicht in der Lage zu arbeiten und rief im Architekturbüro an, um sich krank zu melden.

Sie hatte gerade das Gespräch mit ihrer Kollegin beendet und das Telefon noch in ihrer Hand, als dieses klingelte. Am anderen Ende war Kommissar Schneider. Liliane hatte nicht damit gerechnet, so schnell wieder etwas von ihm zu hören. Freundlich, wie er schon am Tag zuvor gewesen war, bat er sie, auf der Dienststelle im Polizeipräsidium in Reutlingen vorbeizukommen.

Ich habe ihm doch erst gestern etliche Fragen beantwortet, was will er denn noch von mir, fragte sie sich. Warum musste er sie so quälen?

Liliane vereinbarte noch für denselben Tag einen Termin mit ihm, in der Hoffnung, damit alles so schnell wie möglich hinter sich bringen zu können.

Nachdem Liliane aufgelegt hatte, hielt sie das Telefon noch lange krampfhaft in beiden Händen. Die Entscheidung, Julia und Marie anzurufen, quälte sie höllisch. Besonders der Anruf bei Julia bereitete ihr großes Kopfzerbrechen.

Sollte sie die Tatsache, dass Susan ein Verhältnis mit Holger hatte, einfach verschweigen oder es ihr erzählen? Was war fair, was unnötig? Liliane entschied sich, die Anrufe noch ein, zwei Stunden hinauszuzögern, und legte das Telefon etwas erleichtert zur Seite.

Stattdessen beschloss sie, Andreas einen Besuch abzustatten. Er brauchte jetzt jemanden an seiner Seite, der für ihn da war und mit ihm fühlte. Und wer konnte das besser als jemand, der Susan ebenso geliebt hatte.

Als Liliane keine halbe Stunde später in die Straße zu Andreas einbog, sah sie Julias schwarzes Coupé in der Einfahrt stehen. Somit hatte sich ein Anruf erübrigt.

Während sie auf dem schmalen Kiesweg zum Eingang ging, öffnete Andreas bereits die Haustür.

»Ich war gerade in der Küche und habe dich vom Fenster aus gesehen, als du hergefahren bist. Komm rein.«

Liliane umarmte ihn zur Begrüßung und hielt ihn einen Augenblick lang fest. Dann sah sie ihm mitfühlend in die Augen.

»Wie geht es dir?«

»Die Beruhigungsmittel, die mir mein Arzt verabreicht hat, erledigen ihre Arbeit einigermaßen gut. Ich fühle in mir eine große Leere. Immer mal wieder nicke ich kurz ein, und wenn ich dann wieder aufwache, hoffe ich, alles nur geträumt zu haben. Aber die schreckliche Realität holt mich sofort wieder ein.«

»Ja, ich weiß, was du meinst, mir geht es genauso«, antwortete Liliane verständnisvoll.

»Julias Auto steht vor der Tür, wo ist sie?«

»In der Küche. Sie wollte sich heute Morgen mit Susan

hier treffen. Eigentlich wollten sie die Sachen für den Kleiderbasar einladen und zusammen ins Gemeindehaus fahren, um sie dort abzugeben.«

Liliane ging durch das Esszimmer, das mittlerweile nicht mehr so chaotisch aussah wie noch vor zwei Tagen. Die Glasscherben der Kristallfiguren und der Vitrine waren zu einem Haufen zusammengekehrt worden, der im Wohnzimmerbereich lag. Julia stand angelehnt am Kühlschrank in der Küche und weinte, ohne auch nur einen Laut von sich zu geben. Ihr Gesicht wirkte wie versteinert, aber unaufhörlich rannen schwarzgefärbte Tränenbahnen der Wimperntusche über ihre Wangen. Liliane ging auf sie zu und nahm sie in die Arme.

Julia erwiderte ihre Umarmung nicht. Stattdessen flüsterte sie Liliane in einem beängstigend boshaften Tonfall ins Ohr:

»Er hat Susan umgebracht!«

Liliane wich ruckartig zurück. Sie verstand nicht.

»Wer hat Susan umgebracht?«, fragte sie erschrocken.

Julia zeigte mit ausgestrecktem Arm und Zeigefinger auf Andreas und schrie:

»Er hat Susan umgebracht!«

Andreas drehte sich zu Julia um.

»Was, spinnst du?«, brüllte er verstört und entsetzt zurück.

Liliane starrte mit aufgerissenen Augen ihre Freundin an und packte sie dann grob an den Oberarmen.

»Was redest du denn da, das ist doch völlig absurd!«

»Ach ja, findest du? Die Polizei sieht das aber ganz anders!«

Liliane drehte sich fragend zu Andreas um.

»Was um Himmels Willen meint sie denn damit?«

Andreas sank auf einen Stuhl nieder. Mit hängenden Schultern saß er da und sah Liliane mit einem verzweifelten Gesichtsausdruck an.

»Dieser Kommissar Schneider und eine Kollegin von ihm, eine Frau irgendwas ...dorfer, waren, kurz bevor du gekommen bist, hier, um mir das mitzuteilen. Sie haben mir nahegelegt, mich für weitere Fragen und Untersuchungen zur Verfügung zu halten und dass ich...« Er stockte kurz, um durchzuatmen. »...und dass ich zum Kreis der Verdächtigen gehören würde«, fuhr er zögerlich fort.

»Wie kommen die denn auf solch eine unsinnige Idee?«

Liliane konnte einfach nicht glauben, was sie da hörte, und schnappte geschockt nach Luft.

»Na, dann zähl doch mal eins und eins zusammen oder bist du so naiv, wie du gerade tust, Liliane?«, fauchte Julia aus dem Hintergrund. »Ich kann dir die Fakten gerne noch einmal aufzählen, wenn dein Erinnerungsvermögen getrübt sein sollte. Zuerst der heftige Streit zwischen den beiden, weil Andreas erfahren hat, dass Susan und mein sauberer Ehemann ein Verhältnis miteinander hatten.«

Liliane drängte es kurzzeitig, Julia zu fragen, woher und seit wann sie das mit den beiden wusste, hielt jedoch den Moment nicht für passend und schwieg. Stattdessen folgte sie weiter Julias Ausführungen.

»Als nächstes verschwinden Susan wie auch Andreas die ganze Nacht. Keiner weiß, wo Andreas war, er hat kein Alibi. Zwei Tage später wird Susan ertrunken am Ufer eines Weihers aufgefunden.«

Fassungslos starrte Liliane ihre Freundin an.

»Von was für einem Weiher redest du und woher weißt du, dass sie ertrunken ist?«

»Von der Kripo«, erklärte Andreas, der Julia mit der Antwort zuvor kam. »Susan wurde am Ufer des kleinen Weihers gefunden, der zwischen Metzingen und Grafenberg liegt, ein wenig abseits von der Straße, unterhalb des Florianberges. Ich selbst war noch nie an diesem Weiher, kenne ihn aber aus den Erzählungen eines Nachbarn, der schon einige Male zum Angeln dort gewesen ist. Auch ihr

Auto war dort auf einer kleinen Kieseinbuchtung abgestellt.«

Er machte eine kurze Pause und fuhr sich währenddessen mit beiden Händen nervös durchs Haar.

»Für die Polizei gibt es noch einen viel triftigeren Grund, mich zu verdächtigen, als nur der Streit, den wir beide an diesem Abend hatten – meinen Beruf.«

Beide Frauen blickten ihn fragend an. Mit dieser Bemerkung stiftete er bei Julia und Liliane nur noch mehr Verwirrung. Sie hatten keine Ahnung, worauf er hinauswollte.

»Meine Güte, Andreas, sprich doch nicht in Rätseln. Was sollte denn ein Anästhesist damit zu tun haben?«

Andreas' Gesicht war kreidebleich und seine Stimme zitterte, als er Julia und Liliane berichtete, was die Polizei ihm außerdem mitgeteilt hatte.

»Die Gerichtsmediziner stellten bei der Obduktion fest, dass Susan außer einem starken Beruhigungsmittel auch ein Mittel injiziert worden war, das normalerweise in der Anästhesie oder als starkes Schmerzmittel eingesetzt wird.«

Andreas ballte die Hände zu Fäusten und hämmerte sie gegen seine Stirn.

»Ein Opioid, Liliane! Besser kann es doch nicht zusammenpassen.«

»Ein Opioid?«, wiederholte Julia fragend. »Ich verstehe nicht. Laut Polizei wurde Susan doch ertrunken aufgefunden.«

Andreas ließ seinen Kopf sinken und begann, fürchterlich zu schluchzen. Liliane ging auf ihn zu und kniete sich direkt vor seinem Stuhl auf den Boden. Sie legte ihre Hände auf seine Knie und sprach leise und mit einem beruhigenden Tonfall.

»Was hat das zu bedeuten, Andreas?«

Sie stellte diese Frage, obwohl sie sich eigentlich nicht sicher war, ob sie die Antwort, die sie tief in ihrem Inneren bereits kannte, wirklich hören wollte.

Er hob den Kopf und sah Liliane an. Sie konnte den Schmerz, den er empfand, von seinen Augen ablesen. Andreas atmete tief ein und antwortete mit einem verbitterten Unterton.

»Das bedeutet vereinfacht ausgedrückt, dass bei richtiger Dosierung dieser Substanz und je nach gewählter Körperregion das Bewusstsein nicht wie bei einer herkömmlichen Narkose ausgeschaltet ist, sondern man alles realisiert, was um einen herum passiert. Der Körper selbst ist aber nicht mehr in der Lage zu agieren. Deine Muskeln in den Armen und Beinen werden völlig unbrauchbar. Ihr kennt das wahrscheinlich von der PDA, der Periduralanästhesie. Dort wird das Mittel eingesetzt, um eine schmerzärmere Geburt zu ermöglichen. Nach Angabe der Pathologen wurde bei Susan eben dieses Medikament eingesetzt.«

Abermals machte Andreas eine kurze Pause, bevor er weitersprach.

»Das bedeutet, dass derjenige, der Susan das angetan hat, sie nicht einfach nur umgebracht hat. Er hat sie bewusst einem grausamen Todeskampf ausgesetzt. Er wollte sie leiden sehen, wie sie qualvoll versucht, um Luft zu ringen.«

»Oh mein Gott!« war alles, was von Julia noch zu hören war. Danach presste sie die Hand auf ihren Mund und verschwand in der Toilette, um sich zu übergeben.

Liliane stand wie versteinert da. Im Inneren ihres Körpers wütete ein Kampf zwischen ihrem Schmerz und dem Hass gegenüber der Person, die Susan so hatte leiden lassen.

Wer auch immer es gewesen sein mochte.

»Ich habe das nicht getan«, schrie Andreas plötzlich wie von Sinnen. »Wie kannst du nur im Geringsten annehmen, dass ich irgendetwas mit dem Mord an Susan zu tun haben könnte, geschweige denn, ihr so etwas Grausames hätte zufügen können?«

Julia stand mittlerweile mit einem betroffenen Gesichtsausdruck in der Toilettentür und hielt sich krampfhaft mit beiden Händen am Rahmen fest. Andreas sah sie verzweifelt an.

»Sie ist…« Er stockte kurz, atmete dann tief durch und wurde etwas ruhiger. »Sie war für mich der wichtigste Mensch überhaupt und ich habe sie mehr geliebt als mein eigenes Leben. Es ist völliger Irrsinn zu glauben, ich hätte ihr etwas antun können und schon gar nicht so etwas. Sicherlich, sie haben uns beide betrogen, aber glaube mir, Julia, gegen Susans Verlust kommt mir der Betrug einfach nur lächerlich vor. Ich wünschte mir, sie würde noch leben, das andere würde sich auf irgendeine Weise regeln lassen.«

Auch Julia begann jetzt zu weinen. Diesmal nicht stumm wie noch vor wenigen Minuten. Sie weinte nun hemmungslos wie ein kleines Mädchen. Sie ging zu Andreas und umarmte ihn.

»Es tut mir so leid, Andreas, ich hab völlig überreagiert. Weißt du, ich fühle mich einfach so hilflos. Es ist so entsetzlich, nicht zu wissen, wer für Susans qualvollen Tod verantwortlich ist. Im Grunde weiß ich ganz genau, dass du Susan so etwas niemals hättest antun können.«

Liliane ging in die Küche, um Tee aufzubrühen. Als sie wenig später zusammen auf dem Sofa saßen, sah Liliane ihre Freunde bedrückt an.

»Wir sollten endlich Marie anrufen und ihr erzählen, was passiert ist.«

»Wie spät ist es?«, fragte Julia.

»Kurz nach dreizehn Uhr.«

»Dann hat Marie schon Schulschluss und soweit ich weiß, hat sie heute Nachmittag keinen Unterricht. Es wird aber besser sein, wir sagen es ihr nicht am Telefon, sondern fahren zu ihr.«

Frank Schneider saß an seinem Schreibtisch im Morddezernat und studierte intensiv das Foto, das er zwischen seinen Fingern hielt. Es zeigte eine attraktive Frau mittleren Alters mit blondem, langem, gelocktem Haar. Eine ihrer Locken fiel ihr ins blasse Gesicht. Ihre Augen waren geschlossen. Die Lippen waren bläulich verfärbt. Sie trug ein zartgeblümtes Kleid mit kurzen Ärmeln und darunter ein weißes langärmliges Shirt. Die Frau auf dem Foto war Susan Winter. Das Bild hatten seine Kollegen der Spurensicherung am Weiher aufgenommen.

Ihre Leiche war dort nicht einfach abgelegt, geschweige denn nur belanglos liegen gelassen worden. Jemand hatte sie dort aufgebahrt – gebettet, sie zur Schau gestellt. Wie Dornröschen im Glassarg kam sie ihm vor. Ihre Hände waren andächtig in Höhe des Bauchnabels übereinandergelegt. Ihre Beine geschlossen. Sie war barfuß. Das Haar nicht zerzaust, sondern ordentlich zurechtgelegt. Selbst die Haarsträhne, die ihr wie zufällig ins Gesicht fiel, war mit Sicherheit absichtlich so platziert worden, um das Bild perfekt zu machen. Davon war Frank Schneider überzeugt.

Er legte das Foto zur Seite und nahm ein anderes in die Hand. Es zeigte eine Nahaufnahme von Susan Winters Haar. An einer Lockensträhne war ein filigraner, weißer Schmetterling mit einer silbernen Klammer befestigt worden. Offensichtlich hatte ihn der Mörder als Krönung seiner Tat dort im Haar hinterlassen.

Kommissar Schneider hatte nicht den Eindruck, als gehörte es zu Susan Winters Kleidungsstil, mit einem kitschigen, mit Silberglitzer bestäubten Schmetterling im Haar herumzulaufen. Bisher hatte er dieses Detail dem Ehemann gegenüber noch nicht erwähnt. Er war sich aber sicher, dass sowohl Andreas Winter als auch die Freunde und Bekannten des Mordopfers seine Vermutung bestätigen würden.

Und noch eine Sache hatte er bisher nicht bekannt gegeben. Auch dazu gab es ein Foto, das er nun aus dem

Aktenstapel herauszog. Es handelte sich um ein etwa DIN-A5 großes Stück Papier, das am Kleid der Ermordeten mit einer kleinen Sicherheitsnadel angebracht worden war. Auf ihm war handschriftlich nur ein Satz zu lesen:

Dein Tod besänftigt mein Leid

Der Beamte starrte mit verbissenem Gesichtsausdruck auf das Foto. Viel hatte er im Moment noch nicht. Ein paar Fußabdrücke, die am Weiher um die Tote herum sichergestellt worden waren und von denen die meisten höchstwahrscheinlich den beiden Anglern gehörten, die Susan Winters Leiche gefunden hatten. Schleifspuren, die mit großer Wahrscheinlichkeit vom Täter stammten, der Susan Winter hinter sich hergezogen hatte. Keinerlei Fingerabdrücke an der Leiche. Die Untersuchungen am Wagen der Toten dauerten noch an. Bisher hatten die Kollegen von der Spurensicherung dort nur die Fingerabdrücke des Opfers selbst sicherstellen können.

Dann gab es noch diesen Schmetterling, dessen Aufnahme Schneider jetzt wieder in die Hand nahm und anstarrte. So etwas konnte man in jedem x-beliebigen Bastel- oder Deko-Laden kaufen und somit war schwer nachzuverfolgen, wo und von wem er gekauft worden war.

Aber eines war ihm klar, der Mörder wollte durch das gezielte Anbringen dieses Insekts irgendetwas zum Ausdruck bringen, er wusste nur noch nicht was.

Der Kommissar legte das Foto beiseite und blätterte ohne Hast in den Akten, um nach der Aussage von Dr. Winter zu suchen. Abermals las er sie konzentriert durch.

Einiges sprach dafür, dass Andreas Winter etwas mit dem Tod seiner Frau zu tun hatte. Sein fehlendes Alibi für die gesamte Nacht des Streits sowie seine jahrelange Tätigkeit als erfahrener Anästhesist waren erdrückende Indizien. War für ihn der Zugang zu derartigen Substanzen doch weitaus einfacher als für Otto Normalverbraucher. Die Recherchen, ob solche in letzter Zeit von ihm bezogen worden waren, liefen bereits auf Hochtouren. Frank Schneider war sich allerdings sicher, wenn dies der Fall gewesen sein sollte, dann mit Sicherheit über verschlungene Kanäle und nicht über die Krankenhausapotheke oder andere leicht nachvollziehbare Wege.

Auf der anderen Seite – Schneider suchte nach entlastenden Momenten – wurden täglich Partner beim Fremdgehen erwischt, aber deshalb gehörte es nicht zur Tagesordnung, dass man ihn oder sie kaltblütig ermordete.

Die Art und Weise, wie Susan Winters Leiche letztendlich am Weiher aufgefunden worden war, sprach nicht für eine im Affekt verübte Tötung. Wer das getan hatte, hatte es überlegt und mit Planung getan. Auch in diesem Punkt war sich Frank Schneider sicher.

Also entweder war Andreas Winter nicht der Mörder seiner Frau oder er hatte den Mord mit langer Hand geplant, was für ein besonders krankhaftes und kaltblütiges Vorgehen spräche. Des Weiteren müsste er zudem über ein beträchtliches schauspielerisches Talent verfügen. Denn dann hätte er nicht erst an dem besagten Abend des Streites von dem Verhältnis seiner Frau und Holger Kaufmanns erfahren, dann müsste er bereits länger darüber im Bilde gewesen sein.

Andreas Winter war allerdings nicht der einzige, der im Visier des Kripobeamten stand. Da gab es eben diesen besagten Holger Kaufmann, Susan Winters Affäre. Er hatte zwar keinerlei medizinische Ausbildung, aber auch er hatte für diese Nacht kein Alibi. Er hatte ausgesagt, sehr spät nach Hause gekommen zu sein. Um seine Frau und die Kinder nicht zu wecken, habe er sich in dem Gästezimmer schlafen gelegt, das sich im Souterrain befindet. Seine Frau hatte ihn nicht kommen gehört, also war nicht mit Sicherheit zu sagen, ob und wann er in dieser Nacht wirklich das Haus betreten hatte.

Vielleicht hatte Susan Winter ihm kurz zuvor ihre Liebe gestanden und er hatte es daraufhin mit der Angst zu tun bekommen. Womöglich wäre sein ganzes bisheriges Leben aus den Fugen geraten. Eventuell wäre er damit so gar nicht einverstanden gewesen und hätte mit dem Mord einen Weg gefunden, sie loszuwerden. Wenn dem so war, musste auch er dies von langer Hand geplant haben. Denn das Wissen über die Wirkung und Dosierung von Narkose- und Beruhigungsmitteln hätte er sich im Gegensatz zu Dr. Winter zuerst aneignen müssen.

Schneiders Kollegin Barbara Hochdorfer, das Computerass der Abteilung, war bereits damit beschäftigt, die beschlagnahmten privaten wie geschäftlichen Rechner und das Notebook von Holger Kaufmann nach Recherchen oder Hinweisen zu durchforsten.

»Zu viele Vielleichts und Eventuells. Alles nur Spekulationen, Frank«, sagte er leise zu sich selbst und legte die Aussage von Andreas Winter zurück in die Aktenmappe, die vor ihm auf dem Tisch lag.

Schließlich konnte es sich bei dem Mörder auch um eine völlig andere Person handeln. Er hatte im Moment einfach zu wenige Fakten, um seine Ermittlungen auf eine bestimmte Person konzentrieren zu können. Auf alle Fälle musste er von Holger Kaufmann und Andreas Winter Schriftproben verlangen und versuchen herauszufinden, was es mit diesem weißen Schmetterling auf sich hatte.

Kommt hoch!«

Maries fröhliche Stimme schmetterte durch die Sprechanlage, nachdem Julia und Liliane bei ihr geklingelt hatten. Während beide mit dem Aufzug nach oben fuhren, sprachen sie kein Wort. Viel zu sehr war jede damit beschäftigt, wie sie ihrer gemeinsamen Freundin die schreckliche Nachricht überbringen sollten. Die Tür des Aufzuges ging auf und ihnen gegenüber stand eine vor Freude strahlende Marie.

»Das ist aber mal eine nette Überraschung, damit hab ich ja überhaupt nicht gerechnet, euch so schnell wiederzusehen. Kommt doch rein.«

Während Julia und Liliane die Wohnung betraten, hielt Marie mit einer Hand die Wohnungstür weit auf und winkte sie mit der anderen einladend herein.

»Na, was verschafft mir denn dieses Vergnügen?«

Vor lauter Freude, Julia und Liliane so bald wiederzusehen, fiel Marie zuerst gar nicht auf, dass sie alles andere als fröhlich dreinschauten. Erst als sie in ihrer Wohnung standen, wurde ihr bewusst, dass etwas nicht stimmen konnte. Maries Lächeln wich langsam einem besorgten, fragenden Gesichtsausdruck.

»Was ist los? Ich kann es in euren Gesichtern lesen, irgendetwas ist nicht in Ordnung.«

Julia versuchte die Tränen, die ihr langsam in die Augen stiegen, zu unterdrücken und den Kloß in ihrem Hals mit einem Räuspern zu vertreiben.

»An dem Abend, als wir vier uns getroffen haben, ist Susan spurlos verschwunden.« Julia machte eine kurze Pause und schluckte. »Gestern Morgen wurde sie von zwei Anglern an dem Weiher, der zwischen Metzingen und Grafenberg liegt, ermordet aufgefunden.«

Danach brach sie in Tränen aus.

Marie stand wie zu Stein erstarrt da und fixierte mit aufgerissenen Augen ungläubig Liliane, ihre Stimme klang flehend.

»Das kann doch nicht wahr sein, Liliane, bitte sag mir, dass das nicht wahr ist.«

Wie so oft in den vergangenen Tagen liefen Liliane jetzt ebenfalls Tränen übers Gesicht.

»Ich wünschte, ich könnte dir was anderes sagen, glaub mir, aber es ist, wie Julia sagt, Susan ist tot.«

An diesen undefinierbaren, etwas süßlichen Geruch würde er sich nie gewöhnen. Frank Schneider betrat das kleine Büro der Gerichtsmedizin in Stuttgart. Wie schon ein paar Tage zuvor, als die ersten laborchemischen Ergebnisse vorgelegen hatten, war er auch heute wieder mit Hasso von Strassberg verabredet, um weitere Details des Mordes an Susan Winter zu besprechen.

Schon seit Jahren war der Rechtsmediziner in ungeklärten Todesfällen eine wichtige Anlaufstelle für Frank Schneider. Es war ihm allerdings trotz des Geruchs angenehmer, sich hier in seinem Büro mit ihm zu treffen als im Sektionssaal, wo auf den durchlöcherten Obduktionstischen Leichen mit geöffneten Schädeln oder Brustkörben herumlagen.

Hasso von Strassberg war groß und hager, Mitte fünfzig. Mit seinem blassen Teint und den hohen Wangenknochen erinnerte er an einen Totengräber, wie er in so manchen Filmen seit Jahrzehnten dargestellt wurde. Kommissar Schneider kam auch dieses Mal nicht umhin, sich über die ungewöhnliche Namensaffinität der Eltern des Rechtsmediziners zu wundern. Zugegeben, Frank war sicherlich auch kein besonders toller Name. Aber Hasso! Hatten denn die Eltern nicht bedacht, dass dies unweigerlich zu Hänseleinen führen musste? »Hasso Sitz«, »Hasso Platz«,

»Komm Hasso, hol das Bällchen«. Eine bessere Vorlage für Schulkameraden konnte er sich kaum vorstellen.

Frank Schneider reichte Hasso von Strassberg zur Begrüßung die Hand und setzte sich ihm gegenüber auf einen Stuhl.

»Guten Morgen, Herr Kommissar, darf ich Ihnen eine Tasse Kaffee anbieten?«

Frank Schneider lehnte dankend ab.

»Was haben Sie für mich, Doktor?«

Der Rechtsmediziner beugte seinen Kopf über den Obduktionsbericht.

»Ja, zu Ihrer Wasserleiche habe ich noch ein paar interessante Neuigkeiten für Sie. Das Wasser in der Lunge entspricht nicht dem Wasser des Weihers, ergo Frau Kramer wurde nicht im Weiher ertränkt, wie es die Logik der Auffindung vermuten ließe, sondern an einem anderen Ort. Ihr Täter scheint einen großen Aufwand für seine Inszenierung zu betreiben.«

Die Ampel schaltete auf Rot, sie hielt an. Es war kurz vor siebzehn Uhr und Liliane war auf dem Weg zur Kriminalpolizei in Reutlingen, um den Termin, den sie am Vormittag mit Kriminalhauptkommissar Schneider ausgemacht hatte, wahrzunehmen. Während sie an der Ampel warten musste, gingen ihr noch einmal die Geschehnisse des heutigen Tages durch den Kopf. Sie war erleichtert darüber, dass auch Marie endlich über alles informiert war. Sie hatte es Julia und ihr nachgesehen, dass sie von den beiden nicht sofort informiert worden war. Dennoch hatte sie dies augenscheinlich auch etwas gekränkt, was Liliane absolut nachvollziehen konnte.

Der Wagen hinter ihr hupte plötzlich heftig. Liliane sah auf die Ampel, die mittlerweile auf Grün umgeschaltet hatte, und fuhr los. Nach einer nervigen Parkplatzsuche, bei der sie mehrmals um dieselben Häuserblöcke fahren musste, stand sie nun endlich vor dem Polizeipräsidium. Liliane schaute daran hoch. Noch nie zuvor hatte sie dieses Gebäude betreten. Heute würde sie es zum ersten Mal tun. Und das aus dem schlimmsten Grund, den sie sich vorstellen konnte. Wegen Mord.

Im Eingangsbereich kam ihr eine große, schlanke Frau in einem hellgrauen Kostüm entgegen. Ihr dunkelrotes Haar hatte sie zu einem Knoten hochgesteckt. Sie trug einen beachtlichen Stapel Akten unter dem Arm, was Liliane ermutigte, sich bei ihr nach Frank Schneiders Zimmer zu erkundigen.

»Guten Tag, Frau Kramer, nehmen Sie doch bitte Platz«, begrüßte sie Kommissar Schneider freundlich, als sie sein Büro im ersten Stock betrat.

Liliane empfand erneut, dass er für einen Kriminalhauptkommissar zu jung war und zu gut aussah. Gleichwohl war ihr bewusst, dass sich in ihrem Gehirn durch Fernsehfilme ein falsches Bild eingenistet hatte. In ihrer Jugend spielten ältere, graumelierte Herren die Kommissare, die »Derrick« oder »Der Alte« hießen, zumindest bis Schimanski auf der Bildfläche erschien. Und selbst dieser hatte mit dem überaus attraktiven und schick gekleideten Kommissar, der vor ihr saß, wenig gemein.

»Es tut mir wirklich sehr leid, was Ihrer Freundin zugestoßen ist, und ich kann mir vorstellen, dass Sie im Moment alles, was mit diesem schrecklichen Verbrechen zu tun hat, weit von sich weisen möchten. Allerdings müssen Sie auch uns verstehen. Je schneller und genauer wir alle Einzelheiten, die etwas mit diesem Mord zu tun haben, kennen, umso schneller und größer ist die Chance, den Mörder von Frau Winter zu fassen«, sagte Frank Schneider, während sich Liliane auf einen der beiden Stühle setzte, die auf der anderen Seite seines Schreibtisches standen.

»Okay, was möchten Sie von mir wissen?«

Der Beamte legte seine Hände gefaltet vor sich auf den Schreibtisch.

»Wie und wann haben Sie erfahren, dass Ihre Freundin verschwunden war?«

»Susan hatte mich in der Nacht, als sie verschwand, angerufen. Sie war völlig aufgelöst und hat heftig geweint. Sie erzählte mir, dass sie einen furchtbaren Streit mit Andreas gehabt habe und er daraufhin mit dem Auto weggefahren sei. Sie war schrecklich durcheinander und sagte, dass sie nicht mehr könne. Dann brach sie das Telefonat einfach ab.«

»War Ihnen der Grund dieses Streites bekannt, Frau Kramer?«

»Ja. In der Nacht, als sie spurlos verschwunden ist, hat sie mir einige Stunden zuvor unter vier Augen gestanden, dass sie eine Affäre mit dem Mann einer unserer Freundinnen habe. Andreas, also Herr Winter, hat dies herausbekommen.«

Frank Schneider blätterte ruhig in den vor ihm liegenden Akten.

»Der Name des Mannes, mit dem Frau Winter diese Affäre hatte, ist Holger Kaufmann. Ist das richtig, Frau Kramer?«

»Genau«, antwortete Liliane knapp.

»Was haben Sie nach dem Telefonat mit Frau Winter getan?«

»Ich machte mir große Sorgen um Susan, weil sie einfach so aufgelegt hatte, und fuhr zu ihr. Als ich dort ankam, war das ganze Haus dunkel. Ich klingelte, aber keiner machte auf. Da ich wusste, wo Susan einen Ersatzschlüssel deponiert hatte, entschloss ich mich, ihn zu benützen. Als ich das Haus betreten hatte, habe ich nach Susan gerufen, aber keine Antwort bekommen. Niemand war da. Und das Esszimmer war völlig verwüstet, wovon Sie sich ja selbst an dem Nachmittag überzeugen konnten, als Sie uns über den Fund von Susans Leiche informiert haben.«

Es klang so unwirklich in Lilianes Ohren, wenn sie das Wort Leiche im Zusammenhang mit Susans Namen verwendete, und gleichzeitig schmerzte es furchtbar.

Liliane senkte leicht den Kopf und rieb sich mit ihren Fingerspitzen über die Stirn. Sicherlich würde sie heute noch Kopfschmerzen bekommen. Frank Schneiders freundliche Stimme erkundigte sich nach ihrem Befinden. Er fragte sie, ob sie etwas zu trinken haben wolle. Liliane verneinte dankend.

»Gut, Frau Kramer, eigentlich war es das für den jetzigen Moment auch schon. Nur noch eine kurze Frage. Ist Ihnen irgendetwas Ungewöhnliches an Herrn Winter aufgefallen, als er in dieser Nacht ins Haus zurückkehrte?«

Liliane sah den Beamten erstaunt an.

»Was genau meinen Sie mit ungewöhnlich, Herr Schneider?«

»Waren beispielsweise seine Schuhe oder seine Kleidung verschmutzt, vielleicht mit Matsch oder Blut?«

»Ach, kommen Sie!«

Lilianes Stimme klang gereizt.

»Andreas hat Susan nicht umgebracht, falls es das ist, worauf Sie hinauswollen. Dazu wäre er nie und nimmer in der Lage. Er hat sie viel zu sehr geliebt. Vor allen Dingen wäre er niemals in der Lage gewesen, ihr das anzutun, was ihr angetan wurde.«

Schneiders Blick wurde sehr ernst.

»Ich will auf gar nichts hinaus, Frau Kramer. Ich muss nur alle Eventualitäten in Betracht ziehen. Außerdem sind Menschen, die zu sehr lieben, manchmal in der Lage, Dinge zu tun, die Sie nicht für möglich halten würden.«

Liliane schüttelte energisch den Kopf.

»Aber nicht in diesem Fall. Wenn Sie das vermuten, sind Sie auf dem Holzweg. Verschwenden Sie nicht zu viel Zeit und Energie auf die falsche Fährte, Herr Kommissar. Setzen Sie diese sinnvoll ein und fassen Sie den Richtigen.«

Sie erhob sich von ihrem Stuhl.

»Wenn wir jetzt fertig sind, würde ich gerne gehen.«

Kommissar Schneider erhob sich ebenfalls.

»Natürlich, vielen Dank für Ihre Mithilfe, Frau Kramer. Wenn es neue Erkenntnisse geben sollte oder ich noch ein paar Fragen an Sie habe, werde ich mich wieder mit Ihnen in Verbindung setzen.«

»Oh«, fügte er dann schnell hinzu, »da fällt mir noch etwas ein, was vielleicht hilfreich ist, um einen besseren Überblick zu bekommen. Sie haben doch erzählt, dass Sie vier Freundinnen sind, die sich vor Ihrem Spaziergang mit Frau Winter zum Essen getroffen haben. Wer ist denn die vierte?«

Überrascht blieb Liliane stehen und sagte kurz angebunden:

»Das ist Marie, Marie Strähle. Sie wohnt ebenfalls in Metzingen, und um genau zu sein, im Ortsteil Neugreuth.«

»Und? Ist sie auch verheiratet?«, bohrte Schneider weiter.

»Nein«, antwortete Liliane, etwas unwirsch, »aber sie wohnt mit ihrem Lebensgefährten zusammen. Und bevor Sie jetzt noch weiter fragen, sage ich Ihnen lieber gleich, wie er heißt: Bernd Zimmermann. Und beide sind Lehrer. Sind Sie nun zufrieden?«

Frank Schneider lächelte beschwichtigend.

»Danke, Frau Kramer, und nichts für ungut.«

Als sie aus dem Polizeigebäude trat, atmete Liliane tief durch. Die Sonne schien vom Himmel. Sie schloss ihre Augen und ließ sich für einen kurzen Moment die wärmenden Strahlen ins Gesicht scheinen. Sie dachte an Susan. Sie hatte die Sonne besonders im Frühling geliebt, bevor sie von der heißen Sommersonne abgelöst wurde. Und nun würde Susan sie nie wieder in ihrem Gesicht spüren können.

Lilianes setzte sich in ihren Wagen und legte den Kopf, der ihr so schwer vorkam und schmerzte, auf das Lenkrad. Ihre Gedanken schweiften zurück in unbeschwerte Kindertage, von denen sie unzählige mit Susan verbracht hatte.

»Hast du den weißen Schmetterling fliegen sehen, Liliane? Siehst du da? Da fliegt noch einer. Und dort hinten, an den gelben Blumen wieder einer.«

Susans blaue Augen strahlten vor Freude, während sie hinter den flatternden Insekten hersprang.

»Ja, ich sehe sie auch. Sie sind wunderschön«, antwortete ihr Liliane mit kindlicher Fröhlichkeit in der Stimme.

»Weißt du was, Susan, ich glaube, die gibt es nur hier an diesem Ort.«

Lilianes Augen wanderten über die bunte Blumenwiese, die direkt an einem kleinen Bach lag, der mit Bäumen und Sträuchern gesäumt war.

Susan sah ihre Freundin an.

»Du hast recht, Liliane. Das sind bestimmt keine gewöhnlichen Schmetterlinge, das sind wahrscheinlich verzauberte Wesen. Ja, ich bin mir sicher, das sind verzauberte Feen.«

»Genau«, antwortete Liliane fast flüsternd. »Und wenn wir einmal ihre Hilfe brauchen, helfen sie uns bestimmt oder erfüllen uns einen Wunsch.«

Andächtig schauten sich die beiden zehn- und elfjährigen Mädchen an.

»Sollen wir Julia und Marie davon erzählen?«

Susan schüttelte energisch den Kopf.

»Nein, das bleibt allein unser Geheimnis, sonst wirkt vielleicht der Zauber der Feen nicht, wenn wir sie einmal brauchen sollten.«

Liliane stimmte ihrer Freundin mit einem eifrigen Nicken zu.

Die verzauberten weißen Schmetterlinge, die in Wirklichkeit Feen waren, sollten ihrer beider Geheimnis bleiben.

Ein lautes Klopfen an die Autoscheibe riss Liliane aus ihren Tagträumen.

Nicht der schon wieder, dachte sie, als ihr Blick auf Frank Schneider fiel. Liliane ließ die Scheibe herunter.

»Ist mit Ihnen alles in Ordnung, Frau Kramer?«

Seine Stimme klang besorgt.

»Mir geht es gut, ich war nur etwas durcheinander nach unserem Gespräch und musste mich erst einmal sammeln. Aber es geht schon wieder.«

Liliane drehte den Zündschlüssel herum, verabschiedete sich ein zweites Mal von dem Beamten und fuhr davon.

»Wo wart ihr weißen Schmetterlinge, als Susan euch gebraucht hätte?«

Leise, fast flüsternd wiederholte Liliane auf der Fahrt nach Hause diese Worte.

»Wo wart ihr, wir haben damals so sehr an euch geglaubt!«

Kurz bevor Liliane zu Hause ankam, klingelte ihr Handy. Es war Holger, wie das Display anzeigte.

Auch das noch, dachte sie und verdrehte dabei die Augen. Sie überlegte kurz, ob sie überhaupt rangehen sollte, entschied sich dann aber spontan, das Gespräch über die Freisprechanlage anzunehmen.

»Können wir uns morgen sehen? Bitte, Liliane, ich brauche jemanden zum Reden.«

Lilianes Stimme klang sehr bestimmt, als sie ihm antwortete.

»Ich halte das wirklich für keine so gute Idee, Holger.«

Er fuhr in einem fast bettelnden Tonfall fort:

»Aber ich komme mit dem, was Susan passiert ist, einfach nicht zurecht und Julia will nicht mit mir darüber reden.«

Liliane konnte kaum glauben, was sie da hören musste.

»Das wäre nun ja auch ein bisschen viel von Julia verlangt, wenn gerade sie mit dir über deine Gefühle zu Susan sprechen müsste. Außerdem geht es uns allen so. Keiner von uns kommt damit zurecht, was mit Susan passiert ist. Du bist nicht der Einzige, der sie vermisst. Auch wenn es für dich vielleicht neu und schwer zu verstehen sein sollte, nicht immer dreht sich die Welt nur um dich. Hör zu, Holger, ich möchte jetzt nur noch eines und das ist nach Hause. Ich melde mich irgendwann, bis dann.«

Sie beendete das Gespräch, ohne Holger die Chance auf eine Antwort zu geben.

Als sie zu Hause ankam, war Martin bereits da. Sie atmete auf. Wenn sie jetzt alleine in der Wohnung gewesen wäre, mit diesen ständig kreisenden Gedanken in ihrem Kopf, das hätte sie fast nicht ausgehalten.

Er hatte ihr einen Strauß bunter Tulpen mitgebracht und ihn in ihrer Lieblingsvase auf den Küchentisch gestellt. Dieser Anblick wirkte wie ein kleines Trostpflaster. Liliane war Martin dankbar für diesen kleinen, bunten Strauß Leben.

»Hallo mein Schatz, danke für die wunderschönen Blumen«, begrüßte sie ihren Mann, während sie ihn liebevoll umarmte.

Sie atmete tief seinen so vertrauten und unverkennbaren Körperduft ein, sie fühlte sich bei ihm geborgen und sicher. Martin küsste Liliane leicht auf die Stirn. Ohne ein Wort zu sprechen, wanderten seine Lippen weiter zu ihrem Mund.

Was mit einem zarten Kuss begann, wurde zu einem wilden Spiel ihrer Zungen. Seine großen Hände suchten sich den Weg unter ihre Bluse. Liliane stöhnte auf. Er hob sie hoch und trug sie, während sie sich weiter küssten, ins Schlafzimmer. Sie gab sich Martin voller Leidenschaft hin. Trauer und Liebe, beides sind starke Gefühle. Liliane fühlte sich in diesem Augenblick frei von all den Sorgen und Schmerzen, die sie in den letzten Tagen erfahren musste. Jetzt in diesem Moment gab es nur Martin und sie. Mit diesem Gefühl schlief Liliane später fest ein und erwachte erst am nächsten Morgen wieder.

Obwohl die Sonne vom blauen Himmel strahlte, fröstelte Liliane.

Zehn Tage nach Susans Tod sollte heute der Sarg, in dem ihre Freundin nun lag, in ein tiefes, dunkles Loch in der Erde hinabgelassen werden. Im Moment stand er noch ohne Deckel in einem kleinen, steril anmutenden Raum, den das Beerdigungsinstitut mit einigen Blumen und brennenden Kerzen geschmückt hatte. Wem es ein Anliegen war, Susan noch ein letztes Mal zu sehen, bevor der Sarg für immer geschlossen wurde, konnte dies hier tun.

Als Liliane mit Tränen in den Augen Abschied genommen hatte und aus diesem Raum wieder ins Freie trat, streckte sie ihr Gesicht dem wolkenfreien Himmel entgegen. Sie senkte einen Moment lang ihre Lider. Sie stellte sich vor, wie Susan sich über diesen Frühlingstag gefreut und die wärmenden Sonnenstrahlen auf ihrer Haut genossen hätte. In kürzester Zeit wären unzählige Sommersprossen auf ihrem blassen Gesicht erschienen. Sie hätte wie das junge Mädchen gewirkt, das früher mit den weißen Schmetterlingen über die bunte Blumenwiese tanzte.

Viele Menschen waren gekommen, um von Susan Abschied zu nehmen. Liliane war nur eine von ihnen. Die

Aussegnungshalle auf dem Friedhof Auchtert in Metzingen war viel zu klein, um all den Leuten, die ihr die letzte Ehre erweisen wollten, Platz zu bieten. So standen, nachdem drinnen alle Sitz- und Stehplätze belegt waren, noch Dutzende Trauergäste außerhalb des Gebäudes. Auch sie konnten – dank der großen Fenster und den Lautsprechern an den Außenwänden der Halle – an dem Trauergottesdienst im Freien visuell und akustisch teilnehmen.

Als der helle Holzsarg, geschmückt mit leuchtend gelben Sonnenblumen, von den in dunklen Anzügen gekleideten Friedhofsmitarbeitern langsam und andächtig hereingefahren wurde, erhoben sich alle Anwesenden. Einige begannen in diesem Augenblick, still zu weinen. Andere konnten sich vor Abschiedsschmerz kaum auf den Beinen halten, so sehr wurden sie von Weinkrämpfen geschüttelt. Vor Susans Sarg brachten viele Blumenkränze und Gestecke mit breiten Bändern und Schlaufen letzte stille Grüße von Freunden und Verwandten zum Ausdruck. Trotz aller Trauergefühle empfand Liliane den Blumenschmuck, der wie ein wundervoller Teppich aus Duft und Farben wirkte, als tröstlich. Er passte zu Susan, der leidenschaftlichen Botanikerin.

Neben dem Pfarrer, der den Gottesdienst abhielt, würdigten auch einige der Trauergäste am Mikrofon Susan und ihr leider so kurzes und so brutal beendetes Leben. Besonders emotional berührte die Trauergemeinde ein Gedicht, das Susans Nichte Melli selbst verfasst hatte und auch vortrug. Zu Tränen rührte außerdem das Ave Maria, das Carola glasklar sang. Sie war Susan durch die ehrenamtliche Tätigkeit für den Kleiderbasar verbunden. Als zum Abschluss des Gottesdienstes das Vaterunser gebetet wurde, entstand in Liliane das Gefühl, als würden die einzelnen trauernden Menschen zu einer Einheit verschmelzen. Danach trat unter Glockengeläut ein langer Zug Menschen den letzten gemeinsamen Weg mit Susan an. Die gelben

Sonnenblumen auf ihrem Sarg strahlten mit der Sonne am Himmel um die Wette.

Als sich auch der letzte Trauernde an Susans letzter Ruhestätte eingefunden hatte, fassten sich Julia, Marie und Liliane fest an den Händen. Sie hätten sonst wohl kaum den für sie schlimmsten Moment dieses Tages überstanden, als der Sarg in das ausgehobene Grab hinabgelassen wurde. Liliane wurde es dennoch einige Male beängstigend schwindelig. Sie befürchtete gar, das Bewusstsein zu verlieren, vor allem als sie die kleine Schaufel in der Hand hielt und ein Häufchen Erde auf Susans Sarg hinabwarf, das zwischen den Sonnenblumen hörbar auf dem Holzdeckel aufschlug.

Nach Susans Beisetzung trennten sich Liliane, Julia und Marie von den anderen Trauergästen. Sie saßen nun im Garten desselben Restaurants, in dem sie vor nicht einmal zwei Wochen mit ihrer Freundin gemeinsam den Abend verbracht hatten. Bereits vor der Beerdigung hatten sie vereinbart, diesen Nachmittag nicht mit den anderen verbringen zu wollen, sondern ihn hier gemeinsam durchzustehen.

Zuerst saßen sie, jede in ihren eigenen Gedanken versunken, schweigend am Tisch. Marie unterbrach nach einiger Zeit die bedrückende Stille.

»Ich weiß nicht, wie es euch geht, aber mir fällt es noch immer schwer, Susans Tod zu begreifen. Immer wieder habe ich mich letzte Woche dabei erwischt, wie ich spontan zum Telefon greifen wollte, um sie anzurufen. In Bruchteilen von Sekunden musste ich jedes Mal mit Schrecken realisieren, dass ich sie nie wieder anrufen kann, um mich mit ihr zu verabreden, nie wieder.«

Liliane legte ihre Hand auf die ihrer Freundin.

»Ich weiß, mir geht es genauso. Ich vermisse es, in ihre strahlenden blauen Augen zu sehen. Sie haben, wenn sie sich freute, immer noch genauso gefunkelt wie damals, als wir noch Kinder waren.«

Lilianes Blick wanderte zu Julia, die stumm und in Gedanken versunken mit dem Löffel in ihrer Cappuccinotasse herumrührte.

»Wie kommst du mit der Situation klar?«, fragte Liliane sie besorgt.

Julia blickte mit Tränen in den Augen auf. Sie sprach leise.

»Wisst ihr, manch eine wäre wahrscheinlich wütend darüber oder zumindest gefühlsmäßig im Zwiespalt, wenn die beste Freundin ein Verhältnis mit dem eigenen Ehemann gehabt hat. Aber ich bin nur wütend darüber, dass sie uns verlassen hat. Ich vermisse sie so sehr, wie ich es nicht für möglich gehalten hätte. Und was Holger und mich betrifft, das zwischen uns ist schon seit langer Zeit keine Liebe mehr, nur noch eine Zweckgemeinschaft. Ich will schon lange nicht mehr, dass er mich berührt, geschweige denn mit mir schläft. Deshalb war es mir auch egal, dass er dauernd mit anderen Frauen ins Bett gestiegen ist. Ich hätte nur nicht gedacht, dass Susan sich in einen Mann wie Holger verlieben könnte. Und sie muss sich in ihn verliebt haben. Susan war nicht der Typ Frau, die sich aus einer Laune heraus in eine Affäre gestürzt hätte. Ob oder was Holger für Susan empfunden hat, weiß ich nicht. Ich war bisher noch nicht in der Lage, mit ihm darüber zu sprechen.«

»Das kann ich gut verstehen«, sagte Marie mitfühlend.

Schließlich sah Julia Liliane an und fragte:

»Wusstest du schon lange von der Beziehung zwischen den beiden?«

»Nein, sie hat mir erst am Abend vor ihrem Tod davon erzählt. Nach unserem gemeinsamen Essen hier im ›Schwanen‹ haben Susan und ich noch einen Spaziergang auf die Weinbergkuppe unternommen. Dort oben hat sie mir dann alles gebeichtet. Ich konnte es kaum fassen. Und Julia, es tut mir leid, aber ich konnte es dir nicht sagen, ich hab es Susan versprochen. Ich hatte die Hoffnung, dass sie es dir selbst bald sagen würde. Ich habe mich mit diesem Wissen sehr unwohl gefühlt. Das musst du mir glauben.«

Julia blickte Liliane verständnisvoll an.

»Mach dir darüber bitte keine Sorgen. Ich mache dir sicherlich keine Vorwürfe deswegen.«

Liliane fiel ein Stein vom Herzen. Seit Tagen quälte sie die Frage, ob Julia ihr übel nahm, dass sie geschwiegen hatte.

»Deine Vermutung, dass Susan sich in Holger verliebt hatte, ist richtig. Auch das hat sie mir an diesem Abend gebeichtet. Über die näheren Umstände, wie beide zusammengekommen sind, wollte sie mir irgendwann noch erzählen. An diesem Abend war es schon sehr spät geworden und ich denke, sie wollte auch nicht zu viel preisgeben. Sie sagte mir, dass sie nicht stolz darauf sei, was sie dir und Andreas damit angetan habe, und dass es ihr sehr schwerfalle, darüber zu sprechen.«

Liliane verstummte einen Augenblick.

»Dazu wird es nun auch niemals kommen, das Warum ist mit ihr gestorben.«

Marie ballte die Hände zu Fäusten zusammen und pochte damit gegen ihre Stirn.

»Warum hat dieses Schwein sie umgebracht? Warum lässt er sie so qualvoll ertrinken? So viel Grausamkeit.«

Liliane sah sie ratlos an.

»Ich weiß es nicht, Marie. Ich kann mir überhaupt keinen Grund denken, warum ein Mensch einem anderen Menschen so etwas antut. Die Polizei kann bisher auch nur Vermutungen anstellen.«

»Könnt ihr euch noch zurückerinnern, als wir so ungefähr elf Jahre alt waren?«

Liliane und Marie blickten gleichzeitig verwundert auf Julia, die beide mit diesem abrupten Themawechsel überraschte.

»Damals hatten wir einen Lieblingsplatz. Dort hielten

wir uns bestimmt den ganzen Frühling und einen Teil des Sommers fast jeden Tag auf.«

Marie begann zu lächeln.

»Ja, ich weiß, wo du meinst. Es war bei der großen Blumenwiese, wo sich der Bach durch ein, man könnte fast sagen, kleines Tal schlängelte. Auf der einen Seite gab es eine richtig steile Wand aus Erde mit Büschen, Bäumen und allerhand anderen wild wuchernden Pflanzen. Die andere Seite vom Bach war etwas flacher und erst ein paar Meter weiter stieg auch dort ein Hügel an. Man konnte einen von der Straße aus nicht sehen, wenn man sich unten am Bach aufhielt. Viel zu hoch waren dort die Bäume und zu dicht standen die Sträucher. Deshalb war es auch der ideale Platz für unser ›Lägerle‹. Wisst ihr noch?«

Marie schüttelte den Kopf.

»Meine Güte, wir haben uns dort fast schon häuslich eingerichtet. Unsere Hocker waren alte, abgesägte Baumstämme, die wir in der Nähe gefunden und dann dorthin geschleppt haben. Auch der Fuß unseres Tisches bestand aus solch einem Baumstann. Als Tischplatte diente uns ein großes Brett, das wir aus dem Keller von Lilianes Vater gemopst hatten. Erinnert ihr euch noch daran, wie wir einmal einen hohlen Baumstumpf zu unserem Vorratsschrank auserkoren haben?«

Marie sah Julia und Liliane fragend an, die spontan nickten. Dann spann sie die Erinnerungen fort.

»War natürlich eine klasse Idee, unsere Kekse und andere Süßigkeiten in einer Papiertüte über Nacht der Natur zu überlassen. Als wir am nächsten Tag etwas davon naschen wollten, ist uns gehörig der Appetit vergangen. Unseren Vorratsschrank hatten über Nacht einige Kleintiere als Speisekammer erobert. Ich seh noch heute diese ekligen, orangefarbenen Nacktschnecken vor mir, die sich über unsere Leckereien hergemacht und fast den gesamten Baumstamm ausgefüllt haben. Also war nix mit Vorräte-Anlegen im Lägerle, zumindest nicht so und nach dieser Erfahrung auch nicht sofort.«

Marie schüttelte sich kurz und lehnte sich dann plötzlich wieder lächelnd zurück, bevor sie sagte:

»Ach, was war es dort schön. Dieser Ort war für mich irgendwie besonders. Irgendwie magisch. An dieser Stelle sind Pflanzen gewachsen, die es auf den Wiesen in der ganzen Umgebung nicht gegeben hat. Vor allem eine merkwürdige Pflanze ist mir in Erinnerung geblieben. An ihrem Stiel wuchsen knallorangefarbene Beeren. Susan hätte uns heute sicherlich sagen können, worum es sich dabei handelt, aber damals wirkte sie auf uns wie ein Gewächs, das bei Alice im Wunderland hätte stehen können. Auch die Bäume kamen mir in meiner kindlichen Fantasie an dieser Stelle höher und dichter vor als am übrigen Bachverlauf.«

Liliane ging es wie Marie, sie musste ebenfalls lächeln, wenn sie an diesen Ort dachte.

»Ich kann mich auch noch sehr genau an diesen Platz erinnern. Und ob ihr es glaubt oder nicht, vor einigen Tagen hab ich genau an diese Stelle denken müssen. Wie merkwürdig, dass uns nach Susans Tod plötzlich dieselbe Erinnerung in den Sinn kommt. Seit Jahren habe ich nicht mehr an diesen Ort gedacht, geschweige denn an das, was wir dort alles erlebt haben. Mir geht es genau wie dir, Marie. Ich finde auch, dass es dort anders aussah als an den übrigen Stellen des Baches. Aber das ist noch nicht alles. Dort gab es auch diese weißen Schmetterlinge, die ich sonst nirgendwo in der Gegend gesehen habe.«

»Genau, ich erinnere mich auch an diese Schmetterlinge«, unterbrach Julia ihre Freundin. »Diesen Ort hat irgendetwas Zauberhaftes umgeben.«

Liliane überlegte einen Moment, ob sie Julia und Marie erzählen sollte, dass Susan und sie die weißen Schmetterlinge damals für Feen gehalten hatten. Aber sie schwieg. Das sollte Susans und ihr Geheimnis bleiben. Für immer.

»Was ich euch wegen dieser Stelle am Bach eigentlich sagen wollte«, fuhr Julia fort. »Ich weiß nicht, ob es nur an unserer kindlichen Fantasie lag, dass wir diesen Ort für etwas Außergewöhnliches gehalten haben, oder ob er wirklich eine Besonderheit innehatte, die nur wir sehen konnten. Ich jedenfalls wünsche mir, dass Susan auf dieser Wiese jetzt herumtollen und glücklich sein kann wie damals, als wir Kinder waren und dort noch keine Häuser standen.«

»Das ist eine tolle Vorstellung, Julia«, stimmte Marie ihrer Freundin zu. »Lasst uns das gemeinsam wünschen.«

Diese Vision machte ihre Trauer zumindest im Augenblick ein wenig erträglicher.

Als Liliane später zu Hause in ihrer Badewanne lag, das warme, nach Rosenöl duftende Wasser bis zum Rand der Wanne um sie gehüllt, hatte sie noch immer dieses Gefühl der Erleichterung in ihrem Herzen. Das Bild, das sie jetzt von ihrer Freundin vor ihrem geistigen Auge sah, tröstete sie. Susan, wie sie über die sommerliche, bunte Blumenwiese sprang und wie um sie herum die weißen Schmetterlinge flatterten.

Als sie mit einem um den Körper geschlungenen Badetuch in ihrem Schlafzimmer stand und gerade ihre Haare mit einem Handtuch trockenrubbeln wollte, klingelte das Telefon. Sie zögerte und sah zuerst auf das Display, das eingehende Nummern beziehungsweise gespeicherte Namen anzeigte. Es war Julia. Liliane hob ab und meldete sich.

»Hallo Liliane, ich bin's. Eigentlich wollte ich dir und Marie vorhin schon etwas sagen, fand den Moment allerdings dann doch etwas unpassend. Aber mir ist wichtig, dass ihr es als eine der Ersten und von mir persönlich erfahrt und nicht um zehn Ecken herum.«

Liliane spürte, wie Neugier in ihr aufstieg.

»Was ist es denn?«, fragte sie.

»Ich habe mich dazu entschieden, mich von Holger

scheiden zu lassen. Das hätte ich schon vor Jahren tun sollen. Ich kann und will diese scheinheilige Fassade nicht länger aufrechterhalten, auch nicht mehr der Kinder wegen.«

Liliane war so überrascht, dass sie erst nach einigen Sekunden merkte, wie ihr der Mund leicht offen stand. Noch nie hatte sie Julia so ehrlich über ihre Ehe sprechen hören wie jetzt. Das ist echt ein Hammer, dachte Liliane. Damit hatte sie nicht gerechnet. Aber verstehen konnte sie Julias Entscheidung allemal.

»Weiß Holger denn schon von deinem Entschluss?«

»Nein, aber ich werde heute am Abend mit ihm darüber reden. Philipp und Lisa schlafen heute Nacht bei Freunden, somit haben wir die Zeit und die Ruhe, über alles zu sprechen und den schon wirklich lange fälligen Schlussstrich unter unsere Beziehung zu ziehen.«

»Du weißt, Julia, wenn du mich oder Martin brauchst, wir sind jederzeit für dich da. Und ich bin mir sicher, dass ich das auch im Namen von Marie und Bernd sagen kann.«

»Ja, das weiß ich, Liliane, und darüber bin ich auch sehr froh und dankbar. Solche Freunde hat nicht jeder, das ist mir bewusst. Ich werde morgen, wenn es zeitlich passt, bei dir vorbeikommen.«

Nach dem Telefonat überkam Liliane eine große Müdigkeit. Kein Wunder, der Tag war emotional anstrengend gewesen und das Bad entfaltete nun seine wohltuende Wirkung. Mit angezogenen Beinen kuschelte sie sich in ihrem weißen, flauschigen Bademantel auf das Sofa und schlief, obwohl es erst früh am Abend war, binnen weniger Minuten tief und fest ein.

Als Martin Stunden später von der Klinik nach Hause kam, fand er sie immer noch schlafend auf dem Sofa vor. Er setzte sich neben sie und strich ihr eine Haarsträhne aus dem Gesicht. Liliane öffnete die Augen und lächelte ihn an.

»Schön, dass du wieder da bist. Was ist es denn geworden, ein Junge oder ein Mädchen?«

»Es ist ein Junge. Etwas schwach und zierlich, aber gesund. Die Mutter hat uns etwas Sorgen gemacht, sie hat während der Geburt ziemlich viel Blut verloren. Jetzt geht es ihr aber den Umständen entsprechend gut.«

Martin hatte nach Susans Beerdigung umgehend in die Klinik fahren müssen, da das Baby einer »seiner Mamis«, wie Martin seine schwangeren Patientinnen nannte, nicht mehr warten wollte, das Licht dieser Welt zu erblicken.

»Und dir, geht es dir denn den Umständen entsprechend gut?«, fragte Martin.

»Ich denke schon. Ich hatte mit Julia und Marie heute Nachmittag eine wirklich schöne Kindheitserinnerung an Susan, die uns allen sehr gut getan hat.«

Martin war erleichtert, dass Liliane zumindest diesen Tag der Beerdigung ohne größere psychische Einbrüche überstanden hatte. Ihm war aber auch klar, dass sie noch längere Zeit brauchen würde, den Verlust ihrer Freundin zu verkraften.

Wie verabredet traf Julia am nächsten Vormittag bei Liliane ein. Sie wirkte unausgeschlafen und war wie schon seit Susans Tod nicht mehr so perfekt durchgestylt, wie man es sonst von ihr gewohnt war.

»War wohl eine längere Nacht, den Ringen nach zu urteilen, die du unter deinen Augen trägst«, begrüßte Liliane ihre Freundin mit einem etwas spöttischen Unterton.

»Hör mir bloß auf, es war ein Desaster. Nachdem ich Holger in aller Ruhe meine Entscheidung mitgeteilt hatte, kam eine Reaktion, die ich nie und nimmer erwartet habe. Er hat einfach geschwiegen. Minutenlang saß er mit aufgestützten Ellbogen und gesenktem Kopf am

Wohnzimmertisch. Es war richtig beängstigend, jemanden wie Holger, der immer und auf alles zu kontern weiß, so schweigend dasitzen zu sehen. Auch ich habe kein Wort gesagt. Irgendwann hat er seinen Kopf gehoben und mich angesehen. Tränen sind über seine Wangen geflossen. Liliane, ich habe Holger in all den Jahren, die ich ihn kenne, noch niemals weinen sehen.«

»Jetzt nimm doch erst einmal Platz, ich mach uns schnell einen Kaffee«, unterbrach Liliane ihre Freundin.

Doch Julia sprach bereits weiter, als sie sich auf einen Stuhl in der Essecke niederließ.

»Ich wusste überhaupt nicht, wie ich reagieren sollte. Ich war völlig verunsichert und überfordert. Mir fiel nichts Besseres ein, als Holger nochmals so einfühlend wie möglich zu erklären, dass wir im Prinzip schon seit vielen Jahren kein Ehepaar mehr sind und jeder sein eigenes Leben führt, in dem der andere doch gar keinen Platz mehr hat. Schon gar nicht in unseren Herzen. Plötzlich ist Holger vom Sofa aufgesprungen und hat sich dann vor meine Füße geworfen. Eine Sekunde lang hatte ich befürchtet, er würde mich schlagen, und jetzt lag er vor mir auf dem Boden und hielt meine Beine mit seinen Armen fest. Dabei hat er mich immer wieder angefleht, ihn nicht zu verlassen, und gleichzeitig geweint wie ein kleines Kind. Ich habe versucht aufzustehen, aber er hat meine Beine so sehr umklammert, dass ich das gar nicht konnte. Innerlich bin ich richtig erschrocken. Was war das für ein Mensch, der hier im Wohnzimmer vor mir auf den Knien lag? Ich kannte ihn nicht.«

Erschöpft unterbrach Julia und nahm einen Schluck Kaffee, den Liliane inzwischen auf den Tisch gestellt hatte.

»Nach einer mir endlos vorkommenden Zeit«, fuhr sie dann fort, »ließen seine Kräfte langsam nach. Sein Weinen ging über in ein leises Jammern. Kurz danach hat er meine Beine endlich losgelassen, ist auf Knien zur Couch gekrochen und hat sich dann auf ihr wie ein Embryo zusammengerollt. Mich hat das richtig fertiggemacht. Ich saß noch immer auf meinem Stuhl und war völlig neben mir. Mein ganzer Körper hat gezittert. Irgendwann glaubte ich, mich wieder bewegen zu können, ich bin aufgestanden und hinüber zur Bar gegangen. Noch nie in meinem Leben hatte ich einen Whisky getrunken und nun habe ich mir gleich einen doppelten eingeschenkt. Und dann noch einen. Du kannst dir vorstellen, dass ich das bald zu spüren bekam. Ich bin dann schwankend die Treppe hoch in Lisas Kinderzimmer getorkelt, habe mich in ihr Bett gelegt und bin eingeschlafen. Als ich heute Morgen aufwachte, war Holger nicht mehr da. Ich habe versucht, ihn auf seinem Handy anzurufen, aber er hat es ausgeschaltet.«

Liliane fühlte sich von Julias Erzählung völlig erschlagen.

»So eine Reaktion hätte ich von Holger nie und nimmer erwartet. Ich dachte, der rechnet dir erst mal vor, wie viel dir höchstens von eurem Vermögen zusteht. Schließlich war er doch derjenige, der jahrelang hart dafür gearbeitet hat. Aber das?«

Liliane schüttelte ungläubig den Kopf. Dann sah sie ihre Freundin fragend an.

»Was hast du jetzt vor?«

»Ich werde versuchen, noch einmal mit ihm zu reden, wenn er nach Hause kommen sollte. Mein Entschluss, mich von ihm zu trennen, steht allerdings unwiderruflich fest. Ich suche baldmöglichst für die Kinder und mich in der Nähe eine Wohnung, damit sie auf keinen Fall die Schule wechseln müssen und ihre Freunde nicht verlieren. Unsere Trennung wird für die beiden sowieso schon schwer genug werden, da möchte ich ihnen wenigstens ihr gewohntes Umfeld erhalten.«

Liliane stand auf und nahm Julia in die Arme.

»Du wirst das schaffen, so wie du schon viele andere Probleme in deinem Leben gemeistert hast.«

»Das werde ich«, antwortete Julia und war überzeugt, dies auch zu können, weil sie Freunde hatte, die zu ihr hielten.

Dann sah sie auf die Uhr und sprang spontan auf.

»Ach du meine Güte, wie die Zeit vergeht. Ich muss Lisa und Philipp von ihren Freunden abholen, die warten bestimmt schon auf mich.«

Sie schnappte eilig ihre Handtasche, gab Liliane einen Kuss auf die Wange und drückte sie dabei erneut kurz an sich. Bevor sie die Tür zum Gehen öffnete, drehte sie sich noch einmal zu Liliane um.

»Ich hätte eine Bitte an dich, auch wenn ich weiß, dass es dir nicht leichtfallen wird, mir die zu erfüllen.«

Liliane sah Julia überrascht an.

»Was für eine Bitte könnte ich dir schon abschlagen?«

»Falls Holger sich bei dir melden sollte, weil er jemanden zum Reden braucht, würdest du das mir zuliebe bitte tun? Ich weiß, dass du Holger noch nie besonders gemocht hast und ihr in all den Jahren, in denen ihr euch kennt, oft aneinandergerasselt seid. Aber ich habe das Gefühl, dass er, wenn er sich überhaupt bei jemandem von unseren Freunden meldet, um zu reden, es dann bei dir tun wird.«

Liliane atmete tief ein und konnte ein leichtes Schnauben durch die Nase nicht unterdrücken.

»Dein Gefühl irrt dich nicht. Er hat sich bereits bei mir gemeldet. An dem Nachmittag, als ich den Termin bei Kommissar Schneider hatte, hat er mich auf meinem Handy angerufen. Er wollte mit mir über Susan reden. Ich aber nicht. Schon deinetwegen. Außerdem war der Schock über Susans Tod noch so groß, dass ich nicht über meine Gefühle sprechen konnte und erst recht nicht mit Holger.«

Sie nahm Julias Hand.

»Aber wenn er sich noch mal bei mir melden sollte, werde ich mit ihm reden, dir zuliebe.«

»Vielen, vielen Dank, Liliane, das wäre wirklich sehr wichtig für mich.«

Kaum hatte Liliane sich von Julia verabschiedet und die Wohnungstür geschlossen, klingelte das Telefon.

»Wo habe ich denn dieses blöde Ding wieder hingelegt?«, murmelte sie und machte sich auf die Suche.

Liliane folgte dem Klingelton, bis sie im Badezimmer schließlich fündig wurde. Es war Martin. Er teilte ihr zu ihrer großen Freude mit, dass ein Kollege den Rest seiner Schicht übernehme und er den Nachmittag freihabe.

Martin hatte sich auch bereits Gedanken darüber gemacht, wo sie diesen gemeinsamen halben Tag verbringen könnten – auf einem Tierhof, zirka zwei Autostunden entfernt im Allgäu, den sie schon einmal mit einigen Freunden und deren Kindern besucht hatten. Die riesige Weidelandschaft beherbergte allerhand einheimische Tierarten wie Ziegen, Esel und Ponys. Auch exotische Arten wie Kamele, Alpakas und Emus lebten in weitläufigen Gehegen zusammen. Einige dieser Gehege durften die Besucher sogar betreten und konnten so mit den Tieren hautnah in Kontakt kommen. Doch das war nicht jedermanns Sache, wie sich Liliane erinnerte. Sie hatten sich mit ihren Freunden damals in einem großen Gehege aufgehalten, in dem unter anderem Kamele und Strauße frei herumliefen. Schon an einem Kamel vorbeizulaufen, ohne durch einen Zaun von ihm getrennt zu sein, erforderte einiges an Courage, empfand Liliane. Noch mehr Mut musste sie allerdings bei der Begegnung mit einem Strauß aufbringen, als er mitten im Weg stand, sie mit seinen großen Kulleraugen und langen Wimpern anglotzte und ihr dann sogar folgte, als sie ihm ausweichen wollte.

Dieses Erlebnis lag jedoch schon einige Jahre zurück. Mittlerweile hatten sich die Hofbesitzer zu Lilianes Erleichterung entschieden, nur noch die harmloseren Tiere wie Ziegen, Esel, Ponys und kleine Hängebauchschweine in solchen Gehegen zu halten, die den Besuchern zugänglich waren. Die Kamele waren nun auf einer gesonderten

Weide untergebracht, die nicht betreten werden durfte, und Strauße gab es mittlerweile gar keine mehr auf dem Hof.

Liliane freute sich sehr über Martins Überraschung und macht sich sofort daran, sich zünftig umzuziehen. Als er von der Klinik kam, stand sie bereits unten vor ihrem Wohnkomplex. Weil Martin wusste, dass Liliane diesen Tierhof mochte, scheute er nicht den damit verbundenen Aufwand, um dieses Ziel nur für einen Nachmittag mitten in der Woche zu erreichen. Er war überzeugt, dass eine kleine Aufmunterung genau das war, was sie jetzt brauchte.

Händchen haltend schlenderten sie über den Hof. Es war ein schöner Tag mit tiefblauem Himmel und bauschigen Wolken. Sie machen einen blauen Himmel erst richtig schön, dachte Liliane. Ohne Wolken wäre er einfach nur blau und langweilig.

Von den Bäumen und Büschen, die ringsherum standen, war das Gezwitscher unzähliger kleiner Vögel zu hören. Wahrscheinlich freuten sie sich ebenso über diesen sonnigen Tag wie Liliane und Martin. Beide konnten ihren Sparziergang in vollen Zügen genießen, da mitten in der Woche sich nicht so viele Menschen auf dem Hof tummelten wie an Wochenenden und Feiertagen. Ein paar Ponys und Ziegen trabten heran und untersuchten neugierig ihre Jackentaschen nach kleinen Leckerbissen. Besonders die kleinen Ziegen brachten Liliane und Martin wegen ihrer Neugier und Gefräßigkeit zum Lachen.

An einem Kiosk in der Nähe des Einganges kauften sie sich ein Eis. Kaum hatten sie es sich auf einem der danebenstehenden Bänke bequem gemacht, kam eine neugierige Katze blinzelnd auf sie zugelaufen. Mit einem Satz sprang sie auf den Tisch und stupste mit ihrer Nase Lilianes Hand. Die Botschaft war eindeutig: »Ich will gestreichelt werden.« Liliane erhörte das schwarz-weiß gefleckte Kätzchen und kraulte es hinter dem Ohr. Ein lautes, wohlwollendes Schnurren dankte es ihr.

Lillian fühlte sich in diesem Augenblick befreit. Die Sorgen der vergangenen Tage waren weit weg. Lange saßen sie und Martin noch in der Sonne und genossen diesen besonderen Tag. Perfekt abgerundet wurde er mit einem Abendessen bei ihrem Lieblingsitaliener, bei dem Martin schon von der Klinik aus einen Tisch reserviert hatte. Bei romantischem Kerzenschein saßen sie an einem kleinen Tisch in einer gemütlichen Ecke des Restaurants und genossen Tagliatelle al Salmone und einen hervorragenden Rotwein.

Liliane streichelte Martins Hand. Ihre grünen Augen funkelten im Schein der Kerze.

»Danke für diesen wunderschönen Tag.«

Martin lächelte zufrieden und war glücklich, sie endlich wieder einmal richtig lachen gesehen zu haben.

Als Liliane später neben Martin im Bett lag und er schon eingeschlafen war, betrachtete sie ihn noch eine Weile. Es beruhigte sie zu sehen, wie sich sein Brustkorb langsam hob und wieder senkte. Seine Gesichtszüge waren entspannt, vermutlich träumte er etwas Schönes.

Ich mache mir ernsthafte Sorgen um ihn. Seit Susans Beerdigung lässt Andreas überhaupt niemanden an sich heran. Soweit ich weiß, verlässt er nicht einmal das Haus.«

Liliane goss sich etwas Milch in ihren Sonntagmorgen-Kaffee und reichte das Kännchen dann an Martin weiter, während sie, das Telefon zwischen Schulter und Ohr geklemmt, mit Marie telefonierte.

»Martin hat letzte Woche zweimal versucht, sich mit ihm zu verabreden, aber ohne Erfolg. Er wolle einfach nur alleine sein. So kann das doch nicht weitergehen.«

Marie stimmt ihr zu.

»Da hast du völlig recht, Liliane, so kann es wirklich nicht weitergehen. Ich habe gestern mehrere Male versucht, ihn telefonisch zu erreichen. Er hat den Hörer nicht abgenommen und auf meine Nachrichten, die ich ihm auf seinem Anrufbeantworter hinterlassen habe, hat er auch nicht reagiert.«

Liliane wurde innerlich immer unruhiger. Was, wenn Andreas sich etwas angetan hatte?

»Wir müssen etwas unternehmen. Martin und ich fahren gleich zu ihm und schauen nach, ob alles in Ordnung ist. Ansonsten finde ich eh keine Ruhe. Ich melde mich dann später noch mal bei dir.«

Nachdem Liliane aufgelegt hatte, zogen sie sich an und fuhren los. Während der Fahrt nach Metzingen sprachen Liliane und Martin kaum ein Wort. Jeder hatte mit seiner eigenen Anspannung zu kämpfen, die sich immer mehr verstärkte, je näher sie Andreas' Haus kamen.

Auf die ersten Klingelversuche kam keine Reaktion. Sein Wagen stand in der Einfahrt und Liliane war überzeugt davon, dass er sich im Haus aufhielt.

Ihr Entschluss stand fest. Sie würde hier nicht weggehen, ehe sie mit Andreas gesprochen und sich davon überzeugt hatte, dass er in Ordnung war. Falls er den Ersatzschlüssel nicht wieder an seinen gewohnten Platz zurückgelegt hatte, würde notfalls eben eine Fensterscheibe daran glauben müssen. Sie drückte abermals die Klingel und läutete Sturm.

»Mach schon auf«, wiederholte sie flüsternd.

Endlich öffnete sich die Tür. Andreas stand in einem völlig desolaten Zustand vor ihnen. Er war unrasiert und roch wie eine ganze Schnapsfabrik. Seine Jeans und sein T-Shirt hatten sicherlich genauso lange kein Wasser gesehen wie sein Gesicht und der Rest seines Körpers. Er trug weder Schuhe noch Socken. Getrocknetes, braunes Blut klebte an seinen Füßen, offenbar war er in Scherben getreten.

Liliane schmerzte dieser Anblick. Andreas sagte kein Wort. Er ließ die beiden einfach vor der weit geöffneten Haustür stehen, drehte sich um und machte sich mit leicht schwankendem Gang zurück auf den Weg ins Wohnzimmer. Dort sackte er auf die Couch nieder.

Liliane und Martin folgten ihm. Das Haus glich einer Müllhalde. Überall auf dem Boden zerstreut lagen Bilder und Briefe von Susan. Auf dem Wohnzimmertisch standen allerhand leere oder angebrochene Bier- und Whiskyflaschen. Die Scherben und Splitter der umfangreichen Sammlung kleiner Kristallfiguren, die Susan seit Jahren zusammengetragen und denen sie in der großen Glasvitrine einen Ehrenplatz gegeben hatte, waren noch immer nicht beseitigt worden. Allerdings waren sie nicht mehr zu einem Haufen zusammengefegt, wie Liliane es bei ihrem letzten Besuch in Erinnerung hatte. Jetzt lagen die zerschlagenen Kristallfiguren und Vitrinenscherben überall verstreut auf dem Parkettboden herum. Kein Wunder, dass Andreas sich die Füße zerschnitten hatte.

Martin ging in die Küche, um Kaffee zu machen. Dort sah es nicht viel besser aus als im Wohnzimmer. Auch hier standen leere Flaschen und einiges an verschmutztem Geschirr herum. Martin machte sich sofort daran, wieder Ordnung zu schaffen.

Unterdessen setzte sich Liliane neben Andreas aufs Sofa und nahm seine Hand.

»Das hätte Susan nie und nimmer gewollt, dass du dich so gehen lässt und aufgibst.«

Andreas sah Liliane mit seinen vom Weinen und Alkoholexzess verquollenen Augen an. Seine Stimme klang verbittert und argwöhnisch.

»Aber weißt du, Liliane, Susan ist leider nicht hier, um sich darüber Sorgen machen zu können, wie du weißt, ist sie tot!«

Lilianes mitfühlender Blick wandelte sich. Sie sah nun verärgert aus und zog ihn etwas grob an sich heran.

»Ja, Susan ist tot und unser Schmerz ist riesengroß. Aber du bist am Leben, zumindest noch!«

Ihre Hände legten sich mit festem Griff um seine. Sie sah ihm ernst in die Augen und sagte mit bestimmtem Tonfall:

»Glaub mir, Andreas, ich kenne deinen Schmerz. In den letzten Wochen hatte ich manchmal das Gefühl, als müsse ich mir das Herz herausreißen, damit dieser Schmerz vergeht, einfach aufhört. Aber so funktioniert es nicht. Die Trauer ist da, sie ist in uns. So wird es uns noch wer weiß wie lange gehen. Aber ich bin mir sicher, sie wird sich verändern. Jemand hat mir einmal gesagt, dass sich dieser unsagbare Schmerz wandelt in eine liebevolle Erinnerung an diesen Menschen und in eine Dankbarkeit, dass man eine gewisse Zeit mit ihm gemeinsam durchs Leben gehen durfte. Bitte gib nicht auf, Andreas, lass Susan zu einer liebevollen Erinnerung für dich werden.«

Andreas Bitterkeit wich aus seinen Gesichtszügen.

»Ich weiß ja, dass du recht hast, Liliane, aber es ist so schwer, ohne sie zu leben.«

Während Andreas etwas später das längst fällig gewordene Bad nahm, begannen Martin und Liliane, nach der Küche auch das Wohnzimmer wieder auf Vordermann zu bringen.

Liliane war gerade dabei, die Überbleibsel der zerschlagenen Kristallfiguren in einer Schachtel zu sammeln, als ihr ein kleines Kristallpferdchen in die Hände fiel, das Julia, Marie und sie Susan zu ihrem vierzehnten Geburtstag geschenkt hatten. Wie durch ein kleines Wunder war es völlig unbeschadet geblieben. Die drei Freundinnen hatten damals ihr Erspartes zusammengelegt, um die kleine Figur kaufen zu können. Dieses Geschenk legte den Grundstein für Susans spätere Sammelleidenschaft. Und nun stand Liliane fast dreißig Jahre später hier, hielt die kleine zerbrechliche Erinnerung in ihren Händen und schloss die Augen.

Susans vierzehnter Geburtstag wurde in einem alten und romantischen Gutshof in Neckartenzlingen gefeiert, zu dem auch Pferdestallungen gehörten. Dort nahmen Susan, Liliane, Marie und Julia nach ihren ersten Versuchen im Metzinger Reitstall seit einigen Jahren Reitstunden.

Ihre gesamte Freizeit verbrachten die vier Freundinnen bei den Pferden. So wie es bei vielen Mädchen ihres Alters der Fall war. Die Tiere wurden von ihnen mit voller Hingabe gestriegelt, gefüttert und gekuschelt, bevor männliche Jugendliche interessanter wurden und die sanften Vierbeiner an Wichtigkeit verloren. Beinahe jeden Tag in der Woche machten sie sich nach der Schule auf den Weg dorthin – zumeist mit ihren Fahrrädern. Denn von den Eltern dorthin gefahren zu werden, war purer Luxus. Den Erwachsenen stanken die Mädchen zu sehr nach Stall, deshalb riss sich keiner von ihnen um den Fahrdienst zum Pferdehof.

Das Haupthaus des Guthofs bestand vom Keller bis zum ersten Stock aus groben, rustikalen Steinen. Darüber befand sich eine Verzierung aus massivem dunklem Holz, die sich wie ein Gürtel um das Gebäude schmiegte. Ab dem zweiten Stock war es sandfarben verputzt. Die hohen und schmalen Sprossenfenster umrahmten grüne Holzläden, an denen der Zahn der Zeit schon heftig genagt hatte und deren Farbe an vielen Stellen abgeblättert war. Der Eingangsbereich, ein zwei Meter breiter Vorbau, der bis hinauf zum Dach wie ein Erker hervorstand, lag in der Mitte des Hauses. Links und rechts führten steinerne Treppen, die wie eine kleine Brücke aussahen, hinauf zur Eingangstür aus schwerem Eichenholz. Über der Tür hing eine Laterne, in die man eine Kerze stellen konnte, was jedoch nie jemand tat. Genau unter dem Dachgiebel thronte eine alte Uhr, die aber schon lange nicht mehr funktionierte. An der Südseite des Hauses hatte man von einem kleinen, mit Schnitzereien verzierten Holzbalkon einen herrlichen Blick über kleinere Nebengebäude hinweg bis zu den großzügigen Pferdekoppeln.

Ein zum Partyraum erkorenes Zimmer im Keller war toll mit bunten Luftballons und Luftschlangen geschmückt. Auf den mit hellblauem Krepppapier verschönerten alten Holztischen standen Schalen mit Chips, Gummibärchen und anderen leckeren Knabbersachen. Von dem Gugelhupf, den ein Geburtstagsgast für Susan gebacken hatte, war nicht mehr viel übrig geblieben. Sein Schöpfer hatte die nette Idee, ein Pfennigstück darin einzubacken, das dem Finder viel Glück bescheren sollte. Julia war die Auserwählte. Das Einzige, was Julia dabei allerdings als Glück empfand, war, dass ihr Zahn, mit dem sie auf das Geldstück gebissen hatte, nicht ausgefallen war. Manchmal kann Glück auch wehtun.

Susan stand damals vor einem mit Gänseblümchen verzierten Tisch, auf dem ihre Geschenke lagen. Im Hintergrund spielte ein Kassettenrekorder die selbstaufgenommenen, neuesten Hits vom Band. In diesem Augenblick ließ Nena ihre 99 Luftballons aufsteigen.

»Los, mach doch endlich deine Geschenke auf.«

Marie konnte es kaum abwarten, was Susan zu dem Präsent sagen würde, das die drei Freundinnen sorgsam für sie ausgewählt hatten. Susan begann, ein Geschenk nach dem anderen zu öffnen. Das ihrer besten Freundinnen hob sie sich bis zum Schluss auf. Vorsichtig befreite sie das Päckchen von der roten Samtschleife und dem goldenen Geschenkpapier. Jetzt hielt sie einen kleinen, unscheinbaren, grauen Karton in ihren Händen. Sie öffnete ihn. Da lag es. Zwischen weißer Watte blitzte es hervor. Sie nahm das zarte Kristallpferdchen aus seinem Pappgefängnis und betrachtete es mit strahlenden Augen.

»Es ist so wunderschön, vielen, vielen Dank«, rief sie aus und umarmte Julia, Liliane und Marie.

»Sag mal, träumst du? Ich habe dich schon dreimal aus der Küche gerufen.«

»Was?«, antwortete Liliane geistesabwesend und drehte sich zu Martin um.

Er sah sie an und wiederholte seine Frage.

»Ich wollte wissen, ob du auch eine Tasse Kaffee möchtest, ich habe noch mal welchen gemacht.«

Ihr Blick sank wieder auf die Kristallfigur. Sie übersprang die Kaffeefrage und antwortete ihm auf die andere.

»Ja, ich habe wohl geträumt. Ich musste gerade an Susans vierzehnten Geburtstag denken, an dem wir ihr das hier geschenkt hatten.«

Bei diesen Worten hielt Liliane das kleine Kristallpferdchen hoch, um es Martin zu zeigen.

»Ach ja, das war doch der Beginn ihrer großen Sammelleidenschaft.«

Martin drückte Liliane an sich. Ihr Kopf ruhte an seiner Brust und sie hörte das gleichmäßige Klopfen seines Herzens. Es gibt für mich nichts, dachte Liliane in diesem Moment, was heilsamer ist und mehr Trost spendet, als von meinem geliebten Martin gehalten zu werden. Sie schloss die Augen und verharrte einige Sekunden in seiner Umarmung.

Andreas kam langsam die Treppe herunter. Als Liliane ihn anschaute, ahnte sie, dass es noch ein langer Weg war, bis er gelernt haben würde, mit seinem Schmerz umzugehen. Obwohl er saubere Kleidung trug, rasiert war und sich den Schmutz und Mief der letzten Tage abgewaschen hatte, war er ein anderer. Die dunklen Ringe unter seinen traurig dreinblickenden Augen und seine abgemagerte Gestalt waren stumme Zeugen seines Leidens.

Als Liliane um halb neun das Architekturbüro betrat, teilte ihr eine Mitarbeiterin mit, dass ein Holger Kaufmann heute Vormittag schon zweimal versucht habe, sie zu erreichen. Liliane atmete schwer aus. Bis jetzt hatte sie es erfolgreich geschafft, Holger aus dem Weg zu gehen. Aber sie hatte Julia versprochen, mit ihm zu reden, falls er sich wieder bei ihr melden sollte. Nun sah es so aus, als sei der Zeitpunkt gekommen. Wäre Julia nicht, würde sie im Traum nicht daran denken, sich mit ihm auseinanderzusetzen.

Sie kannte Holger seit einer Ewigkeit. Julia, Marie, Susan und sie waren mit ihm sozusagen groß geworden. Alle fünf gehörten derselben Clique an. Sie verbrachten so viel Freizeit miteinander, wie es für beide Geschlechter im Alter zwischen zwölf und fünfzehn erträglich war und von den Eltern geduldet wurde. Meistens trafen sie sich auf dem Abenteuerspielplatz, der am Waldrand etwas außerhalb ihres Ortes lag.

Liliane blickte aus ihrem Bürofenster. Völlig versunken in ihren Gedanken fixierte sie den Spielplatz, den sie von dort aus sehen konnte. Immer tiefer verfiel sie ihren Erinnerungen. Vor ihrem geistigen Auge verwandelten sich die modernen Spielgeräte in diejenigen auf dem Spielplatz ihrer Kindheit.

Die Erwachsenen nannten ihn Abenteuerspielplatz, weil sie meinten, mit den aufgestellten Gerätschaften aus Holz Kinderfantasien zu beflügeln. Für die Jungen und Mädchen der Clique hatte der etwas abseits liegende Spielplatz hingegen den Reiz, sich den nervenden Kontrollblicken der Erwachsenen entziehen zu können. Insbesondere bei den ersten Annäherungsversuchen und Fummeleien, die sich bei einigen schon anbahnten, oder beim Üben des Zungenkusses boten die Indianerzelte auf diesem Abenteuerspielplatz eine vorzügliche Rückzugsmöglichkeit, um sich vor den Stielaugen der anderen zu verstecken.

»Was ist, kommt ihr jetzt am Samstag zu Mikes Fete?«

Genervt von der Unentschlossenheit der Mädchen, an die Holger diese Frage gerichtet hatte, wartete er ungeduldig auf eine Antwort. Er saß mit ein paar seiner Kumpel auf einem Turm des Spielplatzes. Teils hockten sie auf dem Dach, was äußerst mutig und cool anmutete, teils auf dem Geländer, das den Turm umgab und eigentlich die Kinder vom Herunterfallen schützen sollte. Dabei baumelten sie locker mit den Beinen in der Luft, um ihre Unerschrockenheit zu unterstreichen.

»Einige müssen ihre Eltern noch überreden«, antwortete ihm eines der Mädchen.

»Na, dann lasst mal eure Überredungskünste spielen, Mädels, wäre doch zu schade, die geilste Fete überhaupt zu verpassen. Mikes Eltern stellen sogar ihren Partykeller zur Verfügung und verdünnisieren sich an diesem Abend. Ich sag euch, dieser Keller ist eine Wucht. Ach, und da wäre noch etwas.«

Während Holger, natürlich ein Auf-dem-Dach-Sitzer, den Turm herunterkletterte, steckten die Mädchen die Köpfe zusammen, um tuschelnd zu rätseln, warum Holger sich die Mühe machte, von seinem Lieblingsplatz herabzusteigen. Holger galt eindeutig als einer der coolsten und bestaussehenden Typen der Clique. Seine Chancen bei den Mädchen waren deshalb prächtig. Als Holger langsam auf die Mädchengruppe zuging, die es sich im Schatten eines Baumes auf einer Decke bequem gemacht hatte, schlug einigen der jungen Damen das Herz höher. Mit Sicherheit aber nicht die Herzen von Liliane und Marie. Sie waren eine der wenigen, die meinten, dass Holgers gutes Aussehen weder seine Arroganz noch sein Macho-Gehabe wettmachen konnte.

Holger lehnte sich lässig gegen den Baum.

»Na, ihr Süßen, Lust auf ein kleines Rätsel?«

Seine Blicke wanderten von einer zur anderen, bis er alle sechs Mädchen prüfend gemustert hatte.

»Bitte verschon uns mit deinem Mist.«

Maries Stimme klang verärgert. Julia stieß ihr daraufhin mit dem Ellbogen in die Rippen.

»Warum denn, könnte doch ganz lustig werden. Um was für ein Rätsel soll es denn gehen?«, erkundigte sich Julia bei Holger mit süßlicher Stimme.

Marie merkte schnell an der Reaktion der anderen vier Mädchen, dass sie und Liliane wohl die einzigen waren, die keinen Bock auf Holgers kleines Spielchen hatten. Aber um ihren Freundinnen den Spaß nicht zu verderben, gaben auch sie ihr Okay und machten mit. Liliane forderte Holger allerdings auf, schnellstmöglich mit seinem Rätsel zu beginnen, sie wollte den blöden Mist so bald wie möglich hinter sich haben. Holger setzte sein Ich-bin-ja-so-unwiderstehlich-Grinsen auf, während er den Mädchen mitteilte, dass eine von ihnen die glückliche Auserwählte sei, die ihn zu der besagten Fete begleiten dürfe, sozusagen als »sein Mädchen«.

Liliane und Marie schauten sich an und verdrehten synchron die Augen. Wie widerlich ist das denn, dachte Liliane. Eigentlich war nun bereits klar, dass hier nur vier Mädchen in Holgers merkwürdigem Rätsel eine Rolle spielten. Denn auf Marie oder Liliane würde Holgers Wahl mit Sicherheit nicht fallen, da er sie für dämliche Zicken hielt. Und sollte er wider Erwarten doch eine von ihnen wählen, wären beide gar nicht daran interessiert, in Holgers Schlepptau bei dieser Party aufzutauchen.

»Die Person, die ich meine«, begann Holger sein Ratespiel, »ist hier auf diesem Gelände.«

Oh, wie überaus spannend und zudem so intelligent, dachte Liliane und fragte sich, wie sie dieses dämliche Spiel durchstehen solle.

»Die Person, die ich meine«, fuhr er fort, »ist weiblich!«

Okay, das war eine bahnbrechende Neuigkeit. Liliane konnte es nicht unterlassen, sich mit der flachen Hand an die Stirn zu schlagen. Mein Gott war dieser Typ bekloppt. Sage und schreibe waren doch tatsächlich noch alle sechs beziehungsweise vier Mädchen im Rennen. Holgers nächster Hinweis, sie habe lange Haare, war nun auch nicht gerade der Tipp, der sie bei ihrer Raterei weiterbrachte. Zu dieser Zeit war langes Haar absolut modern. Fast jedes Mädchen versuchte, eine lange Mähne zu züchten, mal mehr, mal weniger erfolgreich. Als er die Haarlänge genauer angab, nämlich deutlich bis über die Schultern reichend, war klar, dass Anna ausschied. Ihr Haar berührte gerade mal knapp die Schultern. Anna konnte ihre Enttäuschung nicht wirklich gut vor den anderen verbergen. Es war ja auch hart, wenn man auf einen Jungen stand und dann als Erste aus dem Rennen geworfen wurde. Somit waren es nur noch fünf.

Jedoch nur theoretisch. Das Ratespiel betraf nun wohl nur noch zwei der Mädchen, Susan und Julia. Schon alleine deshalb empfand Liliane dieses Spiel als reine Zeitverschwendung. Jeder wusste, dass Holger Rebecca niemals wählen würde. Denn sie gehörte eigentlich nicht wirklich zur Clique. Seit sie vor einem Jahr mit ihrer Familie nach Metzingen gezogen war, ging sie mit Liliane in dieselbe Klasse des Gymnasiums. Die beiden hatten sich auf Anhieb verstanden. Seitdem schleppte Liliane Rebecca immer wieder mal mit, wenn sie sich mit ihren Freunden traf. Aber beide wussten, dass sie von den anderen nur geduldet wurde, weil Liliane sie mochte.

Bei Rebecca handelte es sich auch deshalb um eine Außenseiterin, weil sie in dieser Runde die einzige war, die nicht aus einem wohlhabenden Elternhaus stammte. Die Väter oder Mütter der anderen waren als Anwälte und Ärzte oder beispielsweise in gehobenen Positionen bei einer Bank tätig. Rebeccas Vater hingegen war ein einfacher Arbeiter in einer Fabrik. Von seinem Lohn musste er die ganze Familie alleine ernähren. Ihre Mutter war Hausfrau und kümmerte sich um die Kinder. Und damit hatte sie eine ganze Menge zu tun, denn Rebecca hatte fünf Geschwister. Drei Brüder und eine Schwester, die jünger waren als sie, und einen Zwillingsbruder. Natürlich machte die Anzahl der Kinder die Familie nicht unbedingt attraktiver für Lilianes Freundeskreis. Manche werteten sie als asozial ab und verkannten dabei, dass es sich bei Rebeccas Eltern um sehr freundliche und hart arbeitende Menschen handelte und keinesfalls um Sozialschmarotzer.

»Sie hat braunes Haar«, setzte Holger inzwischen sein Ratespiel fort.

Und schwups waren wieder zwei aus dem Rennen. Dieses Mal traf es Susan und Rebecca, die allerdings weitaus weniger enttäuscht zu sein schienen als Anna. Ab jetzt ging es Schlag auf Schlag. Liliane flog als nächste raus, nachdem Holger großspurig verkündet hatte, dass besagte Auserwählte braune Augen habe. Und da Lilianes Augen die Farbe eines grün-schimmernden Bergsees besaßen, war auch für sie das Spiel zu Ende. Und obwohl Marie noch im Wettbewerb blieb, da sie ebenfalls langes, über die Schultern reichendes, braunes Haar und braune Augen besaß, war das Rätsel gelöst. Julia war Holgers Mädchen. Und deshalb wurde auch niemand enttäuscht, als Holger stolz verkündete, dass sie es sei, die ihn am Wochenende auf diese Superfete begleiten werde.

Das Klingeln des Telefons schreckte Liliane auf. Vor ihr lag mit einem Mal wieder der moderne, mit bunten Spielgeräten ausgestattete Spielplatz und nicht mehr der Abenteuerspielplatz ihrer Jugendzeit.

Nach einem kurzen Durchatmen nahm sie den Hörer ab. Bumm, da war er schon wieder, Holger. Gerade noch als jugendlicher Angeber auf dem Spielplatz in ihrer Erinnerung, hatte sie diesen ausgewachsenen Macho jetzt live am Telefon. Sein Anliegen war wie vermutet. Er wollte sich mit ihr treffen, um zu reden. Ansonsten drehe er noch durch. Erst Susans schrecklicher Tod, nun Julias Entschluss, sich von ihm scheiden zu lassen. Dies sei alles zu viel für ihn.

Bla, bla, bla, dachte Liliane. Aber Julia zuliebe würde sie über ihren Schatten springen und sich mit ihm treffen, so wie sie es ihr versprochen hatte. Sie konnte sich jedoch nur schwer vorstellen, wie gerade sie ihm bei seinem Gejammer zuhören sollte. Aber sie würde es versuchen, weil Julia sich ernsthafte Sorgen um ihn machte. Liliane musste sich allerdings eingestehen, dass sie Holger noch nie so verzweifelt erlebt hatte wie gerade eben am Telefon.

»Schon in Ordnung, Holger. Treffen wir uns heute Nachmittag in Metzingen im Café ›Mauch‹ in der Schönbeinstraße«, sagte sie knapp.

Dabei war Liliane unsicher, ob sie den leicht genervten Unterton, der dabei mitschwang, wirklich gut überspielt hatte. Doch Holger schien ihn gar nicht bemerkt zu haben, seine Stimme klang erleichtert, als er ihr antwortete.

»Natürlich, wo immer du willst. Vielen Dank, Liliane. Wäre dir so um sechzehn Uhr recht?«

»Sechzehn Uhr ist okay für mich. Ach und Holger, bitte setze nicht allzu große Hoffnung in unser Gespräch, ich weiß ehrlich gesagt nicht genau, wie ausgerechnet ich dir bei deinen Problemen helfen kann.«

Liliane stand, nachdem sie aufgelegt hatte, noch einige Sekunden da und starrte wieder aus ihrem Fenster auf den Spielplatz. Dieser Mann war zu keiner Zeit, weder damals als Junge noch heute als Mann, ein wirklicher Freund für sie gewesen. Hätte ihn Julia damals nicht geheiratet, wäre der Kontakt zu ihm mit Sicherheit schon seit Langem abgebrochen. Sie war sich bis heute nicht sicher, ob dieser Mensch überhaupt Gefühle besaß.

Für sie war er nach wie vor derselbe arrogante Macho wie in Kindertagen. Aber die Ereignisse der letzten

Wochen und Susans Gefühle für ihn – war es möglich, dass dies alles ihn verändert hatte? Was war dran an seiner angeblichen Liebe zur ihr? Liliane wusste es nicht. Letztendlich war es auch egal. Sie hatte Julia versprochen, mit ihm zu reden, und nun würde sie es auch tun.

Liliane setzte sich an ihren Computer und begann mit ihrer Arbeit. Seit Susans Tod waren mehrere Wochen vergangen. Der Frühling war von einem heißen Sommer abgelöst worden. Viele Dinge waren liegengeblieben. Pläne, die eiligst fertiggestellt werden mussten, oder Kundengespräche, die zu führen waren. Die besonders wichtigen Termine, die unmittelbar nach Susans Tod erledigt werden mussten, hatten ihr hilfsbereite Kollegen abgenommen. Dafür war sie sehr dankbar gewesen. Ihr war bewusst, dass eine solche Unterstützung in der heutigen Zeit keine Selbstverständlichkeit war. Deshalb hatte Liliane ihre Kollegen als kleine Geste der Dankbarkeit einige Tage zuvor zum Essen eingeladen.

Jetzt, da sie sich wieder in der Lage fühlte, ihre Arbeit gewissenhaft auszuführen, hatte sie auch alle Hände voll zu tun. Es standen zwei neue, große Projekte an, die das Architekturbüro an Land gezogen hatte. Eines betraf die Sanierung und Neugestaltung einer Klinik, ein grässlich grauer und veralteter Kasten, der dringend Licht, moderne Technik und Farbe benötigte. Das gesamte Team fühlte sich herausgefordert und war bereit, den Kampf gegen das Beton-Ungetüm aufzunehmen.

Als Liliane das Konditorei-Café »Mauch« in Metzingen betrat, schwebte ein Hauch von Nostalgie im Raum. Hier sah alles noch genauso aus wie zu ihrer Jugendzeit, wenn sie mit ihren Freundinnen schick zum Teetrinken hierhergekommen war. Noch immer stellte die Konditorei hervorragende Pralinen, Torten und Kuchen selbst her.

Holger war bereits da. Schon als sie auf den Tisch zuging, an dem er Platz genommen hatte, fiel ihr sein fahles Gesicht auf. Er wirkte klein und schmächtig, dabei war Holger mit seinen fast 1,90 Metern eher eine Riese und hatte eine sportliche, durchtrainierte Figur.

»Ich bin so froh und dankbar, dass du gekommen bist, Liliane, setz dich doch bitte.«

Mit erhobenem Zeigefinger ließ er die Bedienung wissen, dass hier noch eine Bestellung aufzunehmen war. Ohne große Umschweife kam er sofort zum Thema.

»Ich weiß überhaupt nicht mehr, was ich jetzt tun soll. Julia kann sich doch nicht einfach so von mir scheiden lassen.«

Liliane wollte ihm gerade antworten, da trat die Kellnerin an ihren Tisch.

»Was darf ich Ihnen bringen?«, fragte sie mit einem freundlichen Lächeln auf ihren Lippen.

»Ich hätte gerne eine Tasse Kaffee«, erwiderte Liliane ihr ebenfalls lächelnd und wandte sich wieder Holger zu, der noch immer auf eine Antwort wartete.

»Also, ›einfach so‹ ist vielleicht nicht ganz der richtige Ausdruck, warum Julia sich von dir scheiden lassen will. In letzter Zeit ist viel in ihrem Leben passiert. Wer weiß schon, was genau der Auslöser war. Vielleicht war es dein Verhältnis zu Susan, vielleicht hat dies das Fass zum Überlaufen gebrachte. Bis dahin war sie ja immer wieder bereit, deine kleinen, schmutzigen Affären hinzunehmen. Tatsache ist, die anderen Frauen waren für sie nur namen- und gesichtslose Flittchen. Susan aber war ihre beste Freundin.«

Zum zweiten Mal wurde ihre Unterhaltung durch die Kellnerin unterbrochen, die Lilianes Kaffee auf den Tisch stellte. Mit einem freundlichen Nicken bedankte sich Liliane bei ihr und fing an, den Würfelzucker auszupacken.

Holger sah Liliane bedrückt an.

»Das zwischen Susan und mir war nicht einfach eine Affäre. Ich hatte mich in sie verliebt. Ich weiß, es wird dir schwerfallen, mir das zu glauben, aber es ist die Wahrheit. Zunächst hat es ja zwischen uns nur geknistert, damals nachts nach meiner Geburtstagsfeier. Da hielt ich es noch nicht für möglich, dass ich mich in Susan verlieben würde. Doch es kam anders. Ehrlich gesagt denke ich, dass ich zum ersten Mal in meinen Leben wirklich verliebt war, und sag mir jetzt nicht, wie beschissen sich das gegenüber Julia anhören muss, das weiß ich selbst am besten. Aber es ist die Wahrheit. Weißt du, Liliane, Susan war so zart und sensibel. Sie konnte sich so sehr über Dinge freuen, die andere Menschen, mich eingeschlossen, nicht einmal wahrnehmen. Durch sie habe ich gelernt, vieles mit anderen Augen zu sehen.«

Holger legte eine kleine Pause ein und trank einen Schluck Kaffee, bevor er weitersprach.

»Wenn ich ehrlich zu mir selbst bin, weiß ich, dass unsere Liebe niemals eine wirkliche Chance gehabt hätte. Ihr bedeuteten Andreas und auch Julia sehr viel. Und sie hat ihren Mann immer noch geliebt, das hat sie mir selbst gesagt. Sie hätte ihn niemals für mich verlassen und die Beziehung zu mir über kurz oder lang beendet. Zusammen wären wir niemals glücklich geworden, weil sie zwei der Menschen, die sie am meisten auf dieser Welt liebte, zu sehr verletzt hätte. Glaube mir, Liliane, im Inneren meines Herzens wusste ich, dass sie zu Andreas gehörte. Aber dass sie mir nun so genommen wurde.«

Ihm versagte die Stimme.

In diesem Augenblick realisierte Liliane, dass Holger Susan wirklich geliebt hatte. Noch nie zuvor hatte sie ihn mit soviel Gefühl über einen Menschen reden hören.

»Weißt du, was ich nicht verstehe, Holger«, sagte sie dann, »warum wirft dich die Tatsache, dass Julia sich von dir trennen will, so sehr aus der Bahn? Ihr führt doch seit Jahren alles andere als eine Ehe, geschweige denn eine glückliche, und du hast eben selbst zugegeben, dass du sie nie wirklich geliebt hast.«

Er rieb sich mit Daumen und Zeigefinger die Augen.

»Ich weiß, diese Frage habe ich mir in den letzten Wochen, seit Julia mir ihren Entschluss mitgeteilt hat, auch immer wieder gestellt. Ich glaube, es war einfach nur Panik davor, dass sich meine gewohnte Lebenssituation komplett ändern würde. Besonders jetzt, nach dem Tod von Susan, hätten mir die Vertrautheit unserer Ehe und die Kinder ein Stück Normalität gegeben.«

Er nahm einen großen Schluck von seinem Kaffee, der mittlerweile kalt geworden war, und fuhr fort:

»Ich weiß, dass das natürlich ganz schön egoistisch gedacht ist. Und ich weiß auch, dass Julia die richtige Entscheidung getroffen hat. Sie liebt mich schon lange nicht mehr, verständlicherweise. Ich habe sie früher sehr gemocht und fand und finde sie nach wie vor attraktiv. Außerdem ist sie eine wundervolle Mutter. Aber ich hätte sie niemals heiraten dürfen. Julia hat etwas Besseres verdient als mich. Ich war bisher zu feige, etwas in meinem Leben zu ändern. Aber jetzt ist es an der Zeit, wieder gutzumachen, was ich Julia die ganzen Jahre über angetan habe. Sie hat ein Recht auf ein glückliches Leben und muss die Chance haben, sich vielleicht sogar noch einmal zu verlieben.«

Liliane legte wortlos ihre Hand auf seine. Noch vor einer Stunde hätte sie niemals geglaubt, dies jemals zu tun. Vielleicht wollte sie ihm damit signalisieren, dass sie Frieden mit ihm geschlossen hatte. Sie wusste es selbst nicht genau. Zum ersten Mal, seit sie Holger kannte, sah sie in ihm nicht nur einen aufgeblasenen Macho-Typen – und das wollte sie ihm mit dieser Geste mitteilen.

»Ich bin dir sehr dankbar, Liliane, dass du dir heute für mich Zeit genommen und mir zugehört hast«, reagierte Holger erleichtert. »Und ich weiß, es ist dir sicher nicht leicht gefallen. Aber dieses Gespräch war sehr wichtig für mich. Wenn ich heute Abend nach Hause komme, werde ich mit Julia noch mal in Ruhe über alles reden. Sie hatte bereits das Gespräch mit mir gesucht, aber ich war einfach noch nicht in der Lage, vielleicht auch zu feige, ihr gegenüberzutreten. Lisa und Philipp sind heute Morgen für zwei Wochen ins Zeltlager gefahren, das bedeutet, wir haben genügend Zeit, um gemeinsam einen Weg aus diesem Ehedesaster zu finden und eine anständige und faire Trennung hinzubekommen.«

Liliane lächelte ihn an.

»Ich bin mir ziemlich sicher, dass ihr beide das schaffen werdet.«

Holger atmete tief ein.

»Morgen habe ich dann den nächsten schweren Schritt vor mir. Ich muss nochmals zu diesem Herrn Schneider von der Kripo Reutlingen, der Mensch, der den Mord an Susan untersucht. Er will mir noch einige Fragen stellen. Ich denke, ich gehöre zu den üblichen Verdächtigen, immer noch. Kurz nachdem Susans Leiche gefunden wurde, hat die Polizei meinen Computer im Büro und mein Notebook beschlagnahmt, um nach irgendwelchen Daten zu suchen. Außerdem musste ich eine Schriftprobe abgeben. Sogar vor meinen Schuhen haben sie keinen Halt gemacht. Alle wurden überprüft, weil sie Fußabdrücke am Weiher sichergestellt haben.«

»Warum eine Schriftprobe?«, fragte Liliane erstaunt.

»Die Polizei hat mir mitgeteilt, dass an Susans Kleid ein

Zettel befestigt war, auf dem irgendetwas stand von Tod und Leid. Ich kann mich nicht mehr an den genauen Wortlaut erinnern. Auf jeden Fall war er handgeschrieben. Deswegen die Schriftprobe.«

Von diesem Zettel hörte Liliane zum ersten Mal. Kommissar Schneider hatte ihn bei ihrer Befragung nicht erwähnt, darin war sie sich ganz sicher.

Sie musste trocken schlucken. Du meine Güte, dachte sie, vor ein paar Wochen war unsere Welt bis auf die üblichen Probleme, die alle Menschen von Zeit zu Zeit haben, noch in Ordnung. Jetzt hatte sie eine ermordete Freundin und zwei ihrer langjährigen Freunde standen im Verdacht, eventuell den Mord an ihr begangen zu haben. Es erschütterte sie, wie sich das Leben einer Gruppe von Menschen von einem Tag auf den anderen so verändern konnte.

Als Liliane kurz nach dem Treffen mit Holger über den Kelternplatz von Metzingen schlenderte, war sie immer noch erstaunt darüber, wie lange sie mit ihm zusammengesessen und geredet hatte. Nie wäre ihr in den Sinn gekommen, dass gerade sie beide ein Gespräch führen könnten, das über ein kurzes Geplänkel hinausgehen würde.

Der Zettel, den er erwähnt hatte, ließ ihr keine Ruhe. Sie musste wissen, ob Andreas, der mit Sicherheit ebenfalls eine Schriftprobe bei der Polizei hatte abgeben müssen, sich an den genauen Wortlaut erinnern konnte.

Sie setzte sich auf die breiten Balken der offenen Marktkelter, wo jeden Mittwoch- und Samstagvormittag frisches Obst und Gemüse, Brot, Fisch und allerlei andere regionale Köstlichkeiten angeboten wurden. Doch das interessierte sie in diesem Moment überhaupt nicht, ebenso wenig wie eine Besuchergruppe vor dem Weinbaumuseum und einige Jugendliche, die vor der Stadtbibliothek lautstark diskutierten. Sie suchte aus ihrer Tasche ihr Handy heraus. Hoffentlich war Andreas erreichbar. Sie hatte Glück. Nach dreimaligem Klingeln nahm er ab.

»Ich bin's, Liliane. Ich hatte gerade ein Gespräch mit Holger. Warum und wieso erkläre ich dir ein andermal. Jedenfalls hat er mir erzählt, dass er eine Schriftprobe bei der Polizei abgeben musste wegen eines Zettels, der bei Susan gefunden wurde. Jetzt wollte ich wissen, ob du ebenfalls solch eine Probe hast abgeben müssen und ob du dich erinnern kannst, was genau auf diesem Zettel stand.«

Die Verbindung war nicht besonders gut und Liliane hatte Mühe zu verstehen, was Andreas ihr antwortete. Aber es reichte, um zu erfahren, dass die Polizei auch von Andreas eine Schriftprobe angefordert hatte und dass er sich an den genauen Inhalt des Zettels erinnern konnte.

»Dein Tod besänftigt mein Leid«, wiederholte Liliane leise die Worte, die Andreas ihr gesagt hatte.

Der Friedhof lag etwas außerhalb der Stadt in der Nähe eines Waldes. Bis vor ein paar Jahren war er deswegen tatsächlich ein Ort der Besinnung und Ruhe gewesen und nicht vergleichbar mit einem Friedhof mitten in einer lärmenden Großstadt. Seit dem Ausbau der B28, die in der Nähe lag, hörte man allerdings nun ständig die Fahrgeräusche der Autos im Hintergrund.

Liliane ging den hellen Kiesweg entlang. Auf dem Weg zu Susans Grab kam sie an vielen liebevoll gepflegten Gräbern vorbei. Zu den traditionellen Grabsteinen, an die sie sich schon seit ihrer Kindheit erinnern konnte, waren allerhand andere Formen hinzugekommen. Sie störten jedoch nicht, vielmehr sorgten die Säulen, Kugeln, Herz- oder Blattformen für Abwechslung und Auflockerung.

Liliane ging gerne auf Friedhöfen spazieren. Die Stimmung, die von ihnen ausging, faszinierte sie. Immer wieder zog es sie deshalb auch in fremden Städten und Ländern auf die Friedhöfe. Einer war ihr in besonderer Erinnerung geblieben. Viele alte, kunstvolle Gräber waren auf dem riesigen Geländer verteilt. Das schwere Eisentor am Eingang gab beim Öffnen ein ächzendes Geräusch von sich, als wäre es ihm im Laufe der vielen Jahre eine Last geworden, immer und immer wieder von Trauernden geöffnet und geschlossen zu werden. Trotz seines hohen Alters war das Tor eine Augenweide, die Liliane beeindruckt hatte. Rechts und links war es in zwei mit Ornamenten verzierten Steinsäulen verankert. Auf jeder Säule thronte ein kleines spitzes Dach aus Stein. Das Tor selbst bestand aus mächtigen, von Grünspan befallenen Eisenstangen, die wie Speere in gleichen Abständen Spalier zu stehen schienen. Zwei weitere Eisenstangen kreuzten diese Anordnung und ein Eisenring umrahmte die Stelle, wo sie sich trafen.

Einige der älteren Gräber zierten wunderschöne Engel, die aussahen, als würden sie über die Verstorbenen wachen. Zweifellos mussten es wohlhabende Leute gewesen sein, die unter diesen Engeln ihre letzte Ruhe gefunden hatten. Denn einige waren menschengroß und prächtig gearbeitet. Wahre Kunstwerke. Einen der Engel fand Liliane besonders beeindruckend. Er war schwarz, wahrscheinlich aus Granit. Er hatte wallendes, langes Haar, das ihm über die nackten Schultern fiel. Er trug ein ärmelloses langes, bis zu den Fesseln reichendes Gewand, das sich um seinen perfekten Körper schmiegte und nur im Nacken zusammengebunden war. Ein Bein war angewinkelt und auf einem hellen Steinblock aufgestellt, was den Eindruck erweckte, als wolle der Engel gerade eine Treppe hinaufsteigen. Die Arme hielt er gestreckt vor seinem Schoß gefaltet, die Augen waren andächtig geschlossen. Aber die größte Pracht stellten seine weit nach oben ausgestreckten Flügel dar. Es sah so aus, als werde er nach dem Gebet mit seinen mächtigen Schwingen schlagen und zum Himmel emporsteigen.

Liliane war versunken in diese Erinnerung an Susans Grab angekommen. Auf ihm gab es natürlich noch keinen Stein. Bisher zierte nur ein schlichtes Holzkreuz mit ihrem Namen, Geburts- und Sterbetag ihre Ruhestätte. Das Grab war mit weißen und roten Begonien, angeordnet in Herzform, bepflanzt. Liliane erkannte darin die kreative Handschrift von Susans Mutter. Sie hatte schon immer einen Sinn für das Schöne, so wie auch ihre Tochter.

Liliane setzte sich auf die Erde neben Susans Grab. Die Arme schlang sie um ihre angezogenen Knie. Ihr Blick fiel auf einen Stein. Er lag zwischen den Blumen und trug die Aufschrift: *Wir vermissen dich.*

»Es ist so schrecklich, dass ich nicht mehr mit dir zusammen lachen oder weinen kann«, flüsterte Liliane. »Auch unsere Gespräche fehlen mir so sehr. Ich kann zwar mit dir sprechen, aber eine Antwort werde ich nie wieder bekommen. So gerne würde ich wissen, ob es dir gut geht dort, wo du nun bist, und ob es so ist, wie du es dir vorgestellt hast, Susan.«

In diesem Augenblick erinnerte sich Liliane daran, wie der Tod und das Danach sie und Susan einmal beschäftigt hatten.

»Weißt du noch«, sprach sie nun halblaut weiter, »als wir so um die sechzehn waren, da ist ein Mädchen aus unserer Parallelklasse gestorben. Ich kann mich zwar nicht mehr genau daran erinnern woran, ich weiß aber noch, dass sie sehr lange krank war. Du hast mich damals gefragt, welche Vorstellung ich über ein Leben nach dem Tod habe. Ich hatte keinen blassen Schimmer und habe einige Vermutungen angestellt. Vielleicht gibt es ja so etwas wie Himmel und Hölle. Vielleicht ist da aber auch gar nichts mehr, so wie wenn man schläft, ohne zu träumen. Oder man wird wiedergeboren als ein anderer Mensch, als ein Tier oder eine Pflanze. Es könne alles möglich sein, wir werden es erst wissen, wenn es soweit ist, habe ich dir geantwortet.

Außerdem wollte ich keine Gedanken an den Tod verschwenden. In dem Alter hatte ich noch das Gefühl, als dauere das Leben eine Ewigkeit. Du hast mich daraufhin mit deinen blauen Augen angestrahlt und mir erklärt, dass du ganz fest daran glauben würdest, dass wir wiedergeboren werden. ›Ich werde einmal ein weißer Schmetterling sein und über eine bunte Blumenwiese fliegen wie die von unserer Wiese. Weißt du das noch, Liliane?‹, hast du gesagt. Ich habe dir geantwortet, dass ich mich noch sehr gut an die weißen Schmetterlinge erinnern könne und dass wir früher immer glaubten, es seien Feen. Das Strahlen deiner Augen erhellte dein ganzes Gesicht und dann hast du mir gesagt, wie schön doch diese Vorstellung wäre, wenn du und ich später einmal als weiße Feen durch die Lüfte schweben würden. Vielleicht, meine liebe Susan, ist es ja so, wie du geglaubt hast, ich würde es mir wünschen.«

Auf dem Weg zum Parkplatz nahm Liliane ihr Handy aus der Handtasche und rief Marie an. In kurzen Sätzen erklärte sie ihr die gestrigen Gespräche mit Holger und Andreas.

»Marie, für mich klingt das fast so, als ob der Mörder Susan gekannt hat. ›Dein Tod besänftigt mein Leid‹ hört sich an, als würde das, was dieses Monster erleiden musste, durch Susans Tod wieder gutgemacht oder zumindest gemildert. Mittlerweile wurde auch Andreas' Handschrift, wie er mir gestern erzählt hat, mit der auf dem Zettel verglichen, sie ist zweifelsfrei nicht von ihm. Dasselbe wird bei Holger herauskommen, davon gehe ich mit Sicherheit aus.«

Angespannt fuhr sich Marie nach diesem Telefonat mit den Händen durch ihr kurzes Haar. Sie saß an ihrem Lehrerpult in der Schule und war gerade dabei gewesen, die Diktathefte ihrer Schüler nach dem Ende des Unterrichts in ihre Mappe zu packen, als Liliane angerufen hatte. Jetzt kreisten die Gedanken in ihrem Kopf wie in einem Kettenkarussell. Vielleicht wollte der Mörder die Polizei in die Irre führen und hatte deshalb diese Nachricht hinterlassen, nur um den Anschein zu erwecken, Susan hätte ihn gekannt? Alleine die Vorstellung, dass Susan diese Bestie gekannt haben könnte, ließ sie erschaudern. Wenn dem so wäre, kannten sie alle ihren Mörder mit großer Wahrscheinlichkeit auch. Womöglich war sie ihm bereits begegnet und wusste nicht, dass er es war, der ihre Freundin auf solch bestialische Weise getötet hatte.

Womöglich handelt es sich um so einen verhuschten Frauenhasser, der glaubt, von seiner Mami nicht genug Liebe zu bekommen, und sich jetzt stellvertretend an anderen Frauen rächt, weil er sich an die Mami nicht herantraut, dachte sie. Nach außen hin wirkt er wahrscheinlich ganz normal, vielleicht sogar freundlich. Marie schlug die Hände vors Gesicht und schüttelte energisch den Kopf.

»Nicht mehr darüber nachdenken, nicht mehr darüber nachdenken«, wiederholte sie stereotyp.

Tränen der Wut stiegen ihr in die Augen. Ihr Kopf sank auf die Tischplatte, schützend vergrub sie ihr Gesicht unter ihren angewinkelten Armen und weinte.

Eine leichte Berührung an ihrem Hinterkopf ließ sie aufschauen. Marie blickte in die fragenden Augen der neunjährigen Amelie. Die Schülerin war noch mal ins Klassenzimmer zurückgekommen, weil sie ihren Turnbeutel vergessen hatte. Eiligst wischte sich Marie über die feuchten Wangen. Doch bevor sie dem Mädchen etwas zu ihrer misslichen Situation erklären konnte, ergriff Amelie das Wort.

»Sind sie immer noch so traurig, weil Ihre Freundin gestorben ist, Frau Strähle?«

»Ja, ich bin noch immer sehr traurig darüber«, antwortete ihr Marie und lächelte leicht, dankbar und zugleich erstaunt über die Einfühlsamkeit dieses kleinen Mädchens.

Noch am selben Abend hatte sich Liliane mit Andreas verabredet. Sie war ihm noch immer eine Erklärung für den überfallartigen Anruf schuldig. Ausführlich erklärte sie ihm, wie es zu dem Treffen mit Holger gekommen war.

»Hast du irgendetwas Neues von der Polizei gehört?«

Liliane saß Andreas gegenüber und nippte an ihrem Rotweinglas.

»Nichts, was auf die Spur des Täters hinweisen könnte. Den genauen Ermittlungsstand werden die mir sicherlich sowieso nicht auf die Nase binden, ich denke, die halten mich immer noch für den Mörder.«

»So ein Quatsch«, rebellierte Liliane energisch. »Ich bin mir sicher, dass sie mittlerweile weder dich noch Holger ernsthaft für den Mörder von Susan halten.«

»Wie auch immer«, entgegnete Andreas. »Das letzte jedenfalls, was ich von diesem Kommissar Schneider gehört habe, war die Frage an mich, ob ich irgendetwas über einen Schmetterling wüsste, den Susan im Haar hatte, als sie am Weiher aufgefunden wurde.«

»Einen was?«, fragte Liliane verdutzt.

»Du hast schon richtig gehört. Einen Schmetterling. Es war so ein weißer Stoffschmetterling mit Glitzerstaub. So wie eine Art Haarspange. Er hat mich gefragt, ob ich so etwas schon mal an ihr gesehen hätte. Natürlich habe ich das verneint. So etwas Kitschiges war überhaupt nicht Susans Stil.«

Lilianes Augen waren zwar weiterhin auf Andreas gerichtet, aber genaugenommen starrte sie durch ihn hindurch.

»Was ist los mit dir, hab ich was Falsches gesagt?«

»Äh nein, hast du nicht. Ich finde das mit dem Schmetterling nur etwas seltsam.«

»Der Meinung bin ich allerdings auch. Also mit Sicherheit hat er nicht Susan gehört, soviel steht fest. Ergo muss ihr Mörder ihn hinterlassen haben.«

»Nein, das habe ich nicht gemeint mit seltsam«, erwiderte Liliane. »Ich meine damit, dass ich erst heute an ihrem Grab über weiße Schmetterlinge gesprochen habe. Die aus unserer Kindheit. Auch mit Julia und Marie habe ich nach der Beerdigung darüber gesprochen.«

»Was für weiße Schmetterlinge?«

Andreas sah sie fragend an.

»Ach, als wir noch Kinder waren, gab es da so einen Platz, an dem viele weiße Schmetterlinge herumflatterten. Wir dachten, es gebe sie nur an diesem einen Ort, was im Nachhinein betrachtet sicherlich nicht stimmt. Aber wir haben es damals so empfunden oder wahrgenommen. Auf jeden Fall waren sie für uns was ganz Besonderes. Und jetzt sagst du mir, dass Susan einen weißen Schmetterling im Haar hatte. Das finde ich schon merkwürdig. Du nicht?«

Andreas zuckte mit den Schultern.

»Na ja, so merkwürdig finde ich das nun auch wieder nicht. Ich schätze, dass es sich um einen Zufall handelt. Was sollte das denn für einen Sinn ergeben?«

Liliane nahm einen kräftigen Schluck Wein.

»Wahrscheinlich hast du recht, es ergibt keinen Sinn.«

Wieso hast du eigentlich keine Freundin?«

Frank Schneider sah, überrascht über diese Zwischenfrage, von dem Bericht der Spurensicherung auf – direkt in das breit grinsende Gesicht seiner Kollegin.

»Was?«

»Ach komm, Frank, du hast mich schon richtig verstanden. So ein gut aussehender und charmanter Kerl wie du.«

»Danke für die Blumen, aber mich verwundert, dass gerade du mir diese Frage stellst. War es nicht dein Freund, der sich letztes Jahr von dir getrennt hat, weil er meinte, du wärst mit deiner Arbeit verheiratet?«

Barbara Hochdorfers Wangen verfärbten sich rot.

»Eins zu null für dich!«

Schneider lächelte seine Kollegin an.

»Um deine Frage zu beantworten, bei mir war es vor einigen Jahren genau das Gleiche. Irgendwann hatte sie keine Lust mehr auf geplatzte Verabredungen, ständiges Warten oder die Sorge, ob ich von meinem nächsten Einsatz wohlbehalten zurückkommen würde.«

Er räusperte sich.

»Nachdem wir diese wichtige Frage geklärt haben, können wir uns jetzt wieder um unsere Ermittlungsarbeit kümmern?«

Frank Schneider sah wieder auf den Bericht.

»Also, die Fremdfasern, die wir an der Leiche von Frau Winter und in deren Auto sichergestellt haben, bringen uns kein Stück weiter. Die könnten sonst wem gehören. Die Übereinstimmung einiger Textilfasern von Holger Kaufmann und Doktor Andreas Winter waren zu erwarten.«

Er blätterte in den Akten.

»Das ist zum Verrücktwerden. Wir müssen endlich etwas finden, das uns weiterbringt. Ich bin nicht bereit, diesen Fall in die Schublade der ungeklärten Fälle zu packen. Wie sieht's mit den Schriftproben aus, gibt es da was Neues?«

Eindringlich musterte Schneider seine Kollegin.

»Also zumindest können wir nach Andreas Winter auch Holger Kaufmann als Verfasser dieser Nachricht ausschließen. Die Schriftproben ergaben auch bei ihm keine Übereinstimmung.«

Barbara Hochdorfer knabberte auf ihrem Bleistift herum.

»Ich hätte da auch noch eine kleine Frage.«

Frank Schneider blickte von seinem Aktenstapel auf. So wie er sie ansah, wusste sie plötzlich nicht, ob es wirklich so eine gute Idee war, diese Frage zu stellen. Sie tat es dennoch.

»Hast du morgen Abend schon was vor? Wenn nicht, wie wär's wenn wir zusammen was trinken gehen?« Sie machte eine kleine Pause und fügte dann hinzu: »Also versteh das jetzt nicht falsch. Das soll kein Date werden, eher so was wie ein Absacker nach dem Dienst, so unter Kollegen.«

»Okay, ich bin dabei«, antwortete Schneider, ohne zu zögern.

Dass sich dabei ein charmantes Lächeln über sein ganzes Gesicht zog, nahm seine Kollegin mit Erleichterung zur Kenntnis. Eine kleine Vorfreude keimte in ihr auf.

Endlich war es soweit. Liliane hatte sich schon lange nicht mehr so sehr auf einen Urlaub gefreut wie in diesem Jahr. Es war Mitte Juli, der Flug war gebucht und nun wartete auf Martin und sie eine Woche in einem tollen Hotel auf Kreta.

Julia hatte die beiden zum Flughafen gefahren.

»Ich wünsche euch einen guten Flug und eine erholsame Woche«, rief sie den beiden winkend nach, als Liliane und Martin durch die Passkontrolle gingen.

»Danke und dir noch viel Glück bei deiner Wohnungssuche«, schmetterte Liliane fröhlich zurück. »Ich hoffe du kannst uns bei unserer Rückkehr schon eine präsentieren.«

Es war ein sonniger Sommermorgen und Liliane genoss den Flug. Von ihrem Fensterplatz aus hatte sie einen wunderbaren freien Blick auf die unter ihr schwebenden Wolken. Am liebsten hätte sie sich in diese weißen Wattebäuschchen hineingeworfen, so verführerisch kuschelig sahen sie aus. Sie fühlte sich in ihre Kindheit zurückversetzt, wenn sie auf einer Decke lag, in den Himmel blickte und versuchte, die unterschiedlichen Wolkenformationen zu deuten – vom Elefanten bis zur Ente. Genug Fantasie hatte sie dazu, auch heute noch.

Martin hingegen konnte Lilianes Begeisterung nicht teilen. Da er unter einer ausgeprägten Flugangst litt, bemühte er sich krampfhaft, sich auf den Film, der an Bord gezeigt wurde, zu konzentrieren. Bisher gelang ihm dies auch recht gut. Damit dies so blieb, unterdrückte Liliane die Versuchung, ihn immer mal wieder in die Seite zu stupsen, um ihn auf ein besonders schönes Wolkengebilde aufmerksam zu machen.

Als sie auf Kreta landeten, war es Mittag und die südliche Sonne brannte erbarmungslos vom Himmel. Beim Aussteigen hatte Liliane für Sekunden das Gefühl, nicht richtig durchatmen zu können, so heiß und schwül war die Luft.

Nach einer weiteren Stunde in einem stickigen Bus ohne Klimaanlage kamen sie in ihrem Hotel an. Es lag strahlend weiß direkt am Meer. Ihr Zimmer war hell und geräumig. Allerdings standen beide Betten etwa einen Meter auseinander. Kaum hatte der nette junge Mann, der die Koffer aufs Zimmer gebracht hatte, den Raum verlassen, schoben sie die Betten mit einem Ruck zusammen. Auf ein Doppelbett zum Kuscheln wollten sie erst recht nicht im Urlaub verzichten.

»Komm, Schatz, lass uns erst mal eine Runde schwimmen gehen, auspacken können wir auch später.«

Kaum ausgesprochen, hatte Liliane auch schon ihren neuen neongrünfarbenen Bikini aus dem Koffer gefischt, der auf ihrer naturgebräunten Haut besonders gut zur Geltung kam. Martin hatte seine Badehose ebenfalls schnell gefunden und schon einige Minuten später liefen sie am Strand ins warme Mittelmeerwasser.

»Ist es hier nicht toll?«

Noch etwas atemlos vom Schwimmen gegen die kraftvollen Wellen saß Liliane eine halbe Stunde später mit triefend nassem Haar auf ihrem Badetuch. Ihr Blick wanderte über das so unendlich wirkende Meer. Martin lag neben ihr auf der Seite. Er hatte einen Ellbogen aufgestützt, sein Blick galt nicht dem Meer, er ruhte auf Liliane.

»Du bist wunderschön.«

Augenblicklich ließen ihre Augen vom Meer ab und versanken in Martins. Ohne ein Wort zu sagen, rückte Liliane näher zu ihm, bis sie sich berührten. Mit einem langen zärtlichen Kuss dankte sie ihm für diese in ein Kompliment verpackte Liebeserklärung.

»Ich liebe dich«, flüsterte Liliane und kuschelte sich dabei in seine Arme.

Sie schloss die Augen und lauschte den Wellen, wie sie rauschend am Strand ausliefen. Sie war glücklich, mit ihm hier an diesem Ort zu liegen und seine vertraute Nähe zu spüren.

Erst kurz vor dem Abendessen gingen sie in ihr Hotelzimmer zurück, um zu duschen und sich umzuziehen. Und in dieser Nacht liebten sie sich wie das frischverliebte Paar, das vor fünf Jahren hier seine Flitterwochen verbracht hatte.

Für den nächsten Tag hatten sich Liliane und Martin kurzfristig entschieden, sich einer Reisegruppe anzuschließen. Beim Abendessen hatten sie von Gästen am Nebentisch erfahren, dass das Hotel einen Tagesausflug in die berühmte Samaria-Schlucht anbot. Mit gefüllten Wasserflaschen, einem von der Hotelküche zubereiteten Lunchpaket, das gut verstaut im Rucksack lag, und mit gutem Schuhwerk – das hatte ihnen der Reiseführer dringend geraten – startete die Gruppe die Busfahrt in die »weißen Berge«. Der Tag versprach, sehr heiß zu werden, und Liliane war froh, den Abstieg hinunter in die Schlucht unter dem Schutz großer, Schatten spendender Bäume zu beginnen.

Die Wanderung war alles andere als ein netter und gemütlicher Spaziergang. Die Teilnehmer mussten sich ihren Weg teilweise über Felsen und Geröllhalden erkämpfen. An engen Stellen des Pfades passten Liliane und Martin besonders auf, nicht abzurutschen und womöglich den steilen Abhang hinunterzustürzen. Zahlreiche Quellbäche, die ihren Weg kreuzten, übersprangen sie mit einem kleinen Satz von Fels zu Fels. Diese Bäche entpuppten sich nach einiger Zeit als wahrer Segen. Da hier kein Baum mehr stand, brannte die Julisonne erbarmungslos auf sie herunter. Willkommen war da die Möglichkeit, das Gesicht und diverse Kopfbedeckungen regelmäßig mit Wasser zu benetzen und die immer wieder schnell geleerten Wasserflaschen aufzufüllen. Liliane bekam eine Vorstellung davon, wie jemand sich fühlen musste, der sich dem Verdursten nahe wähnte.

Doch der Anblick dieser gewaltigen Felswände entschädigte sie für alle Anstrengungen. Vor allem die Stelle, an der der Pfad zwischen den links und rechts steil nach oben ragenden Felswänden nur noch dreieinhalb Meter breit war, beeindruckte Liliane zutiefst. Obwohl Schilder vor der Gefahr herabstürzender Felsbrocken warnten und aufforderten, zügig weiterzugehen, ließen sich Liliane und Martin für einen Augenblick auf einem riesigen Felsbrocken nieder, um den Anblick dieser atemberaubenden Natur zu genießen. An solchen Orten, dachte Liliane, wird einem erst so richtig bewusst, wie klein und unwichtig der Mensch im Gesamtbild der Welt doch ist.

Liliane entdeckte Pflanzen, die sie noch nie zuvor gesehen hatte. Für einen Augenblick überkam sie Traurigkeit. Sie wünschte sich Susan an ihre Seite, die sicherlich die meisten Pflanzen gekannt und viel mehr über sie hätte berichten können, als die spärlichen Erklärungen des Reiseführers preisgaben.

Die sechzehn Kilometer lange und erlebnisreiche Tour endete an der Küste des libyschen Meeres, das nun türkis glitzernd vor ihnen lag. In einer schattigen Laube, deren Weinrebendach ländliche Romantik ausstrahlte, gönnten sie sich müde und überanstrengt ein wenig Erholung. Das große Glas Apfelsaftschorle, das sich Liliane bestellt hatte, trank sie in wenigen Sekunden aus. Eine Fähre brachte die Wanderer entlang der Küste zu ihren Bussen, mit denen sie zurück zum Hotel fuhren. Nach einer wohltuenden Dusche und einem leckeren Abendessen fielen Liliane und Martin in ihre Betten und schliefen entkräftet, aber mit vielen schönen Eindrücken sofort ein.

Den darauffolgenden Tag verbrachten sie am Strand, um sich von dieser anstrengenden Tour zu erholen. Außerdem warteten einige Blasen an den Füßen, die sie sich trotz des gut passenden Schuhwerks zugezogen hatten, darauf, versorgt zu werden. Liliane ließ sich auf einer Luftmatratze von den sanften Wellen treiben oder döste beim Geräusch der Brandung auf dem Handtuch einfach weg. Abwechselnd schmorte sie in der Sonne und kühlte sich danach im Meer wieder ab, wovon sie auch das Brennen des Salzwassers in ihren Blasenwunden nicht abhalten konnte. Martin dagegen verließ den Schutz des Sonnenschirms kaum, um für seine empfindliche Haut keinen fatalen Sonnenbrand zu riskieren.

Sie entschlossen sich, ihren restlichen Urlaub im Wechsel mit Entdeckungstouren und entspanntem Strandleben zu verbringen. Schneller als ihnen lieb war, war er da, ihr letzter Tag auf der Insel. Liliane und Martin mieteten einen Wagen, um diesen Abend in der Küstenstadt Chania zu verbringen. Arm in Arm schlenderten sie entlang der Hafenpromenade, vorbei an den vielen Straßenkünstlern, die den kahlen Steinboden mit ihren allzu leicht vergänglichen Kreidezeichnungen verschönerten. Die Motive reichten von kitschig bis romantisch, von Micky Mouse bis Mona

Lisa. Andere Künstler zeichneten flink und gekonnt Portraits von Passanten, ein nettes Souvenir für zu Hause. Cafés und gemütliche Tavernen, aus denen leise griechische Musik ertönte, luden zum Verweilen ein.

Händchen haltend wie ein frisch verliebtes Paar saßen Liliane und Martin mit einem Glas griechischen Rotwein an einem kleinen Tisch dicht am Wasser, auf dessen Oberfläche Millionen Glitzerlichter tanzten. Schweigend genossen beide die romantische Atmosphäre an ihrem letzten Urlaubsabend.

Weder auf seinem Laptop noch auf seinem Firmencomputer haben wir Hinweise gefunden, dass Holger Kaufmann über irgendwelche Opioide oder ähnliche Medikamente, die unter das Betäubungsmittelgesetz fallen, auch nur recherchiert hat. Geschweige denn, bestellt hat.«

Barbara Hochdorfer strich sich zum wiederholten Mal eine dunkelrote Strähne, die ihr ins Gesicht gefallen war, hinters Ohr zurück. Sonst trug sie ihr langes Haar zu einem Knoten am Hinterkopf aufgesteckt. Sie war erst seit zwei Stunden im Präsidium und bereute bereits, heute mit dieser Gewohnheit gebrochen zu haben.

»Was ist mit Doktor Winter? Hast du da irgendetwas rausgefunden, Babs?«

Frank Schneiders Blick war gespannt auf die grünen Augen seiner Kollegin gerichtet.

Barbara Hochdorfer schob mit dem Zeigefinger ihr großes Brillengestell, das etwas nach unten gerutscht war, zurück auf ihre Stubsnase.

»Nein, Frank, tut mir leid. Auch bei ihm keinerlei Hinweise, dass er Medikamente dieser Art geordert hat.«

»Also sind wir hier genauso wenig weitergekommen wie mit den Schriftproben, den Fußabdrücken, von den nicht vorhandenen Fingerabdrücken ganz zu schweigen, toll!«

Der Kommissar warf seinen Stift quer über den Schreibtisch und fluchte dabei vor sich hin. Es entsprach sonst nicht seinem Naturell, so ungehalten zu reagieren. Seine Kollegen kannten ihn als ausgeglichen und besonnen. Normalerweise konnte ihn so schnell nichts aus der Ruhe bringen. Aber bei diesem Fall war es anders. Egal, in welche Richtung sie bisher recherchiert hatten, es kam nichts heraus, was sie wirklich weitergebracht hätte.

Schneider erhob sich von seinem Stuhl, ging zum Fenster hinüber und blickte hinaus auf die Straße.

»Keiner von Susan Winters Nachbarn hat irgendetwas Auffälliges beobachtet. Kein einziger Zeuge am Weiher. Nach all den Monaten haben wir praktisch nichts! Jagen wir denn ein Phantom, verdammt?«

Die Wohnung war hell, groß und lag im gehobenen Preisniveau der Stadt. Julia hatte zwischenzeitlich eine Immobilie gefunden, die ihre hohen Ansprüche zufriedenstellte. Eine einhundertfünfzig Quadratmeter große Prachtperle in einer restaurierten Jugendstilvilla mit hohen Decken, Parkettböden und Marmorbad. Der geräumige Garten wirkte wie ein Park mit seinen alten hohen Bäumen und zahlreichen groß gewachsenen Sträuchern.

»Na sag schon, Liliane, wie findest du sie?«

Julia wartete ungeduldig auf die Antwort ihrer Freundin.

»Die Wohnung ist der Wahnsinn, wie hast du sie gefunden?«

»Durch einen Bekannten von Holger, er ist Immobilienmakler. Wir sind nach vielen Gesprächen zum Entschluss gekommen, unser Haus zu verkaufen und stattdessen zwei Wohnungen anzuschaffen. Somit bin ich jetzt stolze Besitzerin dieser traumhaften Wohnung. Die Kinder finden sie auch super, nur dass ihr Vater nicht mit uns einziehen wird, macht sie natürlich furchtbar traurig. Wir haben versucht, ihnen zu erklären, dass wir beide nicht mehr miteinander leben können, da wir uns nicht mehr lieb haben und uns nur noch streiten. Ich hoffe, sie werden mit der Zeit damit klarkommen und es akzeptieren. Auf alle Fälle haben wir ihnen ganz klar zu verstehen gegeben, dass wir sie beide mehr lieben als alles andere auf der Welt und dass unsere Trennung rein gar nichts mit ihnen zu tun hat. Holger hat ihnen erklärt, dass er jederzeit für sie da sein wird, wenn sie ihn brauchen, und dass sie auch jedes zweite Wochenende und einen Teil der Ferien bei ihm verbringen werden.«

Liliane sah Julia mit einem zufriedenen Gesichtsausdruck an.

»So wie es scheint, habt ihr beide einen guten Weg gefunden, eure Trennung so anständig wie möglich über die Bühne zu kriegen. Das finde ich bemerkenswert. Vor allem wenn man bedenkt, wie viele eurer Ehejahre verlaufen sind.«

Sie legte den Arm um Julias Schultern und strahlte sie an.

»So, du stolze Wohnungsbesitzerin, wann werden wir denn antreten zum Möbelschleppen?«

»In zwei Wochen«, entgegnete ihr Julia fröhlich. »Marie, Bernd und Andreas haben auch schon angefragt, ich werde ihnen heute Abend noch Bescheid geben. Dann steht meinem Umzug in einen neuen Lebensabschnitt nichts mehr im Weg. Es ist aber doch so ein gemischtes Gefühl, Liliane. Einerseits freue ich mich richtig auf mein neues, anderes Leben, andererseits tut es mir weh, dass wir es nicht geschafft haben. Holger und ich sind gerade dabei, unsere

Möbel und sonstigen Einrichtungsgegenstände aufzuteilen und den Kleinkram in Umzugkartons zu verstauen, die mit ›Julia‹ und ›Holger‹ beschriftet sind. Eine eher leidige und traurige Angelegenheit, wie du dir sicherlich vorstellen kannst. Aber wir haben es bald geschafft. Holger zieht übrigens am selben Wochenende um wie die Kinder und ich, da er aber geschäftlich verreist ist, hat er eine Spedition beauftragt.«

Lilianes Blick fiel auf die Handtasche ihrer Freundin. Julia hatte sie vor einem Jahr von Susan zum Geburtstag bekommen.

»Ich habe gestern mit Kommissar Schneider telefoniert. Die Hinweise, die sie haben, sind wohl eher spärlich. Allerdings wird er natürlichen einen Teufel tun und mir seine Ermittlungsergebnisse auf die Nase binden«, sagte sie dann nachdenklich.

»Ich weiß«, entgegnete Julia mit Bedauern in der Stimme. »Ich habe mich vor etwa einer Woche mit ihm unterhalten. Ich hoffe nur, dass sie irgendwann doch noch eine heiße Spur finden. Dieses Schwein darf nicht ungeschoren davonkommen.«

Der Umzugstag war gekommen und bis zum Abend hatten die drei Freundinnen und ihre männlichen Helfer Andreas, Bernd und Martin ganze Arbeit geleistet. Sie hatten den Umzug zügig, ohne große Zwischenfälle hinter sich gebracht. Abgesehen von einem leicht blau unterlaufenen Daumennagel bei Bernd, der das Gewicht von Erbtante Irmchens rustikaler Kommode zu spüren bekommen hatte, und einem abgebrochenen Fingernagel der Wohnungseigentümerin waren keine Verwundungen zu beklagen. Nach einem kleinen Imbiss, Butterbrezeln und Leberkäsbrötchen, den sie am Mittag zwischen den Kartons eingenommen hatten, war es nach Meinung des hungrigen Sechsergespanns nun an der Zeit, sich etwas Warmes zu gönnen. Ihre Wahl fiel auf einen asiatischen Lieferservice, der bald darauf bepackt mit weißen Plastikschachteln, gefüllt mit Schweinefleisch süß-sauer und Co, eintraf.

Zu später Stunde, jeder hatte ein Glas Rotwein in der Hand, war Julia dankbar und glücklich, diesen anstrengenden Tag im Kreise von guten Freunden ausklingen lassen zu können.

Die anderen vier waren schon vorausgegangen, als Liliane noch mit Julia an der Tür stand. Sie legte ihrer Freundin aufmunternd ihre rechte Hand auf eine Schulter. Sie wusste, es war nicht leicht für Julia, diese erste Nacht völlig alleine in der neuen Wohnung zu verbringen, auch wenn sie dies gekonnt überspielte. Lisa und Philipp waren an diesem Wochenende bei Julias Eltern, um ihnen den Stress des Umzuges zu ersparen. Zudem wollten Julia und Holger, dass ihre Kinder auf andere Gedanken kamen. Die Trennung ihrer Eltern war an diesem Umzugstag natürlich besonders präsent.

Oma und Opa hatten für diesen Tag eine Großaktion zur Ablenkung ihrer Enkel geplant. Schon nach dem Frühstück starteten sie ihr Programm mit einem Zoobesuch in der Stuttgarter Wilhelma, in der sie den ganzen Tag verbrachten und auch dort zu Mittag aßen. Am Abend bildete ein gemeinsamer Kinobesuch mit einem lustigen Zeichentrickfilm den Abschluss. Julia hoffte inständig, dass ihre Kinder nach diesem erlebnisreichen Tag müde genug waren und rasch einschliefen, ohne noch lange über ihre neue Lebenssituation nachzudenken.

Liliane schaute Julia besorgt an.

»Ist bei dir alles okay?«

Julia lächelte mit müden Augen zurück.

»Mach dir keine Sorgen um mich, es geht mir wirklich gut.«

Draußen war es klirrend kalt und es begann zu schneien. Kleine Schneeflöckchen tanzten am Himmel wild durcheinander. Es war Anfang Dezember und Liliane kam gerade aus einem kleinen Laden in der weihnachtlich geschmückten Fußgängerzone. Als sie auf die Straße trat, blies ihr der eiskalte Wind ins Gesicht. Ihr Verlangen war groß, sich einfach umzudrehen und wieder in das wohlig warme Geschäft zu flüchten, wo alles so fabelhaft nach den verschiedensten Teesorten roch. Die Suggestion, die dieser Duft heraufbeschwörte, war perfekt: sich unter eine dicke flauschige Wolldecke kuscheln und eine heiße Tasse Winterfeuer genießen, während im Kamin die Holzscheite beruhigend knistern und funkelnd glühen.

Aber es half nichts. Ihre Weihnachtseinkäufe erledigten sich schließlich nicht von selbst. Liliane war gerade dabei, sich mutig in die eisige Kälte hinauszuwagen und die Handschuhe überzustreifen, als ihr Handy klingelte. Nach einem kurzen Gewühl in ihrer Handtasche wurde sie fündig, sie nahm das Gespräch an. Es war Julia, die sie voller Überschwang daran erinnerte, am nächsten Morgen mit gepackten Koffern um acht Uhr bei ihr vor der Tür zu stehen.

Wie hätte Liliane das vergessen können! Seit Jahren fuhren sie immer im Dezember für ein verlängertes Wochenende in eine kleine urige Holzhütte in den Bayerischen Wald. Sie lag in einem netten überschaubaren Feriendorf im Wald außerhalb des Touristenrummels. Und jedes Jahr buchten sie bei der Abreise dieselbe Hütte bereits für das folgende Jahr. Und seit Jahren rief Julia immer einen Tag vorher an, um sie an die Abreise zu erinnern. Liliane unterstellte sie damit keineswegs Gedächtnisschwund. Vielmehr wollte Julia mit dem Ritual des Anrufs ausdrücken, wie sehr sie sich auf diesen Ausflug freute.

Immer der gleiche Ablauf. Allerdings, in diesem Jahr war nicht alles wie sonst. In diesem Jahr waren sie nur zu dritt.

Wie verabredet stand Liliane am nächsten Morgen bei Julia vor der Tür. Marie war schon da. Allerdings erweckte sie den Eindruck, als ob sie im Geiste noch zu Hause in ihrem Bett lag und selig schlief. In die Reisetaschen hatten die drei Freundinnen warme Kleidung und gutes Schuhwerk gepackt, um auch bei eisigen Temperaturen und Schnee viel draußen unternehmen zu können. Alles war bereit, um in ein erholsames Wochenende zu starten.

Die Fahrt dorthin stellte sie allerdings auf eine harte Geduldsprobe. Auf den Straßen war die Hölle los. Mehrere Male standen sie im Stau. Insbesondere Wintersportler zog es jetzt natürlich in die Berge, um auf den weiß verschneiten Pisten mit Ski oder Snowboard die Wintersaison zu eröffnen, die in diesem Jahr besonders früh begann. Doch irgendwann hatten sie es geschafft und standen am Nachmittag glücklich vor ihrer Hütte im Schnee. Sie liebten deren Abgeschiedenheit in der Natur.

Die fünfzehn Holzhütten in diesem Feriendorf standen so weit auseinander, dass keiner der Gäste das Gefühl bekam, die Nachbarn könnten ihm zu sehr auf die Pelle rücken. Um die Hütten standen hohe Tannen, die jetzt wild verschneit mit der Last des schweren Schnees kämpften. Das Kleinod der drei Freundinnen trug den hübschen Namen »Waldwichtel« und bot vier Personen reichlich Platz. Selbst sechs Leute hätten dank der sogenannten Schlittenliegen übernachten können.

Das Haus war komplett aus Holz gebaut, nur im Inneren waren ein paar Wände weiß verputzt, bei den übrigen war ebenfalls das rustikale Holz sichtbar. Der offene, aus Ziegeln gemauerte Kamin befand sich in der kleinen Wohnstube im Erdgeschoss. Neben ihm stand ein großer Weidenkorb, gefüllt mit Feuerholz. Wenn der Kamin brannte, verbreitete er eine wohlige Wärme, die schon bald das ganze Haus erfüllte. Die drei Freundinnen verbanden damit ein Gefühl der Geborgenheit.

Vor dem Kamin stand ein kleines gemütliches dunkles Ledersofa. Sein Bezug war schon etwas abgewetzt, was einen Hauch von Nostalgie im Raum versprühte. Außerdem gab es noch einen bequemen alten Sessel und einen knarrenden Schaukelstuhl. Über beide waren Schaffelle gelegt. Für Julia, Liliane und Marie wirkten sie damit noch einladender, sich gemütlich und entspannt zu setzen, den im Feuer prasselnden Holzscheiten zuzuschauen, ein Buch zu lesen und ein Glas Rotwein oder einen heißen Tee zu trinken. Vor einem der Fenster befand sich eine kleine Essecke, die bis zu sechs Personen Platz bot. Allerdings saß man dann schon sehr eng beieinander. In einer kleinen Kochnische mit Kühlschrank, Spülbecken und einem Zwei-Platten-Herd konnte zwar kein großes Menü gezaubert werden, für ein verlängertes Wochenende, das ohnehin die meiste Zeit im Freien verbracht wurde, reichte sie jedoch völlig aus.

Eine der beiden Schlafkammern befand sich ebenfalls im Erdgeschoss, ausgestattet mit einem Einzel- und einem Stockbett. Im zweiten Schlafzimmer im Obergeschoss standen zwei durch einen Nachttisch getrennte Einzelbetten. Beide Räume zierten außerdem Bauernschränke, bemalt mit typischen Blumen der Gegend wie Kornblumen. Dass in der an sich kleinen Hütte sogar auf beiden Stockwerken ein Badezimmer mit Dusche, Waschbecken und Toilette eingebaut war, empfanden die drei durchaus als ein Stück Luxus.

Nachdem die Freundinnen ihre Reisetaschen und die Proviantkisten ist Haus getragen hatten, fuhren sie den Wagen zurück auf den Sammelparkplatz am Eingang des Feriendorfes. An den Ferienhütten selbst war nur das Ent- und Beladen erlaubt. Ansonsten war das kleine idyllische Dorf autofrei. Auf dem Rückweg zu ihrer Hütte, kamen die drei Frauen direkt neben dem Parkplatz an der Anmeldung und dem Gemeinschaftshaus des Feriendorfs vorbei, in dem sich die Gäste über die Freizeitmöglichkeiten in der Gegend informieren, Bücher ausleihen oder einen Film anschauen konnten. Wer es ohne Fernsehapparat, den es nicht in jeder Ferienhütte gab, nicht aushielt, war hier gut aufgehoben. Die meisten Besucher genossen es allerdings so wie auch Julia, Liliane und Marie, mal ein paar Tage ohne Flimmerkiste zu entspannen.

Als sie ihre Zimmer bezogen, kam es auf, dieses Gefühl, das unausweichlich hatte kommen müssen. Der Verlust von Susan wurde ihnen hier in der kleinen Hütte, die für die vier Freundinnen immer ein Stückchen heile Welt bedeutet hatte, wieder besonders schmerzhaft bewusst.

In den vergangenen Jahren hatten sich Susan und Julia die Schlafkammer im Erdgeschoss geteilt. Nun blieb das Bett neben Julia leer. Liliane schloss für einen kurzen Augenblick die Augen. Dass Susan nie wieder mit ihnen ein paar Tage in diesem Haus verbringen würde, schnürte ihr für einen kurzen Moment die Kehle zu.

Marie ließ sich auf eines der Betten fallen.

»Oh Mann, das ist echt ein blödes Gefühl, ohne Susan hier zu sein. Ich weiß nicht, ob es wirklich so eine gute Idee war, wieder herzukommen. Vor allem hier in den Waldwichtel. Vielleicht sollten wir uns spontan eine andere Unterkunft suchen.«

Verzweifelt sah sie ihre Freundinnen an und wartete auf eine Reaktion. Julia setzte sich neben sie aufs Bett.

»Hör mir zu, Marie«, sagte sie mit ruhiger, aber bestimmter Stimme. »Wir wussten, als wir uns entschieden haben, trotz Susans Tod wieder hierherzukommen, dass es uns nicht leicht fallen wird. Aber ich bin mir sicher, Susan hätte gewollt, dass wir unsere Tradition fortsetzten. Hier an diesem Ort haben wir immer Kraft schöpfen und in Ruhe über alles reden können. Ich denke, so sollte es auch bleiben.«

Über Maries Gesicht huschte ein flüchtiges Lächeln der Erleichterung, dann stützte sie sich mit beiden Händen auf ihre Knie und erhob sich.

»Du hast recht, es sollte so bleiben. Also Mädels, was wollen wir jetzt machen. Wie wäre es, mit was zu essen?«

Liliane antwortete mit einem verschmitzten Blick.

»Ich hätte da so eine Idee, was wir jetzt machen könnten.«

Julia und Marie schauten sie fragend an.

»Wir packen uns dick und warm ein und bauen vor unserem Fenster eine Schneepyramide. Das haben wir seit unserer Kindheit nicht mehr zusammen gemacht.«

Maries warme, braune Augen strahlten spitzbübisch zurück.

»Das ist eine prima Idee, ja, lass uns das tun.«

Mittlerweile war es eisig kalt und dunkel. Das Licht, das durch die Fenster ihrer Hütte zu ihnen nach draußen fiel, war spärlich. Aber davon ließen sie sich nicht abhalten. Dank ihrer geschickt positionierten Taschenlampen war es hell genug für ihr Vorhaben. Mit kindlicher Begeisterung machten sie sich an die Arbeit, formten große Schneebälle und stapelten diese dann so versetzt übereinander, dass die Form einer Pyramide entstand. Sie sollte groß und prächtig werden. Als sie zur Hälfte fertiggestellt war, ging Marie in die Hütte und kam kurz darauf mit einer großen, dicken Kerze und einer Packung Streichhölzer zurück. Sie stellte die Kerze in die Mitte der Pyramide und zündete sie an. Jetzt erst konnten sie die restlichen Schneebälle übereinandersetzen, bis ihr Bauwerk vollständig verschlossen war. Dann traten sie einige Schritte zurück, um das Ergebnis zu begutachten. Geheimnisvoll leuchteten die gestapelten Schneebälle in der Dunkelheit.

»Sie ist bezaubernd schön geworden, nicht wahr«, sagte Liliane, ohne den Blick von der weißen Pracht zu nehmen.

»Ja, sie ist wirklich wundervoll«, bestätigte Julia. »Und wir haben sie genau an die richtige Stelle gebaut, so können wir sie auch von unserem Fenster aus sehen, wenn wir drinnen im Warmen sitzen.«

Sie hatten mittlerweile doch eine beträchtliche Zeit im Freien verbracht und wie in Kindertagen vor Tatendrang und -freude alles um sich herum vergessen, selbst die Kälte. Julia hatte das entscheidende Stichwort gegeben. Nun war er da, der Wunsch nach Wärme, die Sehnsucht nach dem Feuer im Kamin. Sie begannen zu frieren.

Liliane legte noch ein paar dicke Holzscheite nach, Marie und Julia kümmerten sich derweil um das Teewasser und ein paar Kekse. Als sie sich umgezogen hatten, ihre Füße in warmen, dicken Wollsocken steckten und jede in ihrer Hand eine Tasse dampfenden heißen Tee hielt, spürten sie eine innere Zufriedenheit. Liliane blickte in das knisternde Feuer und empfand dasselbe wohlige Gefühl wie als Kind, wenn sie stundenlang mühsam ihren Holzschlitten für eine relativ kurze Abfahrt den Hügel hinaufgezogen hatte und dann wieder nach Hause ins Warme gekommen war.

Zu vorgerückter Stunde, nachdem sie sich etwas gekocht und gegessen hatten, beschäftigte sich jede für sich. Liliane las in dem Buch weiter, das sie bereits vor zwei Tagen zu Hause angefangen hatte. Julia grübelte über einem Kreuzworträtsel und Marie bastelte an kleinen Tannenzapfenmännchen, die sie ihren Schülern mit ein paar selbstgebackenen Plätzchen zu Beginn der Weihnachtsferien schenken wollte. Und immer wieder wanderten ihre Blicke zum Fenster hinaus auf die im Dunkeln mystisch leuchtende Schneepyramide.

Am nächsten Morgen standen sie früh auf, um keinen der kostbaren Tage, die sie hier verbrachten, mit Schlaf zu vergeuden. Die Sonne strahlte vom Himmel, als sie ihr Ziel, den Nationalpark Bayerischer Wald und seine weitläufigen Freigehege mit den hier heute und auch früher beheimateten Wildtieren, erreicht hatten. Neugierig, aber auch voller

Respekt hofften die drei Freundinnen, einen Blick auf einen Bär oder Wolf erhaschen zu können. Um die Chance darauf zu erhöhen, hatten sie dieses Mal ein Fernglas dabei.

Gemächlich spazierten sie durch die weiße Winterlandschaft. Die Wege waren gut präpariert, sodass sie nicht im Schnee versanken. Er knirschte bei jedem Schritt unter ihren Schuhen. Ihr Atem erinnerte an den ausgehauchten Qualm einer Zigarette. Vereinzelt konnten die Bäume der Last des schweren Schnees nicht mehr standhalten, einige Zweige und Äste waren bereits abgeknickt. Die Gipfel der sie umgebenden Berge sahen aus, als wären sie dick mit Puderzucker überstäubt worden.

Lilianes große Aufmerksamkeit galt den Wölfen. Am liebsten wäre sie stundenlang vor deren Gehege gestanden, um sie zu beobachten. Das kam jedoch bei den frostigen Temperaturen an diesem Tag nicht in Frage. Blieb sie zu lange an einer Stelle stehen, kam schnell das Gefühl auf, am Boden festzufrieren. Den Fischottern schien die Kälte dagegen überhaupt nichts auszumachen. Sie tollten im eisigen Wasser herum, sausten pfeilschnell durch ihre Becken und tauchten hier und da wieder auf, um einen neugierigen Blick auf die menschlichen Besucher zu werfen.

Dort, wo die Sonnenstrahlen einen Weg durch die Wipfel der Tannen fanden, versetzten sie den Waldboden in eine glitzernde Zauberwelt aus Eiskristallen. Wenn eine leichte Windböe aufkam, blies sie jedes Mal kleine Schneeflöckchen von den Tannenzweigen, die dann funkelnd und schimmernd durch die Luft schwebten.

Drei Stunden stapften Julia, Liliane und Marie durch diese herrliche Winterlandschaft, doch dann halfen auch ihre gut gefütterten Stiefel, die dicken Handschuhe und die Mützen, die ihnen bis über die Ohren reichten, nicht mehr. Ihre ungeschützten Gesichter kamen ihnen durch den aufkommenden Wind wie zu Eis erstarrt vor. Jetzt sehnten sie sich nach einem warmen gemütlichen Platz in einem Gasthaus, um eine Tasse heiße Schokolade zu schlürfen. Nach kurzer Suche fanden sie in der Nähe des Parkplatzes, wo Julia den Wagen abgestellt hatte, ein behagliches Café.

»Ach, ist das nicht herrlich, nach einem so schönen Spaziergang in der klirrenden Kälte jetzt hier in der Wärme zu sitzen?«, begann Marie zu schwärmen, als sie neben Julia und Liliane auf der rustikalen Eckbank Platz genommen hatte.

»In der Tat, das hat was«, gab Julia ihr recht. »Wisst ihr, was ich auch so heimelig und gemütlich fand?«

Marie und Liliane zuckten mit den Schultern.

»Was?«

Julia strahlte wie ein kleines Mädchen. So hatte Liliane ihre Freundin lange nicht mehr erlebt. Sie vermutete, dass es wohl an der lang überfälligen Trennung von Holger lag.

»Könnt ihr euch noch erinnern«, fuhr Julia fort, »wie wir als Kinder an dem großen Hügel am Bach Schlitten gefahren sind?«

»Ja natürlich«, erwiderte Marie. »Wir haben ihn den Teufelshügel genannt, weil wir eine Bahn an der steilsten und gefährlichsten Stelle gebaut und diese mit Schanzen noch gefährlicher gemacht haben.«

»Genau den meine ich«, lächelte Julia zustimmend. »Die ganz Mutigen, heute würde ich sagen die völlig Bekloppten, haben manchmal auch noch extra Wasser darübergeschüttet, sodass eine harte Eisschicht die Bahn überzogen hat. Dadurch ist sie noch schneller und gefährlicher geworden. Aber, worauf ich eigentlich hinaus wollte: Wenn wir den ganzen Nachmittag damit verbracht haben, unsere Holzschlitten den Teufelshügel hochzuziehen, um dann wie der Wind wieder hinunterzusausen, wenn unsere Schneeanzüge irgendwann vor Nässe nur so getrieft haben und wir trotz des Spaßes, den wir hatten, völlig durchgefroren waren, dann war es das Allerschönste, heimzukommen, die nassen Sachen auszuziehen, sich unter eine warme

Decke zu kuscheln und einen heißen Kakao zu trinken.«

Liliane musste lächeln. Noch am gestrigen Abend hatte sie dieses Bild selbst vor Augen. Julia sprach ihr aus der Seele.

»Wir könnten doch...«

Maries Augen strahlten, als sie diesen Satz begann. Dann aber hielt sie plötzlich inne, als müsste sie über ihren Vorschlag noch einmal nachdenken.

»Was könnten wir?«

In Julias Stimme war deutlich Neugier zu hören.

»Na, wir könnten uns doch Schlitten leihen. Hier in der Nähe gibt es doch diese Rodelbahn. Die war in einer der Broschüren, die im Gemeinschaftshaus ausliegen, beschrieben. Wir sind bisher nur noch nie auf die Idee gekommen, da mal hinzufahren. Man kann zu Fuß hinaufwandern und oben einkehren. Dort kann man sich auch einen Rodel leihen und damit zurück ins Tal fahren.«

Marie musste nicht lange auf eine Reaktion warten. Liliane stand es ins Gesicht geschrieben, dass sie die Idee klasse fand.

»Ich bin ehrlich gesagt seit einer Ewigkeit nicht mehr gerodelt, hätte aber wahnsinnig große Lust dazu. Ich bin auf jeden Fall dabei«, sagte sie und wandte sich Julia zu. »Und, wie sieht es mit dir aus, auch Lust auf eine rasante Schlittenfahrt?«

»Na klar, was denkt ihr denn, wegen mir kann es sofort losgehen.«

Julia signalisierte der Bedienung durch Blickkontakt und mit einer lautlosen Bewegung ihrer Lippen, dass sie zahlen wollten. Die junge Frau reagierte sofort und kam mit ihrem großen, ledernen Geldbeutel an ihren Tisch. Mit einem freundlichen Lächeln und ihrem charmanten bayerischen Dialekt erkundigte sie sich, ob die Rechnung zusammen oder getrennt beglichen werden sollte.

»Bitte alles zusammen«, antwortete Julia prompt und öffnete dabei ihre Geldbörse.

Liliane strengte sich einen kurzen Augenblick sehr an, kein allzu überraschtes Gesicht zu machen. Abermals stellte sie fest, wie sehr sich Julia seit der Trennung von Holger verändert hatte und das eindeutig zu ihrem Vorteil. Früher wäre sie nie auf die Idee gekommen, für die anderen mitzubezahlen. Nicht dass sie geizig gewesen wäre, ihr hatte einfach dieses Gemeinschaftsdenken gefehlt und sie war immer sehr auf sich selbst fixiert gewesen. Nun sieh dir einer diese Frau an, dachte Liliane, so spontan und mit solch einer positiven Ausstrahlung.

Nachdem Julia gezahlt hatte, fuhren sie ohne Umschweife mit ihrem Wagen zum Parkplatz am Fuß der Rodelbahn. Vergessen waren die noch vor Kurzem eingefrorenen Nasen und Wangen. Fünfundvierzig Minuten würde der Aufstieg zur Berghütte dauern, besagte ein Holzschild neben dem Parkplatz. Mit konstanten, langsamen Schritten machten sie sich auf den Weg nach oben. Immer wieder kam ihnen ein Schlitten in mehr oder weniger rasanter Fahrt entgegen, je nachdem wie draufgängerisch der Lenker des Gefährts war. Ins Gehege kamen sie sich nicht. Die Bahn war breit genug, außerdem ließen die Schuh- und Kufenspuren unschwer erkennen, welche Seite wem zugedacht war.

Neugierig musterten Julia, Liliane und Marie die entgegenkommenden Rodler. Alle Altersgruppen waren vertreten. Vom Kleinkind auf dem Schoß der Mutter oder des Vaters über Schulkinder, Jugendliche und Liebespaare, die sich zusammen einen Rodel teilten, bis hin zu einer Großmutter, die mit Sicherheit die siebzig schon überschritten hatte, sie alle erfreuten sich an der Fahrt über den weißen Schneeteppich ins Tal. Die Vorfreude der drei Freundinnen wuchs, je höher sie kamen.

Als sie von der nicht gerade alltäglichen Anstrengung etwas schwer atmend an der rustikalen Berghütte angekommen waren, machten sie es sich erst einmal auf einer Eckbank am Kachelofen mit bunten und gut gepolsterten

Sitzkissen bequem. Marie lehnte sich nach hinten, um ihren Rücken zu wärmen. Nach diesem Aufstieg und der vorherigen stundenlangen Wanderung durch den Nationalpark hatten sie einen mächtigen Appetit. Schließlich lag das Frühstück schon einige Zeit hinter ihnen.

»Schaut euch das an. Aus dem Leben gegriffen, würde ich sagen.«

Julia deutete bei diesen Worten auf eines der kleinen Ölgemälde, die an der Wand links von ihnen hingen. Es zeigte einen Wilderer, der gerade einen Hirsch tötete, und einen Jäger, der in dabei ertappte.

Marie hatte Lust auf etwas Süßes und bestellte sich einen Kaiserschmarrn mit Preiselbeeren, während Julia und Liliane sich für deftige bayerische Semmelknödel entschieden. Sie lobten die hausgemachten Speisen, wahrscheinlich wären sie aber nach der langen Zeit an der frischen Luft auch mit einem karg belegten Brot zufrieden gewesen; es hätte ihnen in diesem Moment genauso gut geschmeckt.

Gut gestärkt und jede einen Holzrodel unterm Po ging die Fahrt eine gute Stunde später talwärts. Während Julia anfangs etwas ängstlich den Schlitten in jeder Kurve extrem mit den Füßen abbremste und Liliane teilweise mit der Lenkerei Probleme hatte, sauste Marie mit Karacho unbekümmert die Bahn hinunter. Egal, wer wann oder wie unten ankam, der Spaß war das Wichtigste an dieser Rodelaktion und der war riesengroß. Liliane hatte bereits auf halber Strecke Bauchschmerzen, so sehr musste sie über sich und die beiden anderen lachen.

Als sie die Rückfahrt antraten, dämmerte es bereits, und als sie auf den Parkplatz des Feriendorfes einfuhren, war es stockfinster geworden. Nur mithilfe ihrer Taschenlampen konnten sie den Weg durch den Tannenwald zu ihrer Hütte sicher begehen. Aus Erfahrung waren sie entsprechend ausgerüstet, da es in dem rustikalen, abgelegenen Feriendorf keine Straßenbeleuchtung gab.

Drinnen machte sich Liliane daran, im Kamin Feuer zu machen. Da sie die Hütte schon früh am Morgen verlassen hatten, war das Feuer längst ausgegangen und es furchtbar kalt geworden. Ein kleiner Elektroofen half aber schnell über das Schlimmste hinweg. Sie benutzten ihn, bis das Feuer wieder richtig brannte. Marie setzte Wasser auf, um den Abend, wie sie es gewohnt waren, mit einer schönen Tasse Tee ausklingen zu lassen.

Zufrieden saßen sie gemeinsam auf der Eckbank. Ein erlebnisreicher Tag mit viel Sonne, viel Schnee und einer Menge Spaß lag hinter ihnen, an den sie sich zurück im Alltagstrott gerne erinnern wollten.

Liliane schreckte in den frühen Morgenstunden aus dem Schlaf auf. Draußen tobte ein wahnsinniger Schneesturm, der die Standhaftigkeit der kleinen Holzhütte auf eine harte Probe zu stellen schien. Sie knipste die Nachttischlampe an und schaute auf ihren Wecker. Es war fünf Uhr morgens. Das Metallhäkchen, das die beiden Holzläden an ihrem Fenster zusammenhalten sollte, hatte sich durch den Sturm gelöst. Wahrscheinlich hatten Marie und sie beim Schließen nicht sorgsam darauf geachtet, dass es richtig befestigt war. Jetzt polterten die Läden mit lauten Schlägen auf und zu.

Liliane schaute nach rechts, wo Marie in ihrem Bett lag und selig schlief. Sie schüttelte lächelnd den Kopf. Unverständlich, dachte sie, wie man bei einem solchen Krach einfach weiterschlafen kann. Sie stand auf, um dem Gepolter ein Ende zu bereiten. Der Holzboden unter ihren Füßen war kalt. Auch die Raumtemperatur empfand sie nicht mehr als angenehm. Das Feuer musste irgendwann in der Nacht ausgegangen sein.

Als Liliane das Fenster öffnete und nach den beiden Holzläden griff, um sie wieder zu schließen, riss ihr ein heftiger Windstoß die kleinen Flügelfensterläden aus den Händen. Gleichzeitig wirbelte er Hunderte Schneeflocken ins Zimmer. Liliane lehnte sich ein Stück weiter aus dem Fenster, um die beiden Läden besser greifen zu können, was ihr aber wegen der Schneemassen und Windstärke nicht gelang. Sie konnte nichts sehen, so sehr tanzten die Flocken vor ihren Augen.

Sie erschrak fast zu Tode, als Marie plötzlich wie aus dem Nichts neben ihr stand. Das Tosen des Windes war so laut, dass Liliane zunächst überhaupt nicht verstehen konnte, was Marie zu ihr sagte.

»Versuch den linken Laden zu fassen, ich nehme den rechten«, brüllte Marie ihre Freundin an.

Wie gesagt, so getan. Dann hielt Liliane mit aller Kraft beide Läden zusammen, während Marie das Metallhäkchen sorgfältig einrasten ließ. Schnell schlossen sie das Fenster wieder. Zumindest in ihrem Zimmer war der Schneesturm somit gebändigt.

»Meine Güte, Liliane, sieh dir die Bescherung an, alles ist pitschenass von dem Schnee, den es hereingeweht hat. Ich glaub, ich besorg uns erst mal ein paar Lappen, um die Sauerei hier aufzuwischen.«

Als sich Marie umdrehte, um den Raum zu verlassen, musste sie kichern.

»Was ist so komisch?«, rief Liliane ihr zu.

»Das hatte schon was, Liliane im Kampf gegen den Sturm in Angoraunterwäsche.«

»Ja, ja, sehr witzig.« Auch Liliane musste schließlich grinsen. »Ich glaube, alleine hätte ich diese dämlichen Fensterläden nicht wieder zubekommen. Lass uns nach unten gehen, eine schöne Tasse Kaffee trinken und den Mist hier dann nachher wegmachen, an Schlaf ist jetzt eh nicht mehr zu denken.«

»Eine sehr gute Idee«, sagte Marie. »Ich hoffe nur, dass dieser Sturm sich bald wieder legt, da wird einem ja ganz anders. Ich frage mich bloß, wie Julia bei diesem Krach weiterschlafen kann, sie ist doch sonst immer beim kleinsten Muckser glockenwach.«

»Das ist wahr«, pflichtete ihr Liliane bei. »Allerdings ist bei Julia zurzeit gar nichts, wie es sonst ist. Vielleicht schläft sie seit Neuestem auch tiefer. Ich würde vorschlagen, wir machen jetzt ein schönes Frühstück und wecken, wenn alles auf dem Tisch steht, die Tiefschläferin auf.«

Als die beiden die knarrende Holztreppe nach unten stiegen, blieb Liliane, die vorausgegangen war, abrupt stehen.

»Was ist?«, fragte Marie, die gerade noch rechtzeitig stoppen konnte.

»Sieh mal, an der Haustür, der Eingangsbereich ist genauso nass wie der Boden in unserem Zimmer oben, aber die Tür ist geschlossen. Komisch. Das sieht so aus, als hätte die Tür eine Weile offen gestanden, sodass eine Menge Schnee hereinwehen konnte.«

»Eigenartig«, murmelte Marie und zog dabei die Augenbrauen zusammen. »Vielleicht war Julia, nachdem wir schon zu Bett gegangen waren, noch einmal draußen, um den Korb mit dem Feuerholz aufzufüllen. Der war nämlich gestern Abend schon so gut wie leer, was man nun nicht mehr behaupten kann.«

Liliane drehte den Kopf und schaute ebenfalls auf den Feuerholzkorb. Marie hatte recht, er war bis obenhin mit Holzscheiten gefüllt.

»Sehen wir mal nach, ob die Tür verschlossen ist.«

Marie drückte langsam die Klinke nach unten. Die Tür war unverschlossen, wies aber keinerlei Schäden auf. Nichts deutete darauf hin, dass sie gewaltsam geöffnet worden wäre.

»Ich glaubt, du liegst richtig, Marie. Julia ist sicherlich noch einmal nach draußen gegangen, um den Korb mit

Holz zu füllen und hat dann vergessen, die Tür wieder abzuschließen. Aber ehrlich gesagt bin ich erst wieder richtig beruhigt, wenn wir jetzt einen Blick in Julias Zimmer werfen und uns mit eigenen Augen davon überzeugen, dass sie friedlich in ihrem Bett liegt und schläft.«

Gemeinsam gingen sie auf die Tür der Kammer zu, die neben der Küchenzeile lag. Und obwohl Liliane überzeugt war, dass sich die ganze Aufregung bestimmt gleich in Wohlgefallen auflösen würde, schlug ihr das Herz bis zum Hals, als sie die leicht knarrende Tür zu Julias Schlafzimmer öffnete. Der schale Schein der Flurbeleuchtung fiel in das kleine Zimmer. Er reichte jedoch nicht aus, um zu erkennen, ob sie in ihrem Bett lag oder nicht.

»Julia.«

Zuerst flüsternd und dann, nachdem sie keine Antwort bekam, etwas lauter werdend wiederholte Liliane den Namen ihrer Freundin.

»Bist du wach?«

Im Zimmer blieb es still. Liliane tastete mit ihrer Hand die Wand entlang nach dem Lichtschalter. Ihre Finger wurden rasch fündig. Sekunden, bevor sie das Licht anmachte, kniff sie ihre Augen fest zusammen und wiederholte in Gedanken: »Sie liegt in ihrem Bett und schläft. Sie liegt in ihrem Bett und schläft.« Dann drückte sie den Lichtschalter und schlug gleichzeitig ihre Augen wieder auf.

Sie starrte auf das Bett. Es war leer.

»Verdammt, Liliane, was ist hier los?«, schrie Marie, die dicht hinter ihr stand, völlig hysterisch. Angstvoll schlang sie die Arme um ihren Brustkorb, als würde sie frieren.

Währenddessen durchsuchte Liliane panisch das Zimmer. Der Raum war nicht besonders groß. Sie sah unter den Betten, im Schrank und hinter der Tür nach, damit waren die Versteckmöglichkeiten auch schon erschöpft. Julias Kleidung war noch vollständig vorhanden, ihre Handtasche lag auf dem unteren Stockbett, in dem Susan sonst geschlafen hatte. Liliane wühlte die Tasche hastig durch. Ausweis, Führerschein, Geldbörse, alles war da. Suchend lief sie durch die ganze Hütte und rief verzweifelt nach ihrer Freundin, während Marie wie gelähmt und zitternd im Zimmer stehen blieb.

Als Liliane sich auch im oberen Badezimmer davon überzeugt hatte, das Julia sich definitiv nicht in der Hütte befand, nahm sie ihre Schneehose und ihre Daunenjacke vom Garderobenhaken neben der Eingangstür und zog sich an.

»Komm schon, Marie, der Sturm hat sich etwas gelegt, wir müssen vor zum Verwaltungsgebäude, um Hilfe zu holen. Marie, hörst du nicht?«

Aber sie bekam keine Antwort. Sie rannte zurück in Julias Zimmer und fand Marie dort völlig apathisch vor deren Bett stehen. Liliane packte sie an beiden Oberarmen und drehte sie ruckartig zu sich um.

»Hör mir zu, Marie, wir schnappen uns jetzt unsere Schneeschuhe, unsere Jacken und die Taschenlampen und gehen vor zu Alfons Weihtaler, dem Verwalter, von dort aus alarmieren wir die Polizei. Mit dem Handy können wir das hier vergessen, kein Empfang. Okay?«

Maries starrer Blick löste sich und ihre Augenlider fingen an zu flattern.

»Okay«, antwortete sie leise, »okay.«

Als Liliane die Tür der Hütte öffnete, fiel erneut Schnee in den Eingangsbereich. Er war vom Sturm gegen die Tür geweht worden und hatte sich dort gesammelt. Mittlerweile war es draußen etwas weniger windig, aber unaufhörlich fielen weiter dicke Schneeflocken vom Himmel herab. Vor der Hütte waren keine Fußspuren zu erkennen. Keine von Julia, keine von irgendjemandem. Nicht einmal die Spuren der Rehe, die man ansonsten früh am Morgen im Schnee finden konnte. Der Schneesturm hatte alle Spuren verwischt und die Rehe hatten sich sicherlich ins schützende Dickicht des Waldes zurückgezogen.

Marie und Liliane stapften durch den tiefen Schnee. Die anderen Hütten an ihrem Weg lagen alle noch im Dunkeln. Der Marsch war beschwerlich. Wegen des Windes war ihnen eiskalt. Als sie das Gebäude des Verwalters erreichten, war auch dieses erwartungsgemäß zu der frühen Stunde noch dunkel und verschlossen. Nur die Außenbeleuchtung brannte wie jede Nacht bis in die Morgenstunden, wenn es wieder hell wurde.

Liliane bat Marie kurz, am Verwaltergebäude zu warten, sie selbst wollte zum Parkplatz und nachsehen, ob Julias Auto noch dastand. Sie leuchtet mit der Taschenlampe über den Parkplatz. Zugeschneit und fast nicht mehr erkennbar stand der Wagen dort, wo sie ihn am Abend zuvor abgestellt hatten. Sie lief zurück zu Marie, die vor Kälte bibberte.

»Unser Auto ist da. Komm mit, wir brauchen dringend ein Telefon.«

Gleich neben dem Verwaltungsgebäude lag die Wohnung von Magdalena und Alfons Weihtaler, die vor vielen Jahren die Hausmeistertätigkeit im Feriendorf übernommen hatten. Liliane drückte zunächst zweimal kurz auf die Klingel rechts neben der Eingangstür. Als sich nach gefühlten drei Minuten nichts rührte, läutete sie Sturm. Endlich hatte sie Erfolg. Im oberen Stock der Verwalterwohnung ging ein Licht an. Dann ein zweites im Treppenhaus. Ein Fenster wurde geöffnet. Eine verschlafene Magdalena Weihtaler mit einem langen geflochtenen Zopf blickte wie Rapunzel auf sie herab. Während Liliane ihr zurief, sie solle die Polizei alarmieren, fielen noch immer dicke Schneeflocken vom Himmel und schmolzen auf Lilianes vor Aufregung erhitztem Gesicht.

Die Frau des Verwalters hastete die Treppe hinunter.

»Was ist passiert?«, fragte sie aufgeregt, als sie unten bei den beiden Frauen ankam.

Liliane erklärte ihr in knappen Sätzen was geschehen

war, während Magdalena Weihtaler die Tür des Verwaltungsgebäudes aufschloss. Kaum hatte sie den Raum geöffnet, stürmte Liliane an ihr vorbei ans Telefon. Hastig tippte sie die Ziffern ein. Nach zweimaligem Klingeln meldete sich die Stimme eines Polizeibeamten. Aufgeregt erklärte sie den Sachverhalt und bat um schnelle Hilfe.

Nachdem sie aufgelegt hatte, begann das lange Warten.

Wegen der starken Schneefälle mussten sich die Beamten erst zu dem abgelegenen Feriendorf durchkämpfen. Sicherlich waren alle vorhandenen Schneepflüge unterwegs, um die Straßen freizuräumen. Liliane sah angespannt auf die Uhr, die an der Wand des Büros hing. Ihr Ziffernblatt mit römischen Zahlen zeigte mittlerweile kurz nach sechs an und ihr gleichmäßiges Tg-Tg-Tg schien ihr immer lauter und bedrohlicher zu werden.

Liliane kam es vor, als hörte sie die Uhr im Rhythmus des Tickens leise flüstern: »Beeilt euch, beeilt euch, beeilt euch!« Es war unerträglich, herumzusitzen und nichts zu tun, außer zu warten. Warten, bis die Polizei eintraf. Warten, bis die Sonne aufging. Warten, dass der Schnee aufhörte, in riesigen Flocken vom Himmel zu fallen. Warten, um endlich nach Julia suchen zu können.

Inzwischen hatte sich auch Alfons Weihtaler im Verwaltungsgebäude eingefunden. Langsam setze er sich auf einen der Stühle und rieb sich die verschlafenen Augen. Er war etwa Mitte fünfzig und kleiner als Liliane. Sein gelocktes, störrisches braunes Haar war auf einer Seite platt gedrückt, typisch für einen Seitenschläfer. Und er war noch unrasiert, was Liliane angesichts der unerwarteten und dramatischen Störung nicht verwunderte.

Weihtaler war von seiner Frau über die Geschehnisse informiert worden, als sie, nachdem sie das Verwaltungsgebäude aufgeschlossen hatte, in ihre Wohnung zurückkehrte, um für alle Kaffee aufzusetzen. Der Verwalter gab sich alle Mühe, die beiden Frauen zu beruhigen. Seine fast grau wirkenden Augen blickten Marie und Liliane abwechselnd an.

»Jetzt wollen wir mal nicht gleich an das Schlimmste denken. Vielleicht gibt es ja eine ganz einfache Erklärung für das Verschwinden Ihrer Freundin.«

Sicherlich meinte er es nur gut. Aber Liliane zweifelte daran, dass er selbst glaubte, was er da von sich gab. Wie konnte es eine einfache Erklärung dafür geben, was Julia dazu veranlasst haben sollte, mitten in der nach Nacht, mitten im Wald und bei diesem Sturm alleine irgendwo hinzugehen und ihre beiden Freundinnen in der Hütte zurückzulassen? Ohne ihnen nur ein Wort zu sagen oder eine Nachricht zu hinterlassen. Und dann die Krönung des Ganzen, dies auch noch ohne Auto, das zwar angesichts der Schneemassen kaum noch zu erkennen war, aber zweifelsfrei noch hier auf dem Parkplatz stand.

Nein. Liliane war sich sicher, Julia hätte das niemals getan – außer etwas oder jemand hatte sie dazu gezwungen.

Der Verwalter hörte zu Lilianes Erleichterung nach einigen Minuten damit auf, beruhigende Worte an sie zu richten, und tat dafür etwas viel Sinnvolleres. Er holte seine Schneekatze aus der großen Scheune und fing an, den Schnee vom Parkplatz und dem Hof zu räumen. Langsam arbeitete er sich voran, bis die kleine geteerte Straße, die durch den Wald zum Feriendorf führte, auf einer Spur wieder von einem Auto befahren werden konnte.

Als der Polizeiwagen in den Hof der Ferienanlage einfuhr, tanzten vor seinem Scheinwerferlicht die mittlerweile immer kleiner gewordenen Schneeflocken. Zwei Beamte stiegen aus und gingen auf die Tür des Bürogebäudes zu.

Weihtaler, der nach der Schneeräumung wieder auf seinem Stuhl Platz genommen hatte und an seiner dritten Tasse Kaffee schlürfte, stand auf und öffnete ihnen.

Der ältere der beiden gab Weihtaler die Hand und begrüßte ihn beim Vornamen. Er war groß und breit gebaut und hatte eine Knollennase, ein richtiges Mannsbild, wie die Bayern sagen würden. Vor dem schmächtigen Verwalter wirkte er fast wie ein Riese. Trotz seiner mächtigen Erscheinung sah er freundlich und vertrauenswürdig aus. Das liegt vermutlich an seinen braunen Augen und dem Vollbart, dachte Liliane. Sein Kollege war bestimmt nicht älter als Mitte zwanzig. Er hatte eine blasse Haut, blaue Augen, eine schmale Hakennase und war ebenfalls groß, aber im Gegensatz zu dem Älteren sehr schmal gebaut. Sicherlich wurde er früher in der Schule als Bohnenstange gehänselt, kam es Liliane in den Sinn.

Beide Beamten begrüßten Marie und Liliane freundlich.

»Wir haben eine Meldung erhalten, dass hier eine Person vermisst werden soll.«

»Das ist richtig«, rief Marie aufgeregt und lief sofort auf die Beamten zu. »Aber wo sind Ihre Kollegen? Wir brauchen mehr Leute, um nach Julia zu suchen!«

Der ältere Polizist sah Marie verständnisvoll an.

»Ganz ruhig junge Frau, mein Name ist Franz Huber und das hier ist mein Kollege Tobias Blaas. Jetzt erzählen Sie uns erst einmal in Ruhe ganz genau, was passiert ist, damit wir vernünftig und geplant vorgehen können.«

»Wie können Sie es wagen, uns zu sagen, wir sollen ruhig bleiben, wenn unsere Freundin mitten in der Nacht spurlos verschwunden ist, das ist doch lächerlich.«

Marie begann zu weinen. Liliane nahm sie in die Arme.

»Hör zu Marie, so schwer es uns auch fallen mag, Herr Huber hat recht. Es bringt nichts, jetzt durch den Wald zu rennen, ohne Tageslicht und ohne irgendeinen Hinweis, in welche Richtung wir suchen sollen.«

Liliane fiel es schwer, so zu sprechen, denn in Wahrheit wäre sie lieber durch den tiefen Schnee gestapft und hätte brüllend nach Julia gerufen, um wenigstens irgendetwas zu tun, anstatt hier hilflos nur herumzusitzen.

Frau Weihtaler betrat mit zwei weiteren Tassen Kaffee das Büro. Sie trug ein Dirndl und hatte ihr dunkles Haar mittlerweile wieder zu einem Dutt nach oben gesteckt, so wie sie es sonst auch immer trug. Sie war ein zierliches Persönchen und noch etwas kleiner als ihr Mann. Ihre dunkelbraunen Augen blickten besorgt. Liliane spürte, dass sie mit ihnen fühlte.

Die Beamten nahmen an einem kleinen runden Tisch Platz und baten Marie und Liliane, sich zu ihnen zu setzen und ihnen genau zu berichten, was geschehen war. Draußen wurde es allmählich hell und es hatte aufgehört zu schneien.

»Ich schlage vor«, sagte Huber, nachdem er Liliane und Marie aufmerksam zugehört hatte, »Sie rufen jetzt als erstes Frau Kaufmanns Familienangehörige und Freunde an. Vielleicht hat sie sich bei einem von ihnen gemeldet. Wenn nicht, werden wir weitere Beamte anfordern und nach Ihrer Freundin großräumig suchen.«

Liliane setzte sich sofort ans Telefon und versuchte als erstes, Holger zu erreichen.

Wie vermutet hatte er von Julia seit dem Tag, an dem sie zusammen in den Bayerischen Wald gefahren waren, nichts mehr gehört. Nachdem ihm Liliane kurz geschildert hatte, was geschehen war, machte er sich große Sorgen und wollte zu ihnen fahren. Liliane riet ihm vorerst davon ab.

»Bitte, Holger, kümmere du dich lieber um Lisa und Philipp, sie brauchen dich. Sag ihnen vorerst bitte nichts vom Verschwinden ihrer Mutter, zumindest nicht, bis wir Genaueres wissen. Dann melden wir uns umgehend bei dir. Könntest du dich vielleicht bei deinen Schwiegereltern erkundigen, ob Julia sich bei ihnen gemeldet hat? Ich weiß, sie werden sich bestimmt große Sorgen machen, wenn sie hören, was geschehen ist, aber es ist wichtig.«

Holger versprach ihr, sich sofort wieder zu melden, sobald er mit Julias Eltern gesprochen hatte. Liliane legte auf und wandte sich an Franz Huber.

»Also hören Sie zu, ich halte es nicht mehr aus, hier tatenlos herumzusitzen. Ich werde jetzt die Gegend um das Feriendorf nach Julia absuchen und wenn ich das alleine tun muss. Wir haben erst vor Kurzem eine Freundin auf tragische Weise verloren, ich möchte nicht noch eine verlieren.«

Hubers braune Augen blickten Liliane fragend an.

»Was ist mit Ihrer anderen Freundin geschehen?«, erkundigte er sich.

Liliane ließ sich auf die Eckbank nieder und sah zu dem Beamten auf. Sie konnte es nicht verhindern, dass ihr Tränen in die Augen schossen. Marie setzte sich neben sie und griff zaghaft nach ihrer Hand.

»Diesen Frühling verschwand unsere Freundin Susan Winter mitten in der Nacht und wurde zwei Tage später ermordet aufgefunden. Verstehen Sie jetzt unsere große Angst?«

Der ältere der beiden Polizisten wandte sich, ohne ein Wort zu sagen, von Liliane und Marie ab. Er nahm sein Funkgerät aus der Gürtelhalterung und forderte ohne Umschweife und mit ernster Stimme weitere Kollegen an.

»Ich kann nur hoffen, dass sich das Verschwinden Ihrer Freundin Julia Kaufmann anderweitig klärt und wir sie unbeschadet finden. Ansonsten werfen diese Parallelen ganz neue Fragen auf.«

Liliane vernahm deutlich eine Anspannung in seiner Stimme.

Das Telefon klingelte. Magdalena Weihtaler nahm ab und reichte den Hörer an Liliane weiter. Es war Martin. Er äußerte sich besorgt, nachdem er gerade von Holger angerufen worden war. Liliane erzählte ihm von den Geschehnissen der letzten Nacht und über die geplante Suche nach Julia. Sie versprach, sich bei ihm zu melden, wenn es Neuigkeiten geben sollte.

Innerhalb kürzester Zeit trafen weitere Beamte im Feriendorf ein. Ihr Häuschen und die Umgebung wurden akribisch nach Spuren untersucht, Fingerabdrücke sichergestellt und die anderen Bewohner des Dorfes befragt. Liliane und Marie waren froh. Endlich bewegte sich etwas. Sie hatten sich einer Gruppe Polizisten angeschlossen, um bei der Suche nach Julia zu helfen. Nichts auf der Welt hätte die beiden davon abhalten können. Im Umkreis von mehreren hundert Metern wurde die Umgebung von Dutzenden Polizeibeamten strategisch mit langen Stangen, die sie immer wieder in den Schnee tauchten, abgesucht.

Etwas oder jemand zog und zerrte an ihr herum. Bevor sie in der Lage war, sich genauere Gedanken darüber zu machen, um was oder wen es sich dabei handelte, spürte sie einen kurzen Stich in ihren Arm und verlor abermals das Bewusstsein.

Als sie erneut zu sich kam, hörte sie sanfte, klassische Musik an ihr Ohr dringen. Sie wollte die Augen öffnen, aber ihre Lider waren so schwer wie Blei. Deshalb würde es schwer werden herauszufinden, wo sie sich befand. Aber Julia gab nicht auf, sie war eine Kämpferin und so schnell wollte sie sich nicht geschlagen geben. Immer und immer wieder versuchte sie, ihre Augen zu öffnen, bis es ihr schließlich gelang. Was sie dann allerdings sah, brachte sie auf der Suche nach ihrem Aufenthaltsort keinen Schritt weiter.

Sie konnte zwar erkennen, dass es um sie herum hell war und auch dass sich jemand über sie gebeugt hatte, aber alles nur schemenhaft. Es wollte sich kein klares Bild einstellen, alles verschwamm vor ihren Augen.

»Liliane bist du das? Was ist passiert?«

Sie konnte sich daran erinnern, wie sie in der Nacht vom Gepolter des Holzladens an ihrem Fenster wach geworden war, sich daraufhin eine Jacke übergezogen hatte und in irgendwelche Schuhe geschlüpft war. Als sie die Tür nach draußen geöffnet hatte, waren sofort Massen von Schneeflocken ins Haus gestürmt. Sie war um das Haus durch den Schnee gestampft und im Begriff, die Fensterläden zu schließen. Ab diesem Moment wusste sie nichts mehr. Vielleicht war ihr irgendetwas auf den Kopf gefallen und sie hatte daraufhin das Bewusstsein verloren. Bei dem Schneesturm wäre es nicht verwunderlich, wenn sich irgendwo am Haus eine Holzschindel oder ähnliches gelöst hätte.

»Marie?«

Julia versuchte sich aufzurichten, aber auch das ging nicht. So wie es sich anfühlte, war sie auf irgendetwas festgefesselt. Sie realisierte, dass sie vermutlich in einer fürchterlichen Lage steckte. Mit aller Kraft versuchte sie, sich der Fesseln zu entledigen. Aber die rührten sich keinen Zentimeter. Ihr Herz begann, heftig zu schlagen.

»Liliane, Marie, sagt doch was.«

Julia bemühte sich, die Person, die sie über sich gebeugt sah, mit ihrem Blick zu fixieren.

»Wer sind Sie und wo bin ich?«

Aber sie bekam keine Antwort.

Liliane und Marie hatten die Nacht im Gästezimmer der Weihtalers verbracht. Zum einen wollten die Beamten von der Spurensicherung ihre Hütte nochmals akribisch auf den Kopf stellen, um auf Nummer sicher zu gehen, nichts übersehen zu haben, zum anderen hatte Franz Huber als Vorsichtsmaßnahme darauf bestanden.

Als eine Schar Polizisten beim ersten Tageslicht eintraf, um ihre Suche in der Umgebung fortzusetzen, waren auch Liliane und Marie wieder mit dabei. Stunden später saßen Liliane und Marie in der Verwalterwohnung in der gemütlich eingerichteten Stube auf der Bank eines Kachelofens. Er verströmte eine wohlige Wärme und sorgte dafür, dass ihre Glieder langsam wieder auftauten, die von der Kälte ganz steif geworden waren. Magdalena Weihtaler hatte ihnen eine heiße Schokolade gemacht und eine große Portion Bratkartoffeln mit Spiegelei hingestellt. Der leckere Geruch erfüllte die kleine Stube, aber keine von beiden konnte einen Bissen herunterbekommen. Ihre Angst wuchs von Stunde zu Stunde, in der es kein Lebenszeichen von Julia gab.

Abrupt erhob sich Marie von der Bank des Kachelofens und begann, im Zimmer hin und her zu gehen, gleichzeitig knetete sie nervös ihre Hände.

»Wenn wir Julia nicht bald finden, dreh ich demnächst komplett durch. Liliane, ich habe solche Angst, dass ihr was Schreckliches passiert ist oder sie vielleicht sogar tot ist.«

»Hör auf damit«, schrie Liliane und war selbst über die Aggressivität in ihrer Stimme überrascht. »Wir werden Julia finden und zwar lebend. Wir müssen sie einfach finden.«

Marie ging auf ihre Freundin zu und setzte sich wieder neben sie auf die Bank.

»Komm schon, Liliane, dir geht genau das Gleiche im Kopf herum wie mir. Was ist, wenn dasselbe mit ihr passiert ist wie mit Susan? Was ist, wenn derselbe Scheißmörder sie auf dem Gewissen hat?«

Liliane schloss, ohne Marie zu antworten, die Augen und versuchte, wenigstens für einen Moment die schrecklichen Gedanken zu verdrängen. Vor ihrem geistigen Auge beschwor sie eine der vielen schönen Kindheitserinnerungen herauf.

Es war Mitte August und die Sonne brannte vom dunkelblauen Himmel. Nicht ein einziges kleines Wölkchen war zu sehen. Die sieben Mädchen, die zur Gartenparty anlässlich Julias zwölften Geburtstags eingeladen waren, ließen es sich im Schatten auf der riesigen, überdachten Terrasse bei kaltem Kakao und einer einzigartigen Geburtstagstorte gut gehen.

Die Torte, bei den Mädchen allgemein als »Rosa Torte« bekannt und heiß geliebt, wurde zu jedem Geburtstag, an den sich Julia zurückerinnern konnte, von ihrer Tante Irmchen für sie gebacken. Keiner kannte die genaue Rezeptur, sie war Tante Irmchens Geheimnis. Und genau das war die Besonderheit an der »Rosa Torte«.

Auf Julias toller Terrasse konnte man es aushalten. In der Mitte stand der große mit Luftschlangen und Konfetti überhäufte Tisch. Jeder Gast hatte vor sich ein Set von Teller und Becher mit Luftballondekor stehen sowie weißes Plastikbesteck liegen. Auch die Servietten waren mit demselben bunten lustigen Dekor bedruckt.

Die Terrasse hatte zwei Abgänge. Der eine war offen und führte, wenn man vier Stufen hinuntergestiegen war, auf eine große Wiese. Rechts neben der Treppe war ein rechteckiger Fischteich aus Stein angelegt. Er grenzte praktisch nahtlos an die steinerne Brüstung der Terrasse. Weiße Seerosen bedeckten die Wasseroberfläche fast vollständig, deshalb war es gar nicht so einfach, einen der darin lebenden Goldfische zu Gesicht zu bekommen. Es sei denn, man nahm eine Handvoll Fischfutter und verteilte es großzügig im Becken. Dann schossen sie schlagartig nach oben und schnappten nach den Leckerbissen. Links von der Treppe stand ein großer steinerner Grill. Er erinnerte an einen Pizzaofen. Wenn die Mädchen zu vorgerückter Stunde wieder Hunger bekamen, bereitete ihnen Julias Vater dort eine rote Wurst zu, die sie dann mit Senf und einem Stück frischem Bauernbrot verschlangen.

Den anderen Abgang der Terrasse hinter einer Ecke konnte man nur durch eine lichtdurchlässige Kunststofftür betreten, neben der ein heiß begehrter Sitzplatz, eine Hollywoodschaukel, stand. Dieser zweite Abgang führte ebenfalls über ein paar Stufen zu einem Platz aus Steinplatten mit einer Wäschespinne. Den Platz begrenzte eine Hecke aus Thujen, hinter der das Nachbargrundstück lag. Trotz Verbot schlichen die Mädchen immer wieder durch die Hecke, um die Hasenstallungen der Nachbarn aufzusuchen. Das brachte ihnen regelmäßig Ärger ein, auch weil die Hecke zunehmend unter ihrem Hindurchdrängeln litt.

Julias Mutter ließ sich bei der Geburtstagsparty auf der Terrasse erst gar nicht großartig blicken. Nur ab und zu kam sie kurz nach draußen, um nachzufragen, ob alles in Ordnung sei und sich alle gut versorgt fühlen. Sieben gackernde und kichernde Teenager waren eindeutig zu viel für ihr zartes Nervenkostüm. Sie hatte sich in den Hobbyraum zurückgezogen, klöppelte dort an irgendeiner Handarbeit herum und sah nebenher fern.

Den Mädels war das gerade recht. Sie genossen es, ungestört über die Themen reden zu können, die für Erwachsenenohren sowieso uninteressant oder albern klangen. Außerdem sollten die Erwachsenen das meiste, was es zu bequatschen gab, sowieso nicht erfahren. Dazu zählte natürlich auch alles, was mit Jungen zu tun hatte.

Topthema war im Moment Anna und ihr erster Zungenkuss. Es hatte die Gemüter einiger Mädchen in Aufruhr versetzt. Denn dieser Kuss war durch eine Wette entstanden. Es ging um ein Lied. Als Julia und Marie den Namen des Songs nannten, behauptete Anna, ihn nicht zu kennen. Julia und Marie wetteten das Gegenteil. Der Wetteinsatz war: Wer verlor, musste mit Kai, einem Jungen aus ihrem Freundeskreis, einen richtigen Zungenkuss vollziehen. Es wurde gemunkelt, dass Kai schon des Öfteren Zunge geküsst hatte, und ihm eilte seither der Ruf voraus, besonders gut darin zu sein. Anna verlor die Wette. Denn als die beiden anderen ihr das Lied auf einem Kassettenrekorder vorspielten, musste sie zugeben, dass es ihr doch nicht unbekannt war, nur den Titel hatte sie sich nicht richtig gemerkt. Also war Zunge-Küssen mit Kai angesagt.

Zum Streitthema wurde die ganze Geschichte, weil Anna ihren Zungenkuss mit Kai vollzog, als Julia und Marie überhaupt nicht anwesend waren, sondern eine andere Freundin, die eigentlich überhaupt nichts mit der Wette zu tun hatte. Das löste kontroverse Diskussionen darüber aus, ob die Wette überhaupt als eingelöst zu bewerten war. Außerdem spekulierten einige, Anna habe absichtlich behauptet, den Song nicht zu kennen, um in den Genuss eines Kusses vom besten Küsser zu kommen, den sie bis dahin kannten.

Die leckere, rosa Torte war bereits verschlungen, als das Geburtstagskind ins Haus ging und Sekunden später mit einer großen, roten Plastiktasche in der Hand zurückkam. Die anderen saßen noch immer um den ovalen Tisch herum und blickten nun gespannt auf sie. Julia steckte eine Hand in die Tasche und zog mit einem Ruck eine grüne Pudelmütze und einen bunten Schal heraus. Am Tisch brach daraufhin Jubel und Gekicher aus. Es war Zeit für das Schokoladenspiel, besonders beliebt auf Kindergeburtstagsfeiern in den Achtzigern und sogar beliebter als Topfschlagen, das dem Sieger immerhin eine ganze Reihe Süßigkeiten und kleine Spielsachen verhieß.

Julia packte zügig den Rest des Inhaltes der Tasche auf den Tisch. Zu dem Schal und der Pudelmütze kamen noch dicke Wollhandschuhe, ein stumpfes Messer, eine Gabel, ein Würfel und zu guter Letzt das Wichtigste: die mehrfach in Zeitungspapier eingewickelte Tafel Schokolade. Die gesamte Mädchenrunde war in heller Aufregung. Die kompletten Utensilien und das gut verschnürte Schoko-Päckchen wurden in die Mitte des Tisches gelegt.

Julia als Geburtstagskind durfte mit dem Würfeln beginnen. Sie schmiss eine Vier, bei der überhaupt nichts passierte. Also gab sie den Würfel an Marie weiter, die neben ihr saß. Nur mit einer Sechs bekam man die Chance, irgendwann in den Genuss der Schokolade zu kommen. Marie würfelte und sie hatte Glück. Auf Anhieb zeigte die Würfelseite mit der Sechs nach oben. Jetzt musste alles schnell gehen. Sie setzte sich hastig die Pudelmütze auf den Kopf, schlang den Schal um ihren Hals und streifte sich die dicken Handschuhe über. Dann nahm sie das Messer in die rechte und die Gabel in die linke Hand und begann mit großer Hingabe, an die dick verpackte Schokolade heranzukommen. Während sie sich abmühte, wurde reihum weitergewürfelt. Rebecca als nächste warf eine harmlose Zwei, ebenso Susan.

Jetzt war Anna dran. Sie würfelte die heißbegehrte Sechs. Sofort riss sie Marie die Mütze vom Kopf und zog an dem Schal, allerdings in die andere Richtung als Marie, die sich gerade selbst des Schals entledigen wollte. Und deshalb zog er sich immer enger um Maries Hals. Die anderen Mädchen brachen in tosendes Gelächter aus. Kurz darauf konnte sich Anna den Schal nun selbst um den Hals wickeln. Die Handschuhe und das Besteck flogen in ihre Richtung über den Tisch, endlich konnte sie die Schokoladenverpackung bearbeiten. Aber kaum hatte sie das Besteck in der Hand, würfelte Liliane ebenfalls eine Sechs und die gleiche Prozedur ging erneut los. Die Mädchen kamen aus dem Lachen nicht mehr heraus.

Er befand sich auf dem Weg zum Ufer des gefrorenen Weihers. Seinen Wagen hatte er auf dem Schotterparkplatz abgestellt. Er rieb seine Handflächen aneinander, um seine kalten Finger warm zu bekommen. Im Augenblick fühlten sie sich eher wie Eiszapfen an, die nicht zu seinem Körper gehörten. Seine Handschuhe hatte er dummerweise im Büro vergessen, das er nach einem beunruhigenden Telefonat mit einem Kollegen aus dem Bayerischen Wald übereilt verlassen hatte. Wegen der Kälte quoll bei jedem Atemzug weißer Rauch aus seinem Mund. Auf den kahlen Ästen der Sträucher, die rings um den Weiher standen, hatten sich abstrakte Formen von Eiskristallen festgefroren. Sie funkelten in der Sonne, als würde es sich um Diamanten handeln.

Außer seinen Fußspuren und den Spuren von irgendwelchen Tieren, seiner Vermutung nach Hasen, waren keine anderen Abdrücke im Schnee zu erkennen. Das gäbe eigentlich Anlass zu etwas Optimismus. Allerdings hatte es den gesamten Vormittag ununterbrochen geschneit und es wehte ein starker, eisiger Wind. Sollten eventuelle Spuren vorhanden sein, würde man sie nicht mehr finden. Und damit gewann wieder Pessimismus die Oberhand.

Frank Schneider war nur noch wenige Meter von dem Ort entfernt, der sein Ziel an diesem Nachmittag im Dezember war.

Die Bratkartoffeln waren bereits kalt. Marie und Liliane stocherten darin herum. Sie hatten Magdalena Weihtalers Bitten, wenigstens ein wenig zu essen, nachgegeben. Das schrille Klingeln des Telefons ließ sie aufschrecken. Der Verwalter nahm ab. Nach einer kurzen Begrüßung hielt Alfons Weihtaler Liliane den Hörer entgegen.

»Es ist Ihr Mann«, sagte er knapp.

»Hallo mein Schatz, ich bin's.«

Ohne eine Antwort von Liliane abzuwarten, sprach Martin in eindringlichem Ton weiter.

»Ich weiß, um was ich dich jetzt bitten werde, wird weder Marie noch dir gefallen. Bernd und ich möchten, dass ihr beide umgehend nach Hause kommt. Euch beiden bleibt genau wie uns nichts anderes übrig, als abzuwarten, und das können wir auch gemeinsam zu Hause tun.«

Martin machte eine kurze Pause und Liliane hörte in schwer ausatmen.

»Und Liebes, mir wäre eindeutig wohler, wenn du in meiner Nähe wärst.«

»Martin, bitte«, antwortete Liliane bestimmt, »ihr könnt beim besten Willen von Marie und mir nicht erwarten, dass wir abreisen, solange nicht klar ist, was mit Julia passiert ist. Falls sie gefunden wird und sie verletzt oder völlig verstört sein sollte, braucht sie uns an ihrer Seite. Wir können sie in solch einer Situation doch nicht einfach alleine lassen, umgeben von irgendwelchen fremden Menschen.«

Im Hintergrund stand Marie mit Tränen in den Augen und flüsterte:

»Auf gar keinen Fall werden wir das tun.«

»Es tut mir leid, Martin, ich kann hier nicht weg. Bitte versuch, mich zu verstehen.«

Und bevor Martin Liliane darauf antworten konnte, legte sie auf.

Zwei Stunden später teilte der Polizeibeamte Huber Liliane und Marie mit, dass sie wieder in ihren Waldwichtel zurückkehren konnten. Seine Kollegen von der Spurensicherung hatten ihre Arbeit erledigt und waren ohne neue Erkenntnisse abgezogen.

Er gab jedoch den beiden Frauen unmissverständlich zu verstehen, dass er die Meinung ihrer beider Männer absolut teilte. Er hielt es am vernünftigsten, wenn sie ihre Sachen zusammenpacken würden, um nach Hause zurückzukehren. Auch er argumentierte, an der Tatsache, dass Julia verschwunden sei, ändere sich nichts, wenn sie hier herumsitzen würden.

Liliane sah ihn verärgert an.

»Denselben Vorschlag hat mir mein Mann vorhin am Telefon gemacht und ich antworte Ihnen dasselbe, was ich auch ihm geantwortet habe. Wir gehen hier solange nicht weg, bis wir herausgefunden haben, was mit Julia passiert ist.«

Und ohne ihm die Gelegenheit zu geben, weitere Gründe zu finden, die ihre Abreise seiner Meinung nach rechtfertigen könnten, erkundigte Liliane sich bei ihm nach neuen Hinweisen über Julias Verschwinden.

Franz Huber fuhr sich mit der Hand durch den dichten Bart. Seine Geste vermittelte den Eindruck, er habe begriffen, dass gegen die Dickköpfigkeit der beiden Frauen nicht anzukommen war. Außerdem wirkte er auf Liliane bedrückt. War es ihre Entscheidung, nicht abzureisen, oder wusste er mehr, als er bereit war, ihnen zu sagen? Liliane konnte es nicht einordnen. Für den Moment gab sie sich aber damit zufrieden. Ihr Kopf schmerzte und das einzige, was sie jetzt wollte, war, mit Marie in ihr kleines Holzhaus zurückzukehren, in dem sie sich noch vor zwei Tagen sicher und geborgen gefühlt hatte.

Marie hatte im Kamin Feuer gemacht und nun kuschelten sich Liliane und sie auf dem alten Ledersofa aneinander. Es gab ihnen das Gefühl, nicht alleine mit ihrer Angst um Julia zu sein. Die Wärme, die sich in der kleinen

Wohnstube ausgebreitet hatte, trug dazu bei, dass Lilianes Körper erschöpft seinen Tribut forderte und sie innerhalb weniger Minuten tief und fest einschlief.

Sie stand auf einem alten Bahnhof. Es war, als hätte sie mit einer Zeitmaschine eine Reise zurück in die Vergangenheit unternommen. Die Menschen, die sich auf dem Bahnsteig tummelten, waren elegant und im Stil der Dreißigerjahre gekleidet. Die Damen trugen lange, schmale Röcke, die unten in Falten und Glocken endeten. Gürtel schmiegten sich um ihre meist schmalen Taillen und bei einigen waren die Schultern mit Capes bedeckt. Andere trugen Mäntel, die sehr figurbetont geschnitten und so lang waren, dass kein Stück Stoff des Rockes, den sie darunter trugen, hervorblitzte. Manche Mäntel waren am Kragen mit Pelz besetzt.

Auch die Herren in ihren maßgeschneiderten Anzügen, mit den weißen, gestärkten Hemden, deren Ärmel glänzende Manschettenknöpfen hielten, und den dunklen Mänteln darüber verliehen diesem tristen Bahnsteig eine gewisse Eleganz. Auf den Schienen direkt vor Liliane stand eine mächtige schwarze Dampflok. An ihr hingen etliche Personenwagons. Langsam ging sie am Bahnsteig entlang und blickte suchend durch die Fenster jedes Eisenbahnabteils. Als sie am fünften Wagen angekommen war, blieb sie stehen. Sie hatte gefunden, wonach sie suchte: Susan.

Sie stand hinter einem geschlossenen Fenster und lächelte Liliane in einer Sanftheit an, wie es nur Engel vermochten. Liliane lächelte glücklich zurück. Plötzlich setzte sich unter großem Geächze die riesige Dampflok in Bewegung. Weißer, dichter Qualm stieg auf. Auch die Wagons begannen nun zu rollen und schoben sich langsam aus der Bahnhofshalle. Liliane ging aufgeregt im selben Tempo neben dem Abteil her, in dem ihre Freundin noch immer am Fenster stand und ihr freundlich lächelnd zuwinkte.

Die Räder der Eisenbahn drehten sich nun immer schneller und Liliane hatte Mühe, Schritt zu halten. Sie wollte Susan auf gar keinen Fall aus den Augen verlieren. Wie aus dem Nichts erschien eine Gestalt aus dem Hintergrund des Abteils und stellte sich neben Susan. Der Zug hatte mittlerweile so an Geschwindigkeit zugelegt, dass Liliane rennen musste, um Blickkontakt halten zu können. Susan legte ihren Arm liebevoll um die Person, die inzwischen neben ihr im Abteil am Fenster stand. Nun winkten ihr beide zu. Beinahe wäre Liliane gestürzt, als sie die zweite Gestalt erkennen konnte: Julia.

Liliane schreckt aus dem Schlaf hoch. Maries Gesicht war über sie gebeugt, als sie die Augen aufriss.

»Ganz ruhig, Liliane, es ist gut, du hast nur geträumt.« Mit beruhigenden, gleichmäßigen Bewegungen strich Marie über die Stirn ihrer Freundin. »Du hast im Schlaf geschrien und dich hin- und hergewälzt.«

Liliane richtete sich auf.

»Ich habe von Susan und Julia geträumt. Oh Gott, Marie, Julia ist tot, ich weiß es. In diesem Traum standen beide zusammen in einem abfahrenden Zug und sie haben mir zum Abschied zugewinkt.«

Weinend suchte sie Schutz in den Armen von Marie, die aufmunternd auf sie einsprach.

»Hey, das war doch nur ein Traum, das hat doch nichts zu bedeuten. Wir träumen, um Geschehnisse zu verarbeiten, gute wie auch schlechte. Unser Gehirn spinnt sich dann irgendetwas zusammen. Du darfst dem nicht so große Bedeutung zumessen. Weißt du was, ich mache uns jetzt erst mal eine Tasse Tee und vielleicht sollten wir uns eine Kleinigkeit zu essen machen. Es ist schon spät und wir haben den ganzen Tag fast noch nichts gegessen, obwohl sich Frau Weihtaler wirklich Mühe gegeben hat.«

Gegen Mitternacht, beide saßen noch immer auf dem alten Ledersofa, schreckte Liliane hoch. Es klopfte. Auch Marie hatte sich kerzengerade aufgerichtet und starrte zur Tür. Keine konnte sich im ersten Moment bewegen. Liliane schossen mehrere Gedanken auf einmal durch den Kopf. War es vielleicht Julia oder hatte die Polizei Neuigkeiten, die so wichtig waren, dass man sie ihnen mitten in der Nacht mitteilen wollte? Da diese auch schlecht sein konnten, zögerte sie noch immer, die Tür zu öffnen.

Es klopfte wieder, dieses Mal jedoch etwas energischer. Liliane glaubte außerdem, Martins und Bernds Stimmen erkannt zu haben. Es war nicht zu fassen, wenn sie sich nicht verhört hatte, mussten ihre Männer kurz nach dem Telefonat am Nachmittag losgefahren sein, um jetzt hier stehen zu können. Marie stand auf, ging hinüber zur Tür und öffnete sie ungläubig. Tatsächlich, vor ihr standen Martin und Bernd.

Während Marie mit dem Ausruf »Das gibt es doch nicht« Bernd in die Arme fiel, ging Martin wortlos an ihnen vorbei hinüber zu Liliane, die noch immer auf dem alten Ledersofa saß und ganz klein und zerbrechlich wirkte. Er setzte sich neben sie. Mit verlegenem Blick sah sie ihn an.

»Es tut mir so leid, dass ich heute Mittag einfach aufgelegt habe. Ich habe solche Angst, dass Julia etwas Schlimmes passiert ist, verstehst du?«

Martins Hände umschlossen Lilianes.

»Ich weiß doch, dass du nicht anders konntest, und ich verstehe dich.«

Marie und Bernd standen in der Nähe des Kamins und hielten sich noch immer fest. Martin atmete tief ein und sog die Luft in seine Lungen, als stünde er vor einem Tauchgang.

»Wir hätten doch nie von euch verlangt, hier abzureisen und zurückzukommen, ohne Gewissheit zu haben, was mit Julia passiert ist, aber...«

Er stockte und sein Blick wanderte Hilfe suchend zu Bernd, der mit einem ähnlich verzweifelten Gesichtsausdruck dastand.

»Aber was?«

Liliane sah Martin fragend an und wurde das Gefühl nicht los, dass sie das, was Martin ihnen zu sagen hatte, überhaupt nicht hören wollte.

»Aber zu diesem Zeitpunkt haben wir bereits gewusst, dass Julia nicht mehr am Leben ist.«

»Was redest du da für einen Schwachsinn?«, brüllte Marie wie von Sinnen.

Liliane sah sich außerstande zu reagieren. Noch nicht einmal die Augenlider konnte sie bewegen. Sie wusste nur, dass sie das, was ihr Mann gerade gesagt hatte, auf gar keinen Fall hören wollte.

Bernd drehte Marie behutsam zu sich und sah in ihre großen, braunen Augen, die ihn nun voller Angst anstarrten.

»Hör mir zu, Marie, was Martin sagt, ist leider alles andere als Schwachsinn. Sie haben Julia in Metzingen tot aufgefunden.«

»Das kann doch nicht sein, wie soll sie denn mitten in der Nacht und ohne Auto nach Hause gekommen sein? Die müssen sich irren. Hört euch doch mal an, wie bescheuert das klingt.«

Marie verfiel in lautes Schluchzen.

Martin der noch immer Lilianes Hände hielt, übernahm wieder das Wort.

»Marie, glaub mir, so schrecklich es auch ist, sie irren sich leider nicht. Holger hat mich angerufen. Sie haben Julia am selben Weiher ermordet aufgefunden, an dem auch Susan damals gelegen hat. Kommissar Schneider, der auch an der Aufklärung von Susans Tod arbeitet, war wohl als Erster vor Ort. Er hat Julia sofort wiedererkannt. Schließlich musste sie genau wie wir alle damals aussagen, nachdem Susan ermordet worden war. Glaub mir, Marie, Julia ist nicht mehr am Leben. Holger hat sie gesehen und identifiziert. Da Julia am selben Ort gefunden wurde wie Susan, könnte es sich um denselben Täter handeln. Und das würde bedeuten, dass womöglich auch ihr beide in Gefahr seid. Dies ist mit ein Grund, warum Bernd und ich sofort, als wir von Julias Tod erfahren haben, wollten, dass ihr zurückkommt. Und weil ihr das verweigert habt, blieb uns gar nichts anderes übrig, als so schnell wie möglich hierher zu euch zu fahren.«

Marie warf sich bitterlich weinend an Bernds Brust. Liliane hingegen saß noch immer auf dem Sofa und zeigte keinerlei Regung. Martins Versuch, sie tröstend zu umarmen, scheiterte. Sie saß stumm, wie erstarrt da und blickte ins Leere.

»Liliane, bitte.«

Maries flehende Stimme schien die unsichtbare Mauer, die sie umgab, zu durchbrechen. Endlich flackerten ihre Augenlider, auch Lilianes Augen füllten sich nun mit Tränen. Sie stand auf und ging mit langsamen Schritten hinüber zum Fenster. Dort blickte sie hinaus in die Nacht und leise, fast flüsternd wiederholt sie immer wieder nur ein einziges Wort.

»Warum?«

Ihre Hände ballten sich jetzt zu Fäusten und sie begann, damit rhythmisch auf die Fensterbank einzuschlagen. Das Hämmern ihrer Fäuste wurde immer heftiger und aus dem Flüstern wurde ein hysterisches Schreien.

»Warum? Warum? Warum?«

Martin stand auf, stellte sich dicht hinter Liliane und legte seine Hände auf ihre Fäuste, damit sie nicht weiter auf den Sims einhämmern konnte. Er hatte Erfolg. Aber noch immer war ihr Blick aus dem Fenster in die Dunkelheit gerichtet.

»Warum?«

Der Anrufbeantworter blinkte, als Liliane und Martin am Morgen ihre Wohnung betraten. Sie hatten den Rest der Nacht gemeinsam in der Hütte verbracht und waren frühmorgens aufgebrochen, um nach Hause zurückzufahren. Eine Nachricht war verzeichnet. Kommissar Schneider bat, nachdem er seine Anteilnahme ausgesprochen hatte, um einen Rückruf. Doch Liliane sah sich momentan außerstande, mit irgendjemandem in Kontakt zu treten und erst recht nicht mit jemandem, der sie mit Julias Tod konfrontieren wollte.

Sie ließ ihre Reisetasche, die sie noch immer über der Schulter hängen hatte, auf den Boden sinken und ging ins Schlafzimmer. So wie sie war, legte sie sich aufs Bett, rollte sich zusammen und schloss die Augen. Martin ging ihr nach. Im Türrahmen des Schlafzimmers blieb er stehen. Es schmerzte ihn, Liliane so leiden zu sehen. Zwei ihrer besten Freundinnen waren tot und er wusste nicht, wie sie das alles verkraften würde.

Das Klingeln des Telefons ließ Martin kurz zusammenzucken. Er eilte ins Wohnzimmer und riss den Hörer an sein Ohr. Es war Bernd.

»Herr Schneider hat uns eben angerufen, er möchte, dass wir vier uns so bald wie möglich mit ihm treffen.«

»Wir haben ebenfalls eine Nachricht von ihm auf dem Anrufbeantworter, ich kam nur noch nicht dazu, ihn zurückzurufen. Scheint mir, als sei es ziemlich wichtig. Hast du etwas mit ihm ausgemacht, Bernd?«

»Ja, ich habe ihm gesagt, dass ich mich mit euch in Verbindung setzen werde und wir uns dann heute um siebzehn Uhr bei ihm im Büro einfinden werden. Falls es aus irgendeinem Grund nicht klappen sollte, würde ich mich nochmals bei ihm melden.«

»Siebzehn Uhr wäre okay, Bernd. Ich würde sagen, wir treffen uns dann direkt bei Herrn Schneider. Ich weiß allerdings noch nicht, ob Liliane sich in der Lage fühlen wird mitzugehen. Im Moment hat sie sich hingelegt und ich wäre froh, wenn sie einschlafen würde, damit ihr Körper sich wenigstens ein wenig erholen kann.«

Nachdem Martin aufgelegt hatte, ging er zurück ins Schlafzimmer, um nach Liliane zu schauen. Ihr Brustkorb hob und senkte sich gleichmäßig. Es sah aus, als sei sie tatsächlich eingeschlafen.

Er packte ihre Reisetasche aus, räumte alles an seinen Platz und ließ eine Ladung Wäsche laufen. Danach stand er im Wohnzimmer und schaute aus dem großen Panoramafenster hinaus auf die Stadt. Irgendwo da draußen lief eine Bestie frei herum und er hatte schreckliche Angst, sie könnte Liliane etwas zuleide tun. Diese Vorstellung jagte ihm einen Schauer über den Rücken.

Einige Zeit später saß er auf der Bettkante und berührte ganz leicht Lilianes Hand. Behutsam strich er dann die Strähnen ihres Haares zurück, die ihr im Schlaf ins Gesicht gefallen waren. Ihre Augen waren noch immer geschlossen. Leise sprach er sie an.

»Liliane.«

Sie öffnete die Augen und sah ihn verschlafen an.

»Bernd hat vor zwei Stunden angerufen, Herr Schneider hatte sich auch bei ihnen telefonisch gemeldet und ihnen mitgeteilt, dass er uns vier sprechen möchte. Es klang, als sei es sehr wichtig. Wir werden uns heute am Spätnachmittag mit ihm treffen. Wenn du nicht mit möchtest, kann ich das verstehen, dann bleib du hier und ich gehe alleine. Auch Herr Schneider wird Verständnis dafür haben.«

Liliane nahm Martins große Hand in ihre schmalen, zarten Hände.

»Das ist wirklich lieb von dir, aber ich möchte alles, was in meiner Macht steht, dazu beitragen, Julias und Susans Mörder zu finden. Das bin ich ihnen einfach schuldig. Ich bin keine Hilfe, wenn ich mich in meinem Bett verkrieche, selbst wenn ich derzeit nichts lieber täte.«

Lilianes Stimme stockte und sie riss die Hände vors Gesicht.

»Oh Gott, Martin, das ist doch ein Irrsinn, vor noch nicht allzu langer Zeit war unsere kleine Welt noch in Ordnung. Dann tritt irgendein Verrückter in unser Leben und tötet Susan und so wie es aussieht auch Julia. Es kommt mir alles so unwirklich vor. Immerzu warte ich darauf, dass du mich weckst und sagst, keine Angst, Liliane, das war alles nur ein langer, böser Albtraum.«

Sie begann, hemmungslos zu schluchzen. Martin legte seine Arme beschützend um ihren Körper.

»Ich wünschte, das könnte ich«, flüsterte er ihr ins Ohr. »Ich wünschte es so sehr.«

Nach einer warmen Dusche fühlte sich Liliane etwas besser. Beim Anziehen warf sie Martin einen bedrückten Blick zu.

»Es ist jetzt fünfzehn Uhr, wir haben noch Zeit, bis wir zu Herrn Schneider müssen. Ich möchte unbedingt vorher nach Lisa und Philipp sehen. Zuerst die Trennung ihrer Eltern – und jetzt ist ihre Mutter tot. Wie unvorstellbar müssen diese armen Kinder jetzt leiden.«

Sie hat sich oben im Badezimmer eingeschlossen und lässt niemanden an sich heran. Sie sagt, jetzt, da ihre Mutter tot ist, möchte sie auch tot sein.«

Julias Mutter war der Verzweiflung nah.

»Seit Holger vor zwei Stunden gegangen ist, um die leidigen, bürokratischen Formalitäten und die Organisation der Beerdigung zu regeln, ist sie da drin.«

»Und wo ist Philipp?«, fragte Liliane besorgt.

»Der ist mit seinem Großvater unten im Hobbyraum.

Erich hat es geschafft, ihn ein wenig abzulenken, und baut mit ihm ein Vogelhäuschen.«

Liliane nahm Julias Mutter in die Arme. Was muss diese Frau im Moment durchmachen, dachte sie, verliert ihr einziges Kind wegen eines brutalen Mörders und steht jetzt da, um ihre Enkelin zu trösten, obwohl sie diesen Trost selbst bitter nötig hat.

»Geh nach unten, Lydia, und lege dich ein wenig auf die Couch, ich werde mit Lisa reden.«

Nachdem Julias Mutter gegangen war, setzte sich Liliane in den Rahmen der Badezimmertür, so dicht, dass sie die Tür mit ihrer rechten Körperseite berührte. Sie konnte im Inneren Lisas Schluchzen hören.

»Hey Süße, ich bin's. Ich weiß, dass du mich hören kannst. Also werde ich dir jetzt eine Geschichte erzählen. Ich war noch ein Kind, vielleicht ein paar Jahre älter, als du es jetzt bist. Da hatte ich eine Freundin, die sich nichts sehnlicher für ihre Zukunft wünschte, als einmal eine Familie zu gründen und Mutter zu werden. Ich konnte diesen Wunsch überhaupt nicht verstehen, nicht in diesem Alter. Ich wollte in Discos gehen und tanzen, meine Zeit mit Freundinnen verbringen, Spaß haben. Einfach all das, was Mädchen im Teenageralter gerne tun. Wie konnte man da schon über die Zukunft nachdenken, die war für uns anderen noch weit entfernt. Wir wurden älter, machten unser Abitur und studierten. Meine Freundin war eine intelligente und attraktive Frau. Nach ihrem Jurastudium standen ihr alle Türen offen. Aber sie wollte nach wie vor nur das eine. Ihre eigene Familie gründen.«

Liliane horchte kurz, das Schluchzen war etwas leiser geworden.

»Der Mann, mit dem meine Freundin seit ihrer Teenagerzeit zusammen war, hat sie um ihre Hand gebeten. Damit rückte die Erfüllung ihres Traumes in greifbare Nähe. Doch leider kam es wie so oft im Leben, nicht immer gehen unsere Wünsche in Erfüllung. Sie wurde einfach nicht schwanger. Die Ärzte sagten ihr, sie solle den Kinderwunsch besser aufgeben, denn selbst wenn sie schwanger würde, wäre die Gefahr für ihre eigene Gesundheit zu groß. Du kannst dir sicherlich vorstellen, wie schrecklich die Vorstellung für meine Freundin war, niemals ein Baby in ihrem Bauch wachsen zu spüren und ihm das Leben zu schenken. Wo doch dies ihr größter Traum war. So vergingen einige Jahre. Sie hatte sich schon fast damit abgefunden, keine eigenen Kinder zu bekommen. Da bekam ich einen Anruf von ihr. Völlig aus dem Häuschen kreischte sie irgendetwas Unverständliches in mein Telefon. Ich musste nochmals nachfragen, weil ich überhaupt nichts verstanden habe. Noch nie hatte ich sie bis dahin so aufgeregt und durch den Wind erlebt wie damals bei diesem Anruf. Dann sagte sie mir, nun etwas ruhiger, dass sie schwanger sei. Sie hatte sich das vorsichtshalber erst von ihrem Frauenarzt bestätigen lassen, bevor sie jemandem davon erzählen wollte. Das war kurz vor dem Anruf bei mir. Sie war so glücklich. Sie hat Babysachen eingekauft und ein wunderschönes Kinderzimmer eingerichtet. Ich und auch andere Freunde haben uns ein wenig Sorgen gemacht, ob alles gut gehen würde. Aber sie hat keine Sekunde einen Gedanken daran vergeudet. Umso dramatischer war es, als sie im siebten Monat plötzlich starke Blutungen bekommen hat. Die Ärzte gingen davon aus, dass sie ihr Kind mit großer Wahrscheinlichkeit verlieren wird. Für uns war das ein schrecklicher Schock. Nicht aber für meine Freundin. Sie hat alles getan, was die Ärzte ihr geraten haben. Sie ist strikt im Bett geblieben und hat die Hoffnung nie aufgegeben.«

Nochmals hielt Liliane inne und hielt ihr Ohr an die Tür. Lisa hatte aufgehört zu weinen.

»Und was keiner von uns für möglich gehalten hat, ist eingetroffen«, fuhr Liliane, nun etwas beruhigter, fort.

»Einen Monat zu früh und ein bisschen mickrig hat meine Freundin ein gesundes süßes Mädchen zur Welt gebracht. Das war so ein berührender Anblick, als ich sie im Krankenhaus besucht habe. Sie lag mit ihrem Baby im Arm im Bett und strahlte. Auf dem Namensschild am Bettchen des Mädchens stand in dicker, fetter Schrift: *LISA*. Und darunter mit Kugelschreiber und in der Handschrift meiner Freundin: *Das Beste und Schönste, was mir in meinem bisherigen Leben passiert ist.* Glaub mir, Lisa, das letzte was deine Mutter gewollt hätte, wäre, dass ihr kleines Mädchen, dem sie nichts sehnlicher gewünscht hat, als dass es im Leben immer glücklich sein wird, sich irgendwo verkriecht und mit seiner Traurigkeit alleine bleibt.«

Kaum hatte sie den Satz beendet, hörte sie, wie der Schlüssel der Badezimmertür gedreht wurde. Lisa öffnete die Tür und flog ihr weinend in die Arme.

Liliane wiegte das kleine Mädchen tröstend in ihren Armen, als sie plötzlich ein trockenes Hüsteln im Hintergrund vernahm. Sie drehte sich um. Holger saß auf der obersten Treppenstufe und vergrub sein Gesicht in den Händen. Anscheinend hatte er schon längere Zeit dort gesessen und ihre Geschichte verfolgt.

»Papa!«

Lisa hatte ihren Vater entdeckt und streckte die Hand nach ihm aus. Holger stand auf und kam zu ihnen herüber. Er hob seine Tochter hoch und schloss sie in seine Arme. Bevor er mit ihr zur Treppe ging, drehte er sich zu Liliane um.

»Danke.«

Ich möchte Ihnen allen nochmals mein herzliches Beileid aussprechen.«

Frank Schneiders Stimme klang ehrlich und mitfühlend. Mit gefalteten Händen, die auf seinem Schreibtisch ruhten, saß er den Vieren gegenüber.

Liliane musste daran denken, wie sie vor gerade mal ein paar Monaten im selben Büro gesessen war und Kommissar Schneider Fragen zu Susans Tod beantwortet hatte. Auch damals hatte er die Hände gefaltet. Offenbar eine etwas merkwürdige Angewohnheit des Kripobeamten. Und nun war sie wieder hier und wurde zu Julias Tod befragt.

»Ich weiß, dass es für Sie alle schwer sein muss, so kurz, nachdem sie von Frau Kaufmanns Tod erfahren haben, hierherzukommen und sich meinen Fragen zu stellen. Leider bleibt mir keine andere Möglichkeit. Es gibt einen bestimmten Grund, warum ich dieses Treffen für so wichtig halte.«

Vier Augenpaare waren angespannt auf den Beamten gerichtet und warteten auf eine Erklärung. Aus seinen Augen verschwand das noch eben zu erkennende Mitgefühl. Nun fiel ein ernsthaft besorgter Blick auf Liliane und Marie.

»Wie Sie sicher schon erfahren haben, wurde Frau Kaufmann am selben Weiher in Metzingen gefunden wie damals ihr Freundin Frau Winter. Das ist aber leider bei Weitem noch nicht alles. Die Wahrscheinlichkeit ist sehr groß, dass auch Sie beide im Visier des Täters stehen. Wir sind uns sicher, dass es sich bei den Tötungen Ihrer beider Freundinnen eindeutig um denselben Mörder handelt. Frau Kaufmanns Leiche wurde nicht nur am selben Weiher abgelegt, sondern auch an exakt derselben Stelle, an der Frau Winter damals gefunden wurde. Auch in ihrem Körper wurden starke Beruhigungsmittel und dasselbe Opioid gefunden. Ebenfalls wie bei Frau Winter trat der Tod durch Ertrinken ein.«

Fassungslosigkeit war in den blassen Gesichtern zu lesen. Aber Kommissar Schneider war mit seinen Ausführungen noch nicht am Ende.

»Wir müssen davon ausgehen, dass die beiden Frauen ihren Mörder gekannt haben, denn auch dieses Mal wurde eine Nachricht hinterlassen.«

Er öffnete eine graue Mappe, die beschriftet mit Julias Namen auf seinem Schreibtisch lag, und zog ein durch Folie geschütztes Stück Papier heraus. Er legte es auf den Schreibtisch und drehte es, damit sie es von gegenüber lesen konnten. Marie las den Satz, der darauf stand, mit zitternder Stimme vor. Er war mit derselben ordentlichen Handschrift geschrieben worden wie der, den man bei Susan gefunden hatte.

»Auch Dein Tod besänftigt mein Leid. Nun sind es nur noch zwei.«

Marie gelang es nicht, sich weiter zu beherrschen. Tränen traten in ihre Augen, sie drehte sich um und vergrub ihr Gesicht an Bernds Brust.

»Das kann doch alles nicht wahr sein. Wir befinden uns in einem Scheiß-Albtraum. Was ist das nur für ein krankes Schwein?«

Bernds Stimme bebte vor Wut, während er Marie fest an sich gedrückt hielt.

Ohne auf seine Frage einzugehen, sprach Kommissar Schneider weiter:

»Außerdem haben wir auch an Frau Kaufmanns Leiche einen weißen Schmetterling gefunden, dieses Mal in Form einer Glitzerbrosche, die am Kragen ihres Pyjamas festgesteckt war. Es gibt keine Fingerabdrücke an der Toten. Auch keinen verwertbaren Fußabdruck, genau wie beim ersten Mal. Zuerst hatten wir gehofft, dass uns der Schnee bei der Spurensuche helfen könnte, aber der Schneesturm hat unsere Hoffnungen zunichte gemacht. Alle möglichen Spuren wurden verweht. Alles, was wir derzeit mit Sicherheit sagen können, ist: Wer auch immer das getan hat, er hat seine Hausaufgaben gut gemacht. Er kennt Ihre Gewohnheiten und Ihren Lebensrhythmus. Mit Sicherheit beobachtet er Sie. Sie alle, das beweist auch die Entführung von Frau Kaufmann aus Ihrem Urlaubsort. Und Frau Winters Ehemann, der bei ihrem Tod wegen seines Berufes und seines fehlenden Alibis in dieser Nacht verdächtigt worden war, kann als Täter ausgeschlossen werden. Für die Nacht, in der Ihre Freundin Julia verschwand und umgebracht wurde, hat er ein wasserdichtes Alibi: Er stand mehrere Stunden im OP.«

Liliane stand wortlos auf, ging hinüber zum Fenster und schaute hinaus. Draußen ging das Leben augenscheinlich weiter wie bisher. Aber hier oben, in diesem Büro saßen vier Menschen, deren Leben sich dramatisch für immer verändert hatte. Sie wandte sich Frank Schneider zu.

»Für uns war die ganze Zeit schon klar, dass Andreas Susan nicht umgebracht hat, da erzählen Sie uns nichts Neues. Wenn ich das alles richtig verstanden habe, gehen Sie davon aus, dass nicht nur der Mörder uns kennt, sondern dass wir womöglich auch ihn kennen und dass er es jetzt auf Marie und mich abgesehen hat. Ist das so richtig?«

»Ja, das ist richtig, Frau Kramer, davon gehen wir im Moment aus. Deshalb ist es auch überaus wichtig, dass Sie mit uns zusammenarbeiten. Alles, was Ihnen einfällt, auch wenn es Ihnen noch so unscheinbar vorkommt, könnte wichtig sein. Vielleicht erinnern Sie sich, ob Sie oder Ihre Freundinnen einmal von jemandem bedroht oder belästigt worden sind. Oder gibt es jemanden, den Sie verärgert haben?«

Bernd unterbrach die Ausführungen des Kommissars abrupt. Seine Stimme klang ironisch.

»Thh, verärgert! Wissen Sie eigentlich, wie das klingt, Mann? Wenn einem der Parkplatz vor der Nase weggeschnappt wird oder sich jemand an der Kasse vordrängelt, dann ist man verärgert. Wovon wir hier reden, sind doch wohl ganz andere Dimensionen! Verärgert…«, wiederholte Bernd nochmals, fast verächtlich.

Frank Schneider hatte seine Ellbogen auf dem Schreibtisch aufgestützt, die Fingerspitzen der Zeigefinger berührten leicht seine Lippen. Nachdem Bernd aufgehört hatte zu reden, nahm der Kommissar seine Arme herunter und legte die Hände wieder gefaltet vor sich auf den Tisch.

»Ich weiß, wie das klingt, Herr Zimmermann, und ich gebe Ihnen recht, auf den ersten Blick erscheint es lächerlich, dass jemand wegen einer Bagatelle zu so etwas wie diesen brutalen Morden fähig wäre. Trotzdem denke ich, wir sollten allen, wenn auch noch so unwichtig erscheinenden Situationen oder Geschehnissen nachgehen. Wir wissen nicht, mit wem wir es hier zu tun haben. Ein psychotischer Mensch zum Beispiel könnte eine Geste oder eine Situation eventuell für sich bedrohlich und damit ganz anders einschätzen, als Sie oder ich es tun würden.«

Schneider beugte sich nun vor und sagte mit eindringlichem Ton:

»Deshalb nochmals meine Bitte an Sie, denken Sie darüber nach, ob Ihnen irgendetwas einfällt. Auch Dinge, die Ihnen in letzter Zeit ungewöhnlich erschienen sind. Versuchen Sie sich zu erinnern, ob Ihnen Frau Winter oder Frau Kaufmann etwas erzählt haben, das ihnen merkwürdig erschien, oder ob eine von beiden den Eindruck erweckt hat, als würde sie etwas beängstigen. Alles kann wichtig sein. Melden Sie sich bei mir, wenn Ihnen irgendetwas einfallen sollte. Ich bin entweder unter der Durchwahlnummer, die Sie bereits kennen, erreichbar oder, wenn ich unterwegs sein sollte, unter meiner Handynummer.«

Marie, die sich wieder einigermaßen beruhigt und aufgehört hatte zu weinen, nickte.

Kommissar Schneider nahm seinen Stift, riss ein Stück Papier von einem Notizblock ab und schrieb seine Nummer darauf. Danach reichte er den Zettel Liliane. Als sie ihn entgegennahm, wirkte sie auf ihn sehr angespannt, er spürte, dass sie schnellstmöglich sein Büro verlassen wollte. Schneider stand auf und reichte zuerst Marie die Hand, um sich zu verabschieden.

»Sie werden diese Bestie doch kriegen, versprechen Sie es!«

Maries vom Weinen gerötete Augen schauten den Kommissar Hilfe suchend an.

»Ich werde alles in meiner Macht Stehende tun, das verspreche ich Ihnen, Frau Strähle.«

Über Maries Lippen huschte für Sekundenbruchteile der Hauch eines erleichterten Lächelns. Sie war überzeugt, dass er es ernst meinte und solch einen Satz nicht einfach nur so dahinsagte.

Nachdem er sich von allen mit einem Händedruck verabschiedet hatte, ergriff der Kommissar noch einmal das Wort.

»Ich möchte keine Panik verbreiten, aber es wäre ratsam, wenn vor allem Sie beide...« Sein Blick fiel auf Liliane und Marie. »... nach Einbruch der Dunkelheit oder auch tagsüber an uneinsehbaren Orten, wo sich kaum Menschen aufhalten, auf keinen Fall alleine unterwegs sind. Einfach zur Sicherheit.«

Martin hatte geduscht und war gerade dabei, sich anzuziehen, als Liliane das Badezimmer betrat. In einigen Minuten musste er in die Klinik aufbrechen. Plötzlich war er unsicher, ob er wirklich gehen sollte. Sie kam ihm seit dem gestrigen Treffen im Morddezernat aufgewühlt und durcheinander vor.

»Vielleicht kann ich Horst erreichen, damit er mit mir den Dienst tauscht, dann könnte ich hier bei dir bleiben.«

Liliane sah ihn zärtlich an.

»Das ist lieb von dir. Ich verstehe, dass du dir Sorgen um mich machst, aber du kannst wirklich in die Klinik gehen, ich bin okay.«

Bevor er ging, erinnerte er Liliane eindringlich daran, sich an das zu halten, was Kommissar Schneider verlangt hatte, dass sie abgelegene Orte und Dunkelheit meiden sollte.

Liliane nahm das Telefon. Ihre Hand zitterte, als sie die Nummer wählte. Während sie es klingeln ließ, ging sie hinüber zu dem großen Wohnzimmerfenster. Normalerweise genoss sie den prächtigen Blick über die Dächer der Altstadt. Heute jedoch ging ihr Blick ins Leere. Ihr kam es vor, als dauerte es eine Ewigkeit, bis sich Marie endlich am anderen Ende der Leitung meldete.

»Strähle.«

»In zirka dreißig Minuten bin ich bei dir und hol dich ab, wir müssen reden.«

Marie bekam nicht einmal die Möglichkeit, darauf zu antworten. Kaum hatte Liliane den Satz beendet, hatte sie auch schon aufgelegt. Sie schnappte ihre Tasche, ihre Winterjacke und die Schlüssel und verließ die Wohnung.

Marie stand fröstelnd vor dem Haus. Sie zog den Kragen ihres Mantels noch ein Stückchen höher, um sich vor dem ekligen Wind zu schützen, der um die Häuser wehte. Der Anruf ihrer Freundin mutete ihr seltsam an. Marie konnte sich keinen Reim darauf machen, worüber sie mit ihr sprechen wollte und vor allen Dingen warum es augenscheinlich so dringend war.

Als Liliane wenig später vor ihr anhielt, stieg sie rasch ein.

»Was ist denn mit dir los? Würdest du mir mal verraten, was so wichtig ist, dass es nicht warten kann und du mir am Telefon nicht einmal sagen wolltest, worum es geht?«

Liliane fuhr los, ohne nur einen Blick in Maries Richtung zu werfen, ihre Augen richtete sie stur auf die Straße.

»Das wirst du gleich sehen, warte, bis wir dort sind. Dann wirst du schon alleine darauf kommen.«

»Bis wir wo sind? Verdammt, Liliane, sprich doch nicht in Rätseln mit mir.«

Aber Liliane sprach kein Wort mehr und fuhr einfach weiter. Mit einem unverständlichen Kopfschütteln und einem genervten Schnauben gab Marie auf. Sie wandte sich von Liliane ab und schaute aus dem Beifahrerfenster. Die Fahrt führte vorbei an Streuobstwiesen und dem Pferdehof, auf dem es vor vielen Jahren einen Ziegenbock namens »James« gegeben hatte.

Marie musste daran denken, wie sie und die anderen Mädchen, so alle um die elf oder zwölf Jahre alt, den noch kleinen Bock James ständig ärgerten, indem sie vor ihm herumtanzten. Immer wenn ihn das Gehopse der Mädchen genug genervt hatte, bäumte er sich vor ihnen auf und kam mit seinen kleinen Hörnern und seinen kurzen Beinen auf sie zu gerannt. An eben diesen Hörnern packten ihn dann die Mädchen. Es kam zu einem kleinen Gerangel, einem Kräftemessen zwischen Tier und Mensch. Fast immer gewannen die Mädchen, weil James noch nicht genügend Kraft besaß, um sich richtig wehren zu können. Das änderte sich allerdings, als James größer und ein ausgewachsener Bock wurde. Nun war ihnen James eindeutig überlegen. Wann immer er jetzt eine von ihnen über den Hof kommen sah, griff er aus dem Hinterhalt an und rammte ihnen seine spitzen Hörner in den Hintern.

Immer wieder zog es die Mädchen damals auf diesen Pferdehof. Hier entdeckten sie auch ihre Liebe zu den Pferden. Nur beim Striegeln zu helfen und den Besitzern beim Reiten zuzusehen, reichte ihnen natürlich bald nicht mehr. Sie wollten selbst reiten lernen. Allerdings war professioneller Reitunterricht auf diesem Hof nicht möglich, da es sich nur um einen kleinen Privatstall handelte. Also bettelten sie so lange bei ihren Eltern, bis sie von ihnen im

Metzinger Reitstall angemeldet wurden, um richtig reiten zu lernen.

Kurz nach dem Pferdehof bog Liliane von der Hauptstraße in einen kleineren, geteerten Weg ab, der sich in drei Richtungen gabelte. Die erste Verzweigung führte zum Pferdehof und zur Innenstadt, die zweite zum Florianberg und in die darunter liegenden Gärten, die dritte, die Liliane nun nahm, ging in Richtung Grafenberg. Eine weitere Plantage mit vielen, kleinen kahlen Apfelbäumen zog an Marie vorbei. Dann fuhr Liliane nach rechts in einen Feldweg. Ihr Wagen holperte langsam über den unebenen Boden.

Die Äste der alten Bäume am Rande des Weges waren knöchrig und teilweise mit Schnee bedeckt. Erst in vielen Monaten beendete die Natur ihren Winterschlaf und kämen die kleinen frischen Knospen zum Vorschein. Einige Meter fuhr Liliane weiter geradeaus, dann machte der Weg eine Biegung, hinter der ihr Ziel lag. Sie stellte ihren Wagen direkt am Ufer des Weihers ab. Es handelte sich um die einzige Stelle, die mit dem Auto zu erreichen war, direkt vor einem verrosteten Gestell, das aus dem Wasser ragte. Unter ihm floss das Wasser durch eine Art Schleuse in einen kleinen Bach. Sie blieb im Auto sitzen, ihr Blick verharrte regungslos auf dem Weiher. Eine dünne Eisschicht bedeckte das sumpfige Wasser. Das Ufer säumten kleine Sträucher und Büsche, die zurzeit fast alle kahl waren.

Seit ihrer Jugend war sie nicht mehr an diesem Ort gewesen. Die Umgebung des Weihers hatte sich seither verändert. Die meisten großen Bäume waren gefällt worden. Unter anderem war auch die von ihnen allen so heiß geliebte, über das Wasser ragende Weide verschwunden, die ihnen früher als Sprungbrett gedient hatte. Die Stelle am Ufer, an der sie es sich damals mit ihren Decken und Handtüchern bequem gemacht hatten, hatte viel von ihrer früheren Großzügigkeit eingebüßt. Sträucher und die langsam nachwachsenden Bäume hatten sie fast bis zum Wasser erobert. Das undurchsichtige Dickicht, das den Weiher einmal umgeben hatte, war extrem ausgedünnt worden. Weil man nun einen freien Blick auf den gesamten Weiher hatte, wirkte die Umgebung lange nicht mehr so abenteuerlich wie früher. Insgesamt, stellte Liliane fest, mutete hier alles lange nicht mehr so geheimnisvoll und zugleich romantisch an, wie sie es in Erinnerung hatte.

Marie drehte sich zu Liliane um, ihre Stimme klang angespannt.

»Was soll das, Liliane, bist du jetzt völlig durchgedreht oder willst du uns absichtlich in Gefahr bringen? Wenn ja, dann ist dir das hiermit sicherlich gelungen.«

Ohne ihren Blick vom Weiher zu lösen, antwortete Liliane ihrer Freundin mit einer solchen Ruhe in der Stimme, dass es Marie schauderte.

»Hier an diesem Weiher wurden Susan und Julia gefunden.«

»Und um mir zu sagen, was ich schon weiß, bringst du mich hierher und uns beide in Gefahr? Ich möchte nicht hier sein. Und wie uns Kommissar Schneider gestern geraten hat, sollen wir genau solche Orte meiden.«

Maries Stimme klang nun sehr verärgert.

»Keine Menschen, verborgene Orte, na, erinnerst du dich, Liliane?«

»Ich glaube, wir sollten im Moment nicht über mein Erinnerungsvermögen reden, Marie. Wie steht's denn mit deinem? Weiße Schmetterlinge, Marie, dämmert da nichts bei dir?«

»Das ist doch Blödsinn, Liliane. Du glaubst doch nicht allen Ernstes, dass diese Schmetterlinge, die bei Julia und Susan gefunden wurden, etwas mit denen aus unserer Kindheit zu tun haben?«

»Ach nein, natürlich nicht. Wir vier haben eine gemeinsame kindliche Erinnerung an weiße Schmetterlinge und der

Mörder dekoriert rein zufällig unsere toten Freundinnen damit. Natürlich hat das absolut nichts miteinander zu tun!«

Noch während sie den Satz beendete, drehte Liliane ihren Kopf zu ihrer Freundin. Eine schrecklich nervös wirkende Marie schrie ihr hysterisch ins Gesicht:

»Was zum Teufel redest du bloß, ich versteh nicht, was du von mir willst?«

Mit einem Ruck schoss Liliane auf Marie zu, sodass sie fast mit auf dem Beifahrersitz saß. Ihre Hände packten Marie fest an den Oberarmen und schüttelten sie.

»Willst du mir allen Ernstes sagen«, schrie sie schrill, »du erinnerst dich nicht daran, was hier an diesem Weiher vor Jahren geschehen ist? Willst du mir das wirklich weismachen, Marie?«

Ihr Blick war starr auf ihre Freundin gerichtet, die sich Sekunden später von Liliane abrupt losriss.

»Ich will mich daran nicht erinnern, ich hatte es vergessen, bis du wieder damit anfangen musstest.«

Liliane sah sie fassungslos an.

»Gar nichts hast du vergessen, du hast es nur verdrängt, wie wir alle. Und ich habe mit überhaupt nichts angefangen, Marie. Der Mörder hat damit angefangen, die Geschehnisse, die wir so gut zu vergraben versucht haben, wieder an die Oberfläche zu holen. Ich glaube, wir wissen beide sehr genau, warum Susan und Julia getötet wurden und warum wir jetzt an der Reihe sind.«

Marie schluchzte jetzt plötzlich auf. Von Liliane fiel alle Wut ab, mitleidig legte sie Marie den rechten Arm um ihre Schultern und drückte sie an sich. Nach einigen Minuten hatte sich Marie wieder im Griff und atmete einmal kräftig durch.

»Hör zu, Marie!«

Liliane nahm Maries Gesicht, das durch die endlosen Sommersprossen immer jung und fröhlich ausgesehen hatte und nun fahl und traurig wirkte, zwischen ihre Hände.

»Wir müssen zu Herrn Schneider gehen und ihm alles erzählen, was damals hier passiert ist. Das ist womöglich der einzige Weg, unser beider Leben zu retten. Er muss alles erfahren, damit wir eine Chance haben herauszufinden, wer Julia und Susan umgebracht hat und jetzt hinter uns her ist. Ich hab ehrlich gesagt keine Ahnung, wer das sein könnte. Denn der Einzige, der außer uns vieren von dieser schrecklichen Geschichte weiß, ist seit jenem Tag tot.«

Liliane saß in Maries Wohnung auf dem Sofa und wühlte in der alten Schuhschachtel herum, in der ihre Freundin die losen Fotos aus ihrer Kinder- und Jugendzeit aufbewahrte. Marie hingegen hatte eine Schmerztablette eingenommen und sich hingelegt, weil der Ausflug mit Liliane bei ihr eine Migräne ausgelöst hatte.

Sie waren noch keine zwanzig Minuten vom Weiher zurück und schon hielt Liliane in ihrer Hand, wonach sie gesucht hatte. Vier lachende vierzehnjährige Mädchen saßen tropfnass auf einer Decke. Sie hatten das Foto mit Selbstauslöser aufgenommen. Wie hypnotisiert starrte sie darauf und versetzte sich in diese Zeit zurück.

Es war ein irre heißer Sommer. Lilianes Haaransatz war so nass geschwitzt, als wäre sie gerannt. Dabei saß sie bewegungslos auf einem Stuhl in ihrem Klassenzimmer und bemühte sich, Frau Schulzes Unterricht zu folgen. Das war zwei Tage vor Ferienbeginn natürlich nicht sonderlich erfolgreich. Der Lehrstoff des Schuljahrs war abgearbeitet, Frau Schulze gab sich deshalb recht schnell geschlagen und jeder durfte von seinen Ferienplänen erzählen.

Nach dem erlösenden Klingeln am Ende der vierten Stunde berieten Julia, Marie, Susan und Liliane noch auf dem Schulhof, was sie am Nachmittag zusammen unternehmen wollten. Angesichts der Hitze kamen sie schnell auf einen Nenner: schwimmen gehen. Allerdings hatten sie keine Lust auf ein überfülltes Schwimmbad. Sie wollten zu dem kleinen versteckten Weiher, der ihnen von den Eltern eindringlich verboten wurde.

Die meisten Gleichaltrigen vergnügten sich lieber im Freibad in gechlortem Wasser. Zugegeben, in Punkto Sauberkeit konnte der Weiher nicht annähernd mit dem Schwimmbad mithalten. Aber das war den vier Mädchen egal, zumal die vielen Verbote im öffentlichen Freibad sie gewaltig nervten. Bei zweien achtete der Bademeister besonders streng darauf, dass sie eingehalten wurden. *Nicht von der Seite hineinspringen* stand auf einem Schild, *Ob Haare kurz, ob Haare lang, Bademützenzwang* auf einem anderen, das vor allen Dingen die Mädchen verdross. Mühevoll züchteten sie ihre Schnittlauchlocken Zentimeter für Zentimeter und dann durfte sie sich nicht einmal wie eine Meerjungfrau ins Becken stürzen. Stattdessen mussten sie ihre lange Mähne unter einer engen, scheußlichen Gummibadekappe verstecken. Die wurde natürlich schnell vom Kopf gezogen, wenn die Mädchen das Becken verließen und sich den Jungen auf der immer frisch gemähten Liegewiese wie auf einem Laufsteg präsentierten. Die wiederum buhlten mit tollkühnen Sprüngen vom Dreier um deren Gunst. Beliebt war das Freibad bei den Kindern und Jugendlichen trotz der strengen Regeln auch deshalb, weil der kleine Kiosk mit seinen unzähligen Leckereien alles Negative wieder wettmachte. Ganz hoch im Kurs: ein Schaumkuss, der zwischen die beiden aufgeschnittenen Hälften eines blassen Brötchens gequetscht wurde.

Auf diese Köstlichkeit wollten auch die vier Freundinnen nicht verzichten, wenn sie den Weiher, den sie viel abenteuerlicher fanden und wo sie sich zudem so furchtbar erwachsen fühlten, dem Freibad vorzogen. Sie kauften sich dann zuvor eine Schachtel Schaumküsse und ein paar Brötchen, die in der Küche von Julias Mutter eiligst zusammengebaut und in eine Kühltasche gepackt wurden.

Um den Weiher herum gab es nur Baumwiesen, auf denen sich in den Sommermonaten, besonders in der heißen Mittagssonne, sowieso niemand herumtrieb. Außerdem war der Uferrand so dicht mit Büschen, Sträuchern und Bäumen bewachsen, dass man von außen kaum einen Blick aufs Wasser ergattern konnte. Allerdings kam man deshalb an manchen Stellen überhaupt nicht mehr zum Weiher durch. Aber die Mädchen hatten längst herausgefunden, wie man das Ufer am besten erreichen konnte, ohne viel herumkriechen zu müssen und ohne das Risiko peitschender Zweige im Gesicht.

Eigentlich handelte es sich um zwei Weiher. Sie lagen nebeneinander, lediglich getrennt durch eine kleine, mit Gras und Gestrüpp bewachsene Landzunge. Der vordere Weiher hatte ungefähr das Ausmaß von zwei Tennisfeldern, der hintere war um einiges kleiner und diente als eine Art Vorbecken. Den vorderen hatten die vier Freundinnen sich auch deshalb zu ihrem Planschbecken auserkoren, weil an seinem Ufer die große, alte, schief gewachsene Weide stand. Einer ihrer starken Äste ragte direkt über die Wasseroberfläche hinaus. Ohne größere Anstrengungen konnten sie an ihm hinaufklettern und wie von einem Sprungbrett ins Wasser hüpfen.

Als Sprungbrett diente ihnen auch ein verrostetes Metallgestänge, das in der Nähe des Ufers aus dem Wasser ragte. Es erinnerte an eine Art Steg, war umrahmt mit einem Geländer, hatte allerdings keinen Boden und auch keine Verbindung zum Ufer. Liliane konnte sich keinen Reim darauf machen, welche Bedeutung oder Funktion das Gestänge hatte. Letztendlich war es ihr aber auch nicht wichtig zu wissen, wozu es da war. Es gehörte einfach zum Weiher. Das galt auch für einen Wasserablauf in der Nähe, der mit Metallstäben gesichert war. Liliane vermied es aber, zu nah an ihn heranzuschwimmen. Sie ekelte sich vor Wasserratten, die mit Sicherheit in dem dahinterliegenden Abflussrohr hausten.

Am hinteren Weiher stand ein kleines altes Häuschen. Es gehörte dem Fischereiverein, wurde aber offensichtlich nicht mehr benutzt. Der Putz war schon abgebröckelt und die Dachziegel hatten ihre rote Farbe gegen das Grün des Mooses, das auf ihnen wuchs, eingetauscht. Die Holztür war ebenfalls mit Moos überzogen. Sie ließ sich weder richtig schließen noch ganz öffnen, so verzogen war sie. Drinnen hingen ein paar alte durchlöcherte Kescher. Auf dem Boden lagen vereinzelt kaputte Gummifische herum, die früher einmal als Köder gedient hatten. Ein morscher Klappstuhl, ein paar Stangen und eine Holztruhe mit alten Seilen und einer verknoteten Angelschnur – das war alles. Ansonsten war die Hütte leer.

Manchmal kamen einzelne Angler an den Weiher, aber nicht in der Hitze der Mittagszeit, ab und zu auch ein paar Alternative, die dort vorzugsweise nackt badeten. Liliane und ihre Freundinnen empfanden dies damals als peinlich und belustigend zugleich. Meistens hatten sie den Weiher jedoch für sich alleine.

Als Liliane, Marie, Susan und Julia an diesem Nachmittag kurz vor den Ferien mit ihren Fahrrädern und dem Proviant dort ankamen, war das so ein Glückstag. Ihre Badesachen hatten sie bereits zu Hause angezogen, so mussten sie nur noch raus aus den Klamotten und ab ins Wasser. Keine vermisste den Sprungturm des Schwimmbades, der alte, dicke Baum erfüllte denselben Zweck. Sie hatten einen Riesenspaß. Etwas später saßen sie abgekühlt und tropfend auf ihren Handtüchern. Sie ließen sich die Schaumkussbrötchen schmecken und hörten die neuesten Hits im batteriebetriebenen Radio. Für sie war der Weiher eindeutig einer der schönsten Plätze der Welt.

»Bscht, habt ihr das auch gehört?«

Julia schaltete das Radio aus. Alle waren mucksmäuschenstill. Aber die anderen konnten nichts Verdächtiges hören.

»Das war sicherlich nur ein Vogel, den du in den Büschen rascheln gehört hast«, vermutete Marie.

Auch den anderen erschien dieser Grund plausibel. Gerade als Liliane das Radio wieder einschalten wollte, knackte etwas ganz in ihrer Nähe. Es klang, als sei jemand auf einen trockenen Zweig getreten. Wie eine Amsel hörte sich das auf jeden Fall nicht an. Sie drehten ihre Köpfe gleichzeitig in die Richtung, aus der das Geräusch kam. Die Blätter des Gebüsches raschelten immer heftiger, etwas kam direkt auf sie zu. Sie standen alle auf und starrten wie gelähmt auf das Gestrüpp. Lilianes Herz schlug ihr vor Aufregung bis zum Hals.

Plötzlich war die Stimme eines Jungen zu hören, der leise vor sich hin fluchte. Eine Sekunde später stand Daniel vor ihnen, Rebeccas Zwillingsbruder.

Das dichte Gestrüpp hatte ihn im Gesicht und an den Armen zerkratzt. Den Mädchen war die Erleichterung anzusehen, als sie feststellten, dass es sich bei dem ominösen Geraschel um Daniel handelte und kein »Was-auch-immer-sie-erwartet-hatten«. Doch schon wenige Sekunden später drehte sich die Stimmung. Zumindest bei Marie, Susan und Julia, sie waren sichtlich genervt über die Störung ihrer Idylle. Liliane hingegen war es nicht. Ihr Herz schlug zwar noch immer wie wild, aber ganz bestimmt nicht mehr aus Furcht. Ihre Augen leuchteten vor Freude.

Daniel war einen Kopf größer als sie, hatte strahlend, blaue Augen und ein zartes, helles Gesicht. Seine blonden Haare, die ihm fast bis auf die Schulter reichten, wirkten samtweich und gepflegt. Er trug immer ein sauberes Hemd oder ein Polo-Shirt, selten T-Shirts. Rebecca hatte Liliane einmal erzählt, dass ihr Bruder sehr pingelig sei und seine Kleidung immer selbst bügle. Er vertrat die Meinung, dass seine Mutter dies niemals so knitterfrei hinbekomme wie er selbst. Außerdem roch er immer gut. Allerdings vermochte Liliane nicht zu sagen wonach.

Da stand er nun und man konnte ihm ansehen, dass er mit den vier Freundinnen hier draußen ebenso wenig gerechnet hatte wie sie mit ihm. Die Schulkameraden aus seiner Klasse – die Lehrer hatten die Zwillinge getrennt und ihn in eine Parallelklasse gesteckt – hätten ihm von dem Weiher erzählt, erklärte Daniel fast entschuldigend. Nun wollte er ihn etwas genauer anschauen, um später einmal zum Angeln herzukommen.

»Wie du siehst, gibt es den Weiher tatsächlich, also kannst du ja jetzt wieder abschwirren«, blaffte ihn Julia mit einem hochnäsigen Tonfall an.

Liliane sah sie verärgert an. Sie hasste es, wenn Julia so versnobt von oben herab mit jemandem sprach. Ein kurzer Blick auf Marie und Susan machte Liliane aber klar, dass auch sie nicht interessiert waren, sich noch länger mit Rebeccas Zwillingsbruder abzugeben.

Da Daniel allerdings vorerst keine Anstalten machte zu gehen, verabschiedeten sich Marie, Julia und Susan ins Wasser. Liliane hatte keine Lust, ihnen zu folgen, und blieb mit Daniel am Ufer sitzen.

Er war ein netter Junge. Keiner von diesen Angebern, von denen sie einige kannte. Er strahlte etwas Ruhiges aus, das ihn erwachsener erscheinen ließ als andere Jungen in seinem Alter. Sie unterhielt sich gerne mit ihm.

In jüngster Zeit hatte sie einige Nachmittage bei Rebecca zu Hause verbracht. Manchmal hatte sich Daniel dann zu Rebecca und ihr an den Esszimmertisch gesetzt, um gemeinsam mit ihnen über den Hausaufgaben zu brüten. Danach standen sie zu dritt in der Küche und kochten etwas

Leckeres für die ganze Familie. Ihren Freundinnen hatte Liliane nichts von diesen Besuchen bei Rebecca erzählt. Es sollte vorerst ihr Geheimnis bleiben.

Daniel verabschiedete sich, als Julia, Marie und Susan ihr Protestschwimmen beendet hatten und triefend aus dem Wasser zurück ans Ufer kamen. Kurz zuvor hatte er Liliane gefragt, ob sie sich am folgenden Nachmittag wieder hier treffen könnten, alleine. Sie hatte zugesagt. Tausende von Schmetterlingen vollführten einen verrückten Tanz in ihrem Bauch. Noch nie zuvor hatte sie solch ein Gefühl in sich gespürt. Sie war dabei, sich in Daniel zu verlieben.

Den anderen Mädchen gaukelte sie vor, ihre Mutter wolle mit ihr am besagten Nachmittag als Belohnung für ihr gutes Zeugnis shoppen gehen. Julia, Marie und Susan hatten an diesem letzten Schultag schon etwas anderes vor. Für ihr erstes Treffen mit Daniel alleine war der Zeitpunkt also ideal.

Nach der letzten Schulstunde stand sie in ihrem Zimmer vor dem Spiegel und fragte sich allen Ernstes, ob es nicht doch sinnvoller gewesen wäre, mit ihrer Mutter neue Klamotten kaufen zu gehen. Sie hatte »nichts« anzuziehen. Mittlerweile lagen mindestens zehn T-Shirts, drei Hosen und zwei Röcke verstreut auf ihrem Bett herum. Es war zum Ausflippen. Wie hatte sie sich nur dieses hellgrüne Oberteil kaufen können! Seine Farbe ließ ihr Gesicht fahl aussehen, als ob ihr schlecht sei. Totaler Fehlkauf! Völlig entnervt ließ sie sich mitten in den Kleiderhaufen auf ihr Bett sinken. Ihre Wangen glühten bereits vom vielen An- und Ausziehen. Außerdem stand sie schon mächtig unter Zeitdruck. Also ergab sie sich in ihr Schicksal, wählte das aus ihrer Sicht kleinste aller Übel und zog aus dem Kleiderberg eine selbst abgeschnittene, kurze Jeans und ein rotes Top mit breiten Trägern heraus.

Endlich geschafft, dachte sie. Aber weit gefehlt. Als sie mit einem »Tschüss bis später« an der Küche, wo ihre

Mutter gerade einen Obstsalat zubereitete, vorbeispurtete, wurde sie jäh ausgebremst. Vor der Eingangstür saß ihr kleiner, nerviger Bruder und gab den Weg nicht frei. Doch bevor Liliane ihn an seinen dünnen Ärmchen von der Tür wegzerren konnte, stand auch schon ihre Mutter hinter ihr.

»Was ist denn das schon wieder für ein Theater? Liliane, lass sofort deinen Bruder los!«

Dem Kommando ihrer Mutter folgte sie nur widerwillig.

»Mann Mama, Oliver lässt mich nicht raus und ich bin eh schon spät dran«, antwortete sie, genervt von dem kleinen, sie ärgernden Ungeheuer, mit einem schnaubenden Unterton.

Die Miene ihrer Mutter verfinsterte sich. Sie stemmte die Hände in ihre Hüften und erkundigte sich mit gereizter Stimmlage nach Lilianes Plänen.

»Eine Shoppingtour mit Freundinnen«, log sie.

Das Gesicht ihrer Mutter verfärbte sich umgehend puterrot.

»Ich glaube, ich hör nicht richtig. Hast du schon wieder vergessen, dass du mir vor drei Tagen versprochen hast, auf Oliver aufzupassen, wenn ich diese geschäftliche Besprechung habe? Nein, mein Fräulein, du wirst nirgendwohin gehen.«

Liliane wurde speiübel. In nicht weniger als einer halben Stunde würde der Junge ihrer Träume an einem idyllischen Weiher auf sie warten und sie dämliche Nuss hatte vergessen, dass sie auf ihren nervigen Bruder aufpassen sollte. Wie grausam konnte das Leben sein. Kein »Aber Mama« half. Sobald sie den Mund nur aufmachte, unterbrach ihre Mutter sie sofort wieder. Mit der Behauptung, dass sie einen Tag ohne ihre Freundinnen mit Sicherheit überleben werde, war die Unterhaltung für sie beendet.

Einen Tag ohne ihre Freundinnen würde sie mit Sicherheit überleben, aber Daniel unwissend über ihre missliche

Lage am Weiher stehen zu lassen, das war etwas ganz anderes. Er musste doch annehmen, dass sie ihn eiskalt versetzt hätte. Allein der Gedanke daran trieb Liliane die Tränen in die Augen.

Es half kein Betteln und Flehen, ihre Mutter blieb hart. Eine Superidee, wie sie mit Mister Nervensäge Oliver den Nachmittag verbringen könnte, hatte sie auch schon parat. Ein Besuch im Schwimmbad sei genau das Richtige. Da hätten sie doch beide ihren Spaß. Ja genau, dachte Liliane verbittert. Und aufpassen, dass er im Schwimmbecken nicht untergeht, wurde natürlich selbstverständlich vorausgesetzt. In dem Moment war ihr vielmehr danach, ihn zu ertränken.

Keine zehn Minuten nach der Standpauke war ihre Mutter abgerauscht und der kleine Störenfried machte sich über Liliane lustig. Am liebsten hätte sie ihn erwürgt. Genervt drückte sie Oliver seine Tasche mit den Badesachen in die Arme und verließ mit ihm und einem mürrischen Gesichtsausdruck das Haus. Sie hatte sich gedanklich schon von dem schönen, romantischen Treffen am Weiher verabschiedet, da lief ihr eine Nachbarin über den Weg und spielte gute Fee. Mit fröhlicher Stimme sprach sie Liliane an.

»Seid ihr beiden auch auf dem Weg ins Schwimmbad?«

»Auch«, das war das Stichwort. Liliane erkannte sofort ihre Chance. Sie drückte der Nachbarin, deren Sohn nur ein halbes Jahr älter als Oliver war, ihren Bruder aufs Auge. Seine Drohung, ihrer Mutter am Abend zu erzählen, dass sie nicht mit ins Freibad gegangen sei, entwaffnete sie mit der Aussicht, mit einem Gleichaltrigen im Schwimmbad herumtoben zu können, was doch um einiges reizvoller und spaßiger sei, als mit seiner gefrusteten, großen Schwester herumzuhängen.

Klein-Oli war versorgt und ihrem Treffen mit Daniel am Weiher stand nichts mehr im Weg. Liliane nahm in Kauf, von ihrer Mutter für diese Aktion mindestens eine Woche

Hausarrest zu bekommen, aber das war ihr in diesem Augenblick völlig egal.

Daniel stand schon vor dem kleinen Haus am hinteren Weiher, als sie endlich, leicht verspätet und abgehetzt, ankam. Sein Gesicht und seine Arme waren von neuen Blessuren verschont geblieben, er hatte also den kleinen Pfad gefunden, über den man ohne Schrammen zum Weiher gelangte. Liliane hatte ihn darüber am Tag zuvor aufgeklärt, als sie sich verabredet hatten.

Gemeinsam trugen sie die alte Holztruhe heraus und stellten sie vor die Hütte in den Schatten. Sie saßen nebeneinander, beide den Blick auf den Weiher gerichtet. So kamen sie nicht in Verlegenheit, sich zu lange in die Augen zu schauen. Da flatterten sie wieder, die Schmetterlinge in Lilianes Bauch.

Daniel war mindestens genauso nervös wie sie. Also redeten sie über belangloses Zeug.

»Was ist das wieder heiß heute«, gab Liliane von sich.

»Und, was hast du für eine Note in Mathe bekommen?«, fragte Daniel.

So ging das eine ganze Weile weiter, bis Daniel eine kleine Fischeranekdote zum Besten gab. Als er das Ziehen an der Angel nachahmte, streifte seine Hand versehentlich unsanft Lilianes Gesicht. Sofort entschuldigte er sich für seine unbedachte pantomimische Einlage und hoffte, ihr nicht wehgetan zu haben. Dabei sah er sie mit seinen blauen Augen an und streichelte ihre Wange, wie wenn er sich vergewissern wollte, dass ihr nichts passiert war.

Kurz darauf trafen sich ihre Lippen, Liliane erlebte ihren ersten Zungenkuss, ihr erotischstes Erlebnis bis dahin. Sie war innerlich bass erstaunt, dass er wie von selbst funktionierte – ohne zu üben.

Sooft sie konnten, trafen sich die Frischverliebten von nun an heimlich. In der ersten Woche allerdings nicht, Liliane musste drei Tage Hausarrest absitzen.

Zwei Wochen waren sie bereits ein Paar und keiner wusste davon. Nicht einmal Rebecca. Liliane zuliebe hatte es Daniel nicht einmal seiner Zwillingsschwester gesagt. Und dabei erzählten die beiden sich sonst alles. Liliane bat ihn um etwas Zeit. Sie wollte mit ihren anderen Freundinnen zuerst darüber reden, schob dies aber immer wieder hinaus. Sie selbst empfand sich deshalb als feige. Außerdem schämte sie sich vor Daniel, der so viel Verständnis für sie aufbrachte. Dabei hatte er dieses dämliche Versteckspiel überhaupt nicht verdient.

Daniel war ein Traum. Immer wieder überraschte er Liliane mit seiner Kreativität. Einmal übersetzte er für sie ein englisches Liebeslied. Den Text schrieb er auf ein Briefpapier mit einem küssenden Paar im Sonnenuntergang, das er ihr zusammengefaltet in einer herzförmigen Pappschachtel überreichte. Als Vierzehnjährige war sie von dieser Romantik natürlich überwältigt. Ein anderes Mal brachte Daniel zu einem ihrer einsamen Treffen zwei Brezeln mit. In Lilianes Brezel hatte er zuvor einen Schlitz hineingeritzt und darin einen kleinen Zettel mit der Botschaft *Ich liebe dich* versteckt. Als Liliane genüsslich in ihre Brezel biss, blieb der Zettel zwischen ihren Zähnen hängen. Die Situation war so komisch, sie konnten nicht mehr aufhören zu lachen.

Da Liliane mit ihrer Familie bald für zwei Wochen in den Urlaub fliegen, Julia und Susan fast zeitgleich gemeinsam in ein Ferienlager gehen würden und Marie schon in den ersten zwei Ferienwochen unterwegs gewesen war, fasste Liliane den Entschluss, ihren Freundinnen nun endlich zu beichten, dass sie sich in Daniel verliebt hatte. Das sollte am nächsten Tag geschehen. Ihre Absicht, mit der Geheimniskrämerei und dem Versteckspiel Schluss zu machen, teilte sie zuallererst Daniel mit, den sie damit sehr glücklich machte.

Am Tag darauf lagen Liliane, Julia, Marie und Susan faul am Weiher in der Sonne herum. Wann immer es ihnen zu heiß wurde, tauchten sie in das kühle Wasser hinein. Und wie immer hatten sie einen Kassettenrekorder dabei. Die mühsam vom Radio aufgenommenen Songs dudelten lautstark. Allesamt wertvolle Einzelstücke. Wurde für ein Lied die Aufnahmetaste zu spät gedrückt oder quatschten übereifrige Moderatoren schon vor seinem Ende drauflos, musste es überspielt und neu aufgenommen werden. Das war alles andere als einfach.

Liliane hatte Marie nicht kommen hören und zuckte, herausgerissen aus ihrer Erinnerungsreise, erschrocken zusammen, als ihr von hinten eine Hand auf die Schulter gelegt wurde.

»Meine Kopfschmerzen sind besser. Ich denke, wir können jetzt Kommissar Schneider anrufen«, sagte Marie entschlossen.

Einen Tag, nachdem Liliane und Marie Kommissar Schneiders Büro zusammen mit ihren Männern verlassen hatten, saßen sie nun beide wieder vor ihm.

»Ich möchte Ihnen eine Geschichte erzählen, die nach unserer Einschätzung sehr wichtig sein könnte, den Mörder von Julia und Susan zu fassen«, erklärte Liliane dem Kripobeamten.

Frank Schneider sah sie überrascht an. Erst gestern noch hatten sie nichts Neues zu berichten und heute klingt es, als gebe es wichtige Details, die endlich Licht in die ganze Sache bringen können, dachte er mit einer gehörigen Portion Skepsis. Das ließ er sich jedoch nicht anmerken. Schneider nickte verständnisvoll und lehnte sich in seinem Drehstuhl zurück, um Liliane seine ungeteilte Aufmerksamkeit zu signalisieren. Fast unmerklich umklammerten seine Hände die Armlehnen seines Stuhls. Er war gespannt, was Liliane ihm zu berichten hatte.

»Es war an einem heißen Tag in den Sommerferien«, begann sie. »Wir waren damals so um die vierzehn. Mit wir meine ich Julia, Marie, Susan und mich. Es gab nur einen Platz, an dem wir es bei dieser Hitze aushielten und den wir liebten. Einen Weiher oberhalb der Wohnsiedlung Neugreuth.«

Abrupt setzte sich Frank Schneider bei diesem Stichwort kerzengerade hin.

»Bitte wo?«, fragte er mit einem scharfen Unterton.

»Sie haben schon richtig gehört. Genau dieser Weiher«, antwortete Liliane und strich sich dabei hastig eine Strähne aus dem Gesicht.

»Und wieso sagen Sie mir das erst jetzt? Wieso nicht gestern, als wir uns hier ausführlich über alles unterhalten haben? Die Zusammenhänge waren Ihnen doch da schon bewusst!«

Schneiders Stimme klang nun richtig verärgert.

Jetzt ergriff Marie das Wort.

»Verdammt, Mann, oh, Entschuldigung, Herr Kommissar natürlich. Wir mussten das doch erst mal für uns selbst einsortieren. Seien Sie so freundlich und hören Sie Frau Kramer bitte bis zum Ende zu, bevor Sie uns Vorwürfe machen. Dazu haben Sie, wenn Sie alles gehört haben, noch genug Gelegenheit.«

Obwohl die Ungeduld an ihm nagte, lehnte sich Frank Schneider wieder in seinen Stuhl zurück, dennoch war ihm die nun noch größer gewordene Anspannung anzusehen.

»Okay, fahren Sie bitte fort, Frau Kramer.«

Liliane erzählte ihm von den Zwillingen Daniel und Rebecca Steinmayer, der Tatsache, dass die beiden in ihrem Freundeskreis nicht besonders beliebt waren und dass Daniel ihre heimliche Liebe war.

Als Liliane kurz innehielt, um sich zu räuspern, bot Kommissar Schneider den beiden Frauen ein Glas Wasser an. Beide nahmen dankend an. Nach ein paar kräftigen Schlucken sprach Liliane weiter.

»Dieser Sommertag am Weiher, von dem ich vorhin schon gesprochen habe, war einer der letzten Tage, bevor wir mit unseren Familien in den Urlaub gefahren sind. Mindestens zwei Wochen würden wir uns nicht sehen. Deshalb wollten wir diese letzten Tage dort ungestört miteinander verbringen. Außerdem hatte ich mir vorgenommen, den anderen genau an diesem Tag von Daniel und mir zu erzählen. Wir alberten gerade fröhlich im Wasser herum, als Julia zum Ufer hinüberschaute und genervt ausrief: ›Auch das noch!‹. Ich drehte mich um und entdeckte Daniel. Er saß neben unseren Handtüchern auf einem Baumstumpf. Ich bekam plötzlich Magendrücken. Keine meiner Freundinnen machte auf mich den Eindruck, als würde sie sich über Daniels Anwesenheit freuen. Julia begann sogar, abfällige Bemerkungen über ihn zu machen. Dies hat natürlich meine Entscheidung, ihnen von unserer Verliebtheit zu erzählen, nicht gerade einfacher gemacht. Bevor ich darüber nachdenken konnte, wie ich nun vorgehen sollte, rief Julia Daniel gehässig zu, ob er sich auch ins Wasser traue oder ob er nur zum Spannen hergekommen sei. Mit einem breiten Grinsen im Gesicht schlug sie uns vor, ihn zu tunken. Das sei eine gute Lektion, seine Spioniererei, wie sie es nannte, in Zukunft zu unterbinden. Mir verschlug es die Sprache. Susan versuchte zwar, Julia davon zu überzeugen, dass ein Junge wie Daniel sich wohl kaum von so etwas beeindrucken lasse. Doch Julia war noch immer anderer Meinung. Sie glaubte, wenn wir alle mitmachten, werde er die Botschaft bestimmt verstehen.«

Marie stand plötzlich auf.

»Ich brauche dringend frische Luft.«

Sie öffnete eines der großen Fenster in Schneiders Büro, atmete tief durch und blieb dort stehen. Liliane hingegen setzte ihren Bericht, ohne sich von Marie ablenken zu lassen, fort.

»Julia hatte sich inzwischen wieder Daniel zugewandt und versuchte, ihn ins Wasser zu locken. Seine Erklärung, keine Badehose dabei zu haben, ließ sie genauso wenig gelten wie seine Beteuerung, dass er nicht sonderlich gut schwimmen könne. Sie konterte, dass er sowieso eine kurze Hose trage und dass es für den Notfall vier entzückende Rettungsschwimmerinnen gebe. Ich bin dann etwas näher zu Julia geschwommen und habe sie gebeten, ihn endlich in Ruhe zu lassen. Und dass es mir kalt sei und ich mich in der Sonne aufwärmen wolle, habe ich ihr gesagt. Doch sie schien mir überhaupt nicht zuzuhören. Statt mir zu antworten, sah sie triumphierend in Daniels Richtung. Ich blickte ebenfalls ans Ufer. Daniel hatte bereits seine Schuhe und sein T-Shirt ausgezogen und stand schon bis zu den Knöcheln im Wasser. Ganz deutlich konnte ich sein Unbehagen spüren.«

Liliane machte eine kurze Pause und trank ihr Wasserglas durstig aus. Kommissar Schneider goss sofort nach.

»Er wollte wohl seine Chance nutzen, sich bei meinen Freundinnen beliebt zu machen. Als Spielverderber hätte er wahrscheinlich noch schlechtere Karten bei ihnen gehabt. Er hat das alles meinetwegen getan.«

Liliane atmete tief ein und hielt für einen Moment ihre Hände vors Gesicht, bevor sie weitersprach. Marie hatte inzwischen wieder neben ihr Platz genommen und strich beruhigend über Lilianes Rücken.

»Mit langsamen und ruhigen Zügen ist Daniel dann in unsere Richtung geschwommen. Seine Atmung ging gleichmäßig. Wahrscheinlich hat er versucht zu verdrängen, dass er den Weiherboden mit den Füßen nun nicht mehr erreichen konnte. Julia lästerte, dass er wie eine lahme Ente durchs Wasser dümple. Ich schnauzte sie an, sie solle den Mund halten. Sie klang so gehässig, als sie zurückfragte, ob ich mir Sorgen um Rebeccas Brüderlein mache. Ich selbst wies nur darauf hin, dass Daniel doch selbst gesagt habe, nicht gut schwimmen zu können. Dabei bemühte ich mich, lässig und nicht allzu besorgt zu klingen. Julia wandte sich von mir ab, als hätte ich überhaupt nichts gesagt. Sie schaute wieder zu Daniel hinüber. Noch immer wirkte er hoch konzentriert und angespannt. Plötzlich wurde er unruhig, irgendetwas stimmte nicht. Er kam völlig aus seinem Schwimmrhythmus. Ich fragte ihn, was los sei, er antwortete, dass er einen Krampf im Bein habe. Ich habe ihn dann aufgefordert, ruhig zu bleiben und gleichmäßig weiterzuatmen. Doch Daniel ist immer mehr in Panik geraten. Er hat abwechselnd meinen Namen und um Hilfe gerufen. Seine Stimme klang dabei ganz abgehackt, weil er mit Mund und Nase immer wieder unter Wasser tauchte. Ich rief ihm zu, er solle Richtung Ufer schwimmen, damit er wieder Boden unter die Füße bekomme, und dass ich gleich bei ihm sein werde. Jetzt hat meine Stimme sicherlich besorgt geklungen, aber das war mir egal. Ich bin auf Daniel zugeschwommen. Auch Susan war die Situation nicht mehr geheuer und sie hat sich mir angeschlossen.«

Übermannt von der Erinnerung hielt Liliane kurz inne und schüttelte leicht ihren Kopf.

»Wir waren noch keine zwei Kraulzüge vorangekommen, da hat uns Julia den Weg abgeschnitten. Ihr schallendes, gehässig klingendes Lachen tönte über den ganzen Weiher. Sie sagte, wir seien naiv, der Idiot spiele uns doch nur etwas vor. Wir sollten abwarten und ihn ignorieren, dann werde ihm sein Schauspiel sicherlich schnell langweilig. Ich musste mit ansehen, wie Daniels Kopf mehrere Male kurz völlig unter Wasser geriet und nur noch seine Hände an der Oberfläche zu sehen waren. Und dann tauchte sein Kopf gar nicht mehr auf. Susan redete aufgeregt auf Julia ein, etwas zu unternehmen. Wenn er uns nichts vorspiele, zähle jede Sekunde. Mir reichte es. Ich zischte Julia an, sie solle mir aus dem Weg gehen. Sie und mittlerweile auch Marie haben uns weiterhin den Weg versperrt und gespottet, Daniel verkaufe uns für dumm, er tauche sicher gleich wieder auf und werde sich über uns schlapp lachen.«

Marie wippte nervös auf ihrem Stuhl. Ihr Wasserglas hielt sie so krampfhaft in den Händen, dass ihre Knöchel ganz weiß wurden. Liliane drehte sich zu ihr und nahm ihr vorsichtig das Glas ab, bevor sie es auf den Tisch stellte.

»Sollen wir eine kurze Pause machen, Frau Strähle?«, fragte Frank Schneider, dem Maries Anspannung nicht entgangen war.

»Nein, ich möchte das hier einfach nur hinter mich bringen.« Marie sah Liliane an. »Bitte erzähl weiter, damit wir hier rauskönnen.«

Liliane nickte.

»Mich überkam Panik. Wie hatte ich nur eine Sekunde annehmen können, dass Daniel mir so was antun würde. Niemals würde er solch ein Schauspiel inszenieren und den Ertrinkenden spielen. Ich habe Julia von mir weggestoßen und bin wie eine Verrückte in die Richtung gekrault, wo ich Daniels Kopf zum letzten Mal an der Wasseroberfläche gesehen hatte. Susan folgte mir, ohne zu zögern. Als wir dort angekommen waren, fingen wir sofort an zu tauchen. Doch das Wasser war so trüb, dass wir nicht richtig sehen konnten. Unkontrolliert und hektisch haben wir mit unseren Armen unter Wasser herumgefuchtelt, um nach Daniel zu tasten. Immer wieder kamen wir nur kurz an die Oberfläche, um nach Luft zu schnappen. Beim dritten Auftauchen hat Susan den anderen beiden panisch zugeschrien, dass wir ihn nicht finden könnten. Marie hat als erste reagiert und ist, so schnell sie konnte, auf uns zugeschwommen. Auch Julia hat dann endlich begriffen, dass es sich nicht um einen blöden Jungenstreich handelte. Sie war die beste Schwimmerin von uns allen. Schnell holte sie Marie ein, schnappte einmal tief Luft und setzte zum Tauchen an. Sie ist lange unten geblieben. Dann kam sie heftig nach Luft ringend wieder hoch, atmete zwei-, dreimal kräftig ein und war wieder verschwunden. Als sie das zweite Mal aus dem Wasser schoss, schrie sie, dass sie seine Hand erwischt habe und wir ihr helfen sollten, ihn hochzuziehen. Sofort sind wir drei nach unten getaucht und haben unter Wasser so lange an Julias Arm entlang getastet, bis wir Daniel zu fassen bekamen. Mit vereinten Kräften haben wir ihn an die Wasseroberfläche geschoben und dann selbst keuchend und hustend ans Ufer gezogen. Er lag vor uns im Gras und hat keinen Laut von sich gegeben.«

Erschöpft legte Liliane eine Pause ein. Der Kommissar goss, ohne ein Wort zu sagen, Wasser in ihr Glas nach. Sie zögerte, nahm aber einen kleinen Schluck, bevor sie mit etwas brüchiger Stimme fortfuhr:

»Julia hat dann irgendetwas von Beatmung geschrien. Und Susan hat zurückgekreischt, dass wir davon doch überhaupt keine Ahnung hätten. Ich selbst kniete neben Daniel und schüttelte ihn wie verrückt. Ich habe ihn angefleht, er solle die Augen aufmachen und atmen. Aber er tat es nicht. Ich habe mich dann über ihn gebeugt, habe meine zitternden Lippen auf seine gelegt und versucht, irgendwie Luft in seine Lungen zu bekommen. Aber es war zwecklos. Entweder war meine Technik falsch oder es war bereits zu spät. Ich weiß es nicht. Immer wieder habe ich es versucht und ihm dabei vor lauter Verzweiflung auf die Brust geschlagen. Irgendwann hat Marie mich dann von ihm weggerissen. Sie sagte, ich solle aufhören, er atme nicht mehr, er sei tot, und sie fing an, schrecklich zu weinen. Ich ließ mich ins Gras zurückfallen und starrte in den wolkenlosen, blauen Himmel. Für ein paar Sekunden war alles still um mich herum. Ich dachte nichts, ich fühlte nichts. Wie durch eine Wand aus Watte hörte ich Susans verzweifele Stimme, die immerzu wiederholte: ›Was haben wir getan?‹

Dann habe ich mich wieder aufgerichtet und mich neben ihn gekniet. Ganz still lag Daniel da, mit geöffneten Augen. Seine blauen Augen, in die ich mich verliebt hatte, starrten mich jetzt ausdruckslos an. Ich zitterte am ganzen Körper. Meine Tränen mischten sich mit dem Wasser, das aus meinen Haaren tropfte, und fielen auf sein blasses Gesicht.«

Liliane konnte es nicht verhindern, dass ihr auch jetzt wieder Tränen in die Augen stiegen. Marie saß neben ihr wie zur Salzsäule erstarrt. Mit bitterer Stimme wandte sich Liliane dem Kommissar zu.

»Sie wollen den Grund wissen, warum zwei unserer Freundinnen tot sind und jetzt jemand hinter uns her ist. Hier haben Sie Ihren Grund. Wir haben Daniel auf dem Gewissen und jetzt bekommen wir die Quittung dafür.«

Frank Schneider trank nun selbst einen Schluck Wasser aus seinem Glas. Liliane spürte, dass er sich nach ihrer Schilderung kurz sammeln musste. Dann beugte er sich in seinem Stuhl nach vorne, atmete tief durch und räusperte sich.

»Wie ging die Geschichte weiter? Sie wurden doch damals sicherlich alle zu den Geschehnissen befragt.«

»Julia und Marie fuhren mit ihren Fahrrädern zu Maries Eltern und haben was von einem Badeunfall am Weiher erzählt. Die haben dann die Polizei und den Notarzt alarmiert. Susan und ich sind derweil bei Daniel geblieben und haben auf ein Wunder gehofft. Bei der Befragung, nun ja, da haben wir gelogen. Alle vier. Genau genommen haben wir nur etwas weggelassen, aber das kommt in diesem Fall einer Lüge gleich. Keine von uns hat damals erwähnt, dass genügend Zeit gewesen wäre, ihn ans Ufer zu bringen. Tatsache ist, wir haben zu lange gewartet. Deshalb musste Daniel sterben. So einfach ist das.«

Liliane drehte ihren Kopf zum Fenster und sah nachdenklich hinaus.

»Allerdings haben wir uns verzettelt«, sagte sie dann.

»Denn jemand außer uns vieren kennt ebenfalls die ganze Wahrheit, auch die, die wir aus Angst vor Konsequenzen weggelassen haben. Und derjenige rechnet jetzt mit uns ab. Holt sich eine nach der anderen.«

»Haben Sie irgendeine Ahnung, wer das sein könnte?«

Frank Schneiders Stimme klang nun sehr ernst.

Liliane schüttelte langsam den Kopf.

»Nein, nicht die geringste. Keiner außer uns war an diesem Nachmittag am Weiher und wenn doch, dann ohne unser Wissen.«

»Wie konnte ich das nur so lange verdrängen!«, platzte es aus Marie heraus.

Schneider sah zu ihr hinüber. Sie saß noch immer neben Liliane und wiegte monoton ihren Oberkörper vor und zurück. Liliane nahm vorsichtig Maries Hand und hielt sie fest.

»Wir haben es alle verdrängt, Marie, oder es zumindest versucht. Wahrscheinlich hätten wir sonst nicht damit leben können.«

Liliane wandte sich dem Beamten zu.

»Wenn Sie nichts dagegen haben und Sie im Moment keine weiteren Fragen an uns haben, würden wir jetzt gerne gehen. Wir brauchen jetzt ein wenig Zeit für uns alleine.«

Sie erhob sich von ihrem Stuhl.

»Komm, Marie, steh auf.«

Etwas unbeholfen stand Marie auf. Liliane stützte ihre Freundin und hakte sich bei ihr ein.

»Natürlich können Sie gehen.«

Frank Schneider erhob sich ebenfalls. Er gab zuerst Marie und dann Liliane die Hand.

»Ich möchte Sie noch um zwei Gefallen bitten.«

Liliane sah ihn fragend an. Was will er denn noch, fragte sie sich.

»Stellen Sie mir schnellstmöglich eine Liste von allen Personen zusammen, die damals zu Ihrem Freundeskreis gehört haben, auch wenn Sie Ihnen noch so unwichtig vorkommen sollten, von allen.«

Sie versprach es ihm.

»Und der zweite Gefallen?«

Eindringlich schaute er ihr in die Augen.

»Bitte geben Sie auf sich acht. Denken Sie bitte daran, was ich Ihnen gesagt habe. Nicht allein an unzugänglichen, menschenleeren Orten aufhalten und schon gar nicht bei Dunkelheit.«

Liliane empfand seine Besorgnis als echt und rang sich ein kleines Lächeln ab, als sie sich von ihm verabschiedete.

Leise Jazzmusik tönte an ihr Ohr, als sie die Wohnungstür aufschloss. Martin saß mit geschlossenen Augen auf dem Sofa und lauschte der Musik. Er hatte sie nicht kommen hören, Lilian nahm an, dass er eingenickt war. Sie blieb stehen und sah ihn an. Wieder konnte sie nicht verhindern, dass ihre Augen feucht wurden. Sie wischte sich schnell eine Träne weg, setzte sich neben ihren Mann und berührte seine Hand. Martin öffnete die Augen. Es war an der Zeit, ihm zu erzählen, was sie so lange Zeit für sich behalten hatte.

Martin hörte aufmerksam zu, unterbrach sie nicht. Die Geschichte, die sie vor vielen Jahren in ihrem Herzen weggeschlossen hatte, ließ sie heute ein zweites Mal an die Oberfläche.

Als sie mit ihrer Erzählung zu Ende war, legte ihr Martin wortlos kurz einen Arm um ihre Schultern und stand dann auf.

Er brauchte es nicht zu sagen und er tat es auch nicht, aber Liliane spürte seine Enttäuschung. Die Enttäuschung darüber, dass sie die ganzen Jahre, die sie sich nun schon kannten, geschwiegen und sich ihm nicht anvertraut hatte.

Sie war noch nicht sehr lange wach, als das Telefon klingelte. Der gestrige Tag lag ihr noch schwer im Magen und mehr als eine Tasse Kaffee zum Frühstück war nicht drin. Marie war am anderen Ende der Leitung.

»Liliane, kannst du bitte gleich zu mir kommen. Bernd ist gestern mit seiner Klasse für vier Tage ins Schullandheim gefahren und ich habe im Moment furchtbare Angst, alleine zu sein.«

Sie klang sehr angespannt, fast schon panisch. Liliane versprach ihr, in etwa einer Stunde bei ihr zu sein. Zuerst musste sie allerdings unter die Dusche und dann Kommissar Schneider die versprochene Liste der Personen, die damals zu ihrem Freundeskreis gehörten, zukommen lassen.

Als sie vor ihrem geöffneten Kleiderschrank stand, um sich anzuziehen, fiel ihr das schwarze Kostüm ins Auge, das sie an Susans Beerdigung getragen hatte. Sie setzte sich auf ihr Bett und starrte unablässig auf das Kleidungsstück. In ein paar Tagen wurde Julia beerdigt und Liliane hatte das Gefühl, bei dem Gedanken daran verrückt zu werden. Besonders, wenn sie an Julias Eltern und an Lisa und Philipp dachte. Wie furchtbar musste es für Lydia und Erich sein, ihr einziges Kind zu Grabe tragen und als Eltern zurückbleiben zu müssen. Und diese armen Kinder. Wie konnte ein Mensch ihnen so etwas antun und ihnen ihre geliebte Mutter so brutal entreißen?

Julia mochte auf viele Menschen kühl und unnahbar gewirkt haben. Mit ihren Kindern aber war sie immer herzlich und liebevoll umgegangen. Nichts auf dieser Welt hatte Julia so sehr geliebt wie diese beiden und das hatte jeder sehen können.

Ein wenig tröstlich empfand Liliane, dass Holger sich darauf besonnen hatte, seine Kinder in den Mittelpunkt seines Lebens zu stellen. Somit hatten Lisa und Philipp in dieser schweren Zeit wenigstens einen Vater, der sie in ihrer Trauer auffing und sich um sie kümmerte.

Sie schloss den Schrank und versuchte, den Tag der Beerdigung Julias zu verdrängen.

Bevor sie ging, hinterließ sie Martin noch einen Brief, in dem sie aufrichtig bedauerte, ihn nicht schon viel früher in diese Geschichte aus ihrer Vergangenheit eingeweiht zu haben. Außerdem legte sie ihm auf dem gedeckten Frühstückstisch eine kurze Notiz hin, dass sie zu Marie fahre, weil diese sie brauche. Als sie nochmals leise das Schlafzimmer betrat, um ihn nicht zu wecken, schlief Martin noch tief und fest. Er hatte an diesem Tag Spätdienst, es war ihm wichtig, gut ausgeruht zu sein, wenn er seine Schicht antrat. Sie gab ihm einen zarten Kuss auf die Stirn und verließ die Wohnung.

»Ich bin's«, rief Liliane in die Gegensprechanlage, als sie bei Marie vor der Tür stand.

Ein kurzes Summen und die Tür ging auf. Sie fuhr mit dem Aufzug nach oben. Verwundert stellte sie fest, dass Maries Wohnungstür einen schmalen Spalt geöffnet war. Liliane rief leise nach Marie, bekam aber keine Antwort. Achselzuckend ging sie hinein und schloss die Tür hinter sich.

Als sie das Wohnzimmer betrat, stockte ihr der Atem. Marie saß mit angstvollen, weit aufgerissenen Augen auf dem Sofa. Ihre Hände waren mit Kabelbindern gefesselt und ein dicker Streifen Klebeband verschloss ihren Mund.

Liliane lief sofort auf sie zu.

»Mein Gott, Marie!«

Noch ehe sie bei ihrer Freundin angelangt war, spürte sie einen harten Schlag auf ihren Hinterkopf. Marie und die Umgebung um sie herum verschwammen vor ihren Augen, dann wurde es dunkel.

Frank Schneider saß vor der Liste, die ihm Liliane Kramer zugemailt hatte. Konzentriert ging er alle Namen, die darauf standen, durch. Einige der Genannten kannte er bereits persönlich, die anderen durch Lilianes Erzählung. Er nahm einen Bleistift und strich all jene Personen durch, die ihm bekannt oder die tot waren. Über die übrigen mussten so schnell wie möglich Recherchen ins Laufen kommen. Vor allem war wichtig, in Erfahrung zu bringen, wo sie heute lebten und was sie beruflich taten. Seine Kollegin Barbara Hochdorfer war genau die richtige für diesen Job. Er nahm das Telefon und wählte ihre Nummer.

Als sie die Augen aufschlug, kam es ihr vor, als sei sie erblindet, so finster war es um sie herum. In Panik richtete sie sich ruckartig mit dem Oberkörper auf, wobei ihr furchtbar schwindelig wurde. Außerdem verspürte sie einen dumpfen Schmerz am Hinterkopf. Liliane tastete vorsichtig mit ihren Fingern die schmerzende Stelle ab und erspürte eine riesige Beule.

Sofort fiel ihr der hinterhältige Schlag wieder ein. Und Marie.

»Marie, bist du hier?«, flüsterte Liliane in die Dunkelheit.

Sie wusste nicht genau, warum sie flüsterte. Wahrscheinlich machte sie die Unwissenheit, wo sie sich befand, unsicher und vorsichtig.

»Marie?«

Noch einmal wisperte sie den Namen ihrer Freundin, aber sie bekam keine Antwort. Das einzige, was sie bisher mit ziemlicher Sicherheit annehmen konnte, war, dass sie sich nicht im Freien befand, sondern in einem Raum. Es fühlte sich an, als liege sie auf einem Bett oder etwas ähnlichem. Langsam und fast zaghaft begann sie, immer noch sitzend, mit den Händen durch die Dunkelheit zu tasten. Zuerst nach links, dann nach rechts. Was sie spürte, bestätigte ihr, dass sie sich auf einem Bett befand, einem großen, wahrscheinlich ein Ehebett. Außer ihr lag niemand darin. Sie rutschte mit ihrem Körper in eine Richtung, um den Rand zu erreichen. Sie setzte sich auf ihn und streckte ihre rechte Hand weiter fühlend aus, in der Hoffnung, ein Nachttischchen zu finden.

Sie wurde nicht enttäuscht. Hektisch patschten ihre Hände über seine Fläche und wurden endlich fündig: der Schalter einer Nachttischlampe. Sie knipste sie an. Es wurde hell. Die ungewohnte Helligkeit schmerzte in ihren Augen, die sie automatisch fest zusammenkniff. Liliane wandte ihr Gesicht von der kleinen Lampe ab. Erst dann öffnete sie erneut die Augen.

Sie befand sich in Maries Schlafzimmer. Liliane blickte um sich. Der Raum sah für sie aus wie immer. Keine Unordnung, nichts war durchwühlt worden. Die Jalousien waren komplett geschlossen, kein einziger freier Spalt war zu erkennen. Dies erklärte ihr, warum es im Raum stockdunkel gewesen war. Auch durch den unteren Spalt der Schlafzimmertür konnte sie keine Lichtquelle ausmachen. Draußen konnte es noch hell oder schon dunkel sein. Liliane fehlte jegliches Zeitgefühl. Sie griff nach dem kleinen roten Wecker auf dem Nachttisch und drehte ihn, um die Digitalanzeige zu erkennen: 18:35. Draußen war es also dunkel. Liliane schauderte bei dem Gedanken daran, wie lange sie ohne Bewusstsein gewesen sein musste.

Langsam erhob sie sich. Ihr Hinterkopf schmerzte noch immer. Sie versuchte, leise zur Tür zu schleichen. Doch das Klackern ihrer Absätze auf dem Parkettboden empfand sie immer noch als zu laut. Also zog sie die Schuhe aus und ging auf Strümpfen weiter.

Vorsichtig drückte sie die Klinke der Tür nach unten. Sie ließ sich lautlos öffnen, war also nicht zugeschlossen. Lilianes Herz pochte so heftig, dass sie fürchtete, das laute Klopfen könne auch derjenige hören, der unbefugt in Maries Wohnung eingedrungen war und sie niedergeschlagen hatte. Aber um Marie zu finden, musste sie ihre Angst überwinden.

Langsam und vorsichtig steckte sie den Kopf aus der Tür und sah in den Flur hinaus. Er lag ebenfalls im Dunkeln.

Aus dem Wohnzimmer schimmerte Kerzenlicht zu ihr herüber. Leise Musik war zu hören. Liliane ging auf Zehenspitzen langsam den Flur entlang. Als sie das Wohnzimmer betrat, war niemand zu sehen. Einige brennende Kerzen waren im Raum verteilt aufgestellt worden.

Und jetzt erkannte sie auch, welches Lied der CD-Player spielte – das Ave Maria.

Auf dem Wohnzimmertisch lagen verstreut einige Fotos herum. Liliane musste näher herangehen, um entdecken zu können, was darauf abgebildet war. Was sie sah, erzeugte ein Schwindelgefühl und ein Schwirren in ihrem Kopf, das sie in die Knie zwang. Sie ließ sich wie in Zeitlupe auf das Sofa niedersinken.

Ein Bild nach dem anderen nahm sie langsam und zitternd in die Hand. In genau diesem Moment wusste Liliane, wer der Mörder von Susan und Julia war und wer es nun auf Marie und sie abgesehen hatte.

Auf all den Fotos waren immer nur die beiden selben Menschen zu erkennen, in unterschiedlichen Altersstufen und verschiedenen Lebenssituationen.

Daniel und Rebecca.

Liliane starrte angespannt auf die Fotos.

Daniel und Rebecca als Babys im Krankenhausbettchen. Beim Planschen in einer großen Plastikwanne. Beim Geburtstag-Feiern im Kindergartenalter mit bunten, kleinen Hütchen auf dem Kopf. Bei der Einschulung, beim Angeln und, und, und…

Lilianes Hände zitterten noch immer, als sie nach dem nächsten Foto griff.

»Sieh an, sieh an, wer da von den Toten auferstanden ist. Die liebe Liliane. Ich dachte schon, ich hätte dir etwas zu viel Hypnotikum injiziert und du wachst gar nicht mehr auf und das wäre doch zu schade gewesen. Wo wir beide uns doch noch so viel zu erzählen haben.«

Liliane musste sich nicht umdrehen, sie wusste, wer hinter ihr stand.

Diese Stimme hatte sie seit vielen Jahren nicht mehr gehört, aber sofort wiedererkannt. Schon als sie die Fotos gesehen hatte, hatte sie es tief in ihrem Inneren gewusst. Noch immer hielt sie eines der Bilder in ihrer Hand und fixierte es mit ihrem Blick.

»Warum, Rebecca?«

Die große, schlanke Frau mit dem roten glatten Haar, das ihr bis über die Schultern fiel und im Kerzenlicht glänzte, kam langsam zu Liliane herüber. Sie trug einen schwarzen Bleistiftrock, der ihr bis knapp über die Knie reichte, eine schlichte, weiße Bluse und schwarze Lederschuhe mit hohen, schmalen Absätzen. In der einen Hand hielt sie zwei Sektkelche, in der anderen eine Flasche Champagner. Grazil setze sie sich auf den Sessel gegenüber, stellte die Gläser auf dem kleinen Glastisch ab und öffnete die Flasche.

»Also bitte, Schätzchen!«, flötete Rebecca. »Gerade du fragst mich nach dem Warum? Ich dachte, wenn ich es jemandem nicht erklären müsste, dann doch dir.«

Liliane sah zum ersten Mal auf und schaute Rebecca mit Tränen in den Augen an. Sie sah noch immer gut aus. Schon als Teenager war sie bildschön gewesen. Sie hatte ein perfektes symmetrisches Gesicht und weiße, gerade Zähne.

»Wo ist Marie? Rebecca, sag es mir!«

»Später, später, alles zu seiner Zeit. Jetzt wollen wir doch erst einmal auf unser Wiedersehen anstoßen. Nach so vielen Jahren.«

Ihre stahlblauen Augen funkelten, als sie den prickelnden Champagner in die Gläser goss. Sie reichte Liliane ein Glas, die es aber keines Blickes würdigte und stattdessen Rebecca unablässig in die Augen starrte. Rebecca zuckte mit den Schultern.

»Na bitte, dann nicht. Trinke ich eben alleine.«

Sie stellte Lilianes Glas auf den Tisch zurück und erhob ihr eigenes zum Trinkspruch.

»Auf Daniel, meinen Bruder, den wir beide so sehr geliebt haben!«

Lilianes Kopf senkte sich. Einen kurzen Augenblick legte sie die Hand auf ihre Stirn, sie fühlte sich heiß an.

»Bitte Rebecca«, flehte Liliane, während sie ihren Kopf wieder anhob. »Sag mir wenigstens, ob es Marie gut geht.«

Mit einem beruhigenden Tonfall in der Stimme und einem süßlichen Lächeln auf den Lippen antwortete Rebecca:

»Aber natürlich geht es ihr gut. Ich bringe dich später zu ihr, dann kannst du dich mit eigenen Augen davon überzeugen. Aber bis dahin machen wir zwei uns einen schönen Abend und erzählen uns aus alten Zeiten. Außerdem wird es dich doch sicherlich interessieren, wie ich dahinter gekommen bin, dass ihr vier meinen Bruder ermordet habt.«

Ein eiskaltes Lächeln zog nun über ihr Gesicht und ließ Liliane bis ins Innerste erschaudern.

»Wir haben Daniel nicht ermordet, Rebecca, es war ein tragischer Unfall. Wenn du doch angeblich so gut darüber informiert bist, was damals geschehen ist, warum dann nicht auch darüber?«

Lilianes Stimme zitterte. Rebecca schlug ihre langen Beine übereinander und lehnte sich entspannt mit ihrem Glas Champagner zurück.

»Meine liebe Liliane.« Ihre Stimme klang beängstigend ruhig und ausgeglichen. »Ich werde dir alles erzählen. Ich hoffe nur, du kannst mir auch folgen. Durch den kleinen Schlag auf deinen Kopf fühlst du dich sicherlich noch ein bisschen benommen. Außerdem habe ich dir nach dem Schlafmittel auch noch etwas zur Beruhigung gegeben. Ansonsten würde dich das, was ich dir nun erzählen werde, wahrscheinlich zu sehr aufwühlen.«

Liliane vergrub das Gesicht in ihren Händen. Sie fühlte sich mitten in einem Albtraum, aus dem es kein Erwachen gab.

»Falls du mir gedanklich einigermaßen folgen kannst, gehen wir zurück in das Jahr, als wir vierzehn Jahre alt waren. Wir beide waren im Begriff, wirklich gute Freundinnen zu werden. Leider warst du zu feige, dich zu unserer Freundschaft zu bekennen und dich vor deinen versnobten Freundinnen zu behaupten.«

»Das stimmt so nicht«, wehrte sich Liliane. »Ich habe mehr als einmal bei den anderen erwähnt, dass ich sehr gerne mit dir zusammen bin, und habe immer wieder versucht, dich in unserer Clique zu integrieren.«

»Na, dann hättest du vielleicht mit etwas mehr Nachdruck an die Sache rangehen sollen, Liliane. So ganz überzeugend kannst du nicht gewesen sein. Selbst bei meinem Bruder, in den du ja angeblich so verliebt gewesen bist, hast du geschwiegen. Du hast ein Staatsgeheimnis daraus gemacht, damit bloß keiner deiner reichen, verzogenen Freunde etwas mitbekommen hat. Aber sei's drum. Wir waren also so was wie Freundinnen und hatten, zumindest wenn die anderen nicht dabei waren, auch eine Menge Spaß zusammen, auch mit Daniel.«

Rebecca nippte kurz an ihrem Champagnerglas.

»An jenem Tag im Sommer, als ich einen Teil von mir für immer verloren habe, wusste ich noch nicht, dass ihr beide euch ineinander verliebt hattet«, sagte sie, immer noch mit ruhigem Tonfall. »Die dämliche, nichts wissende Rebecca war noch auf dem Stand, dass wir drei einfach gute

Freunde waren. Dass ihr beide ein Paar gewesen seid, habe ich erst viele Monate nach seinem Tod erfahren. Heulend und mit den Nerven am Ende hatte ich mich damals in Daniels Zimmer verbarrikadiert. Meine Eltern dachten, sechs Monate nach seinem Tod sei es an der Zeit, seine Möbel und Kleider aus dem Zimmer zu räumen und nur wenige Dinge von ihm aufzubewahren. Alles andere sollte weg. Sie wollten kein Museum, sondern ihren toten Sohn in ihren Herzen bewahren. Ich wusste nicht, wie mein Leben ohne ihn weitergehen sollte. Es fiel mir verdammt schwer, dies zu begreifen. Solange sein Zimmer noch so aussah, als sei er nur mal kurz zum Fußballspielen oder Angeln weggegangen, konnte ich besser damit umgehen. Schließlich sah es ja so aus, als würde er jeden Moment wieder nach Hause kommen. Und jetzt wollten sie mir auch das noch nehmen. Stundenlang saß ich weinend auf Daniels Bett. Dann habe ich mich entschlossen nachzugeben. Aber nur unter einer Bedingung: Ich wollte das Zimmer ganz alleine räumen. Keiner in meiner Familie hat widersprochen. Warum auch, sie waren viel zu erleichtert, dass ich mich endlich dazu durchgerungen hatte, um mit mir darüber zu diskutieren.«

Liliane blickte kurz auf, senkte aber sofort wieder ihren Kopf. Rebecca registrierte dies mit einem leichten verächtlichen Grinsen und setzte ungerührt ihre akribische Schilderung fort.

»Alles, was ich in die Hand nahm, behandelte ich so respektvoll, als würde ich ihm die Dinge nach der Ausräumaktion selbst übergeben. So, als würde er sie noch brauchen. Persönliche Dinge wie seine Ehrenurkunden von den Bundesjugendspielen oder seine Urkunde über die bestandene Anglerprüfung habe ich in die Kiste gelegt, die wir aufbewahren wollten. Meine Mutter hatte einen Bananenkarton fein säuberlich mit einem prächtigen Brokatstoff beklebt. Jetzt sah er aus wie eine Schatztruhe, was sie letzten Endes für uns auch war. Die letzten greifbaren Erinnerungen an meinen Bruder waren für uns ein Schatz. Und für mich sind sie es bis heute. Seine Kleidung stapelte ich in eine andere große Kiste. Die haben wir später in die Kleidersammlung des Roten Kreuzes gegeben. Ein Hemd, das er besonders gerne getragen hat und das, wie ich fand, ihm auch besonders gut gestanden hatte, legte ich auf die Seite. Ich habe es später mit in mein Zimmer genommen. Es war weiß mit feinen hellblauen Streifen. Als ich die letzte große Schublade fast ausgeräumt hatte, fand ich in der hintersten Ecke unter einem T-Shirt, das er so gut wie nie getragen hatte, ein kleines, rotes Heft. Ein Vokabelheft, wie wir es im Englischunterricht benutzt haben. Ich setzte mich damit auf Daniels Bett. Einen Moment lang habe ich das Heftchen ganz fest in meinen Händen gehalten und gezögert, es aufzuschlagen. Mir war klar, Vokabeln würde ich darin sicherlich nicht finden. Nach endlos langer Zeit fing ich an, darin zu blättern. Das Heftchen entpuppte sich als eine Art Tagebuch. Ich war baff erstaunt, denn Daniel hatte mir nie erzählt, dass er überhaupt eines führt, und wir hatten uns sonst immer alles erzählt. Als ich die ersten Zeilen und das Datum las, wurde mir sehr schnell klar, warum er geschwiegen hatte. In dem gesamten Büchlein ging es nur um dich, um ihn und eure Liebe zueinander. Er hat über seine Empfindungen zu dir geschrieben und über das Versprechen, eure Beziehung vorerst noch geheim zu halten. Dass es ihm sehr schwerfalle, seine Freude über euer Zusammensein für sich zu behalten. Am liebsten hätte er es allen Menschen erzählt, die ihm etwas bedeutet haben. Ganz besonders mir.«

Rebeccas Stimme, die bisher permanent ruhig und ausgeglichen geklungen hatte, wurde mit einem Mal schärfer.

»Wie konntest du ihm so etwas nur antun, Liliane?«

»Ich weiß«, antwortete ihr Liliane schuldbewusst. »In diesem Punkt hast du völlig recht. Ich war einfach zu feige. Und so blöd und unglaubwürdig das jetzt im Nachhinein klingen mag, genau an diesem verhängnisvollen Tag wollte ich mit Julia, Marie und Susan darüber reden. Ich wollte ihnen erzählen, dass ich mich in Daniel verliebt hatte und dass wir ein Paar waren. Aber es kam alles anders.«

Rebecca goss sich währenddessen mit ruhiger Hand Champagner in ihr Glas nach.

»Ja, Liliane, es kam alles anders. Vor allen Dingen für mich. Mit Daniels Tod ist auch ein Teil von mir gestorben. Das hat dich aber damals nicht sonderlich interessiert. Ich kann mich noch sehr gut erinnern. Kurz nach diesem ›tragischen Unfall‹...« – Rebecca ahmte mit ihren Fingern in der Luft Anführungszeichen nach – »... waren drei von euch vieren in Strandurlaub oder ins Ferienlager verschwunden. Auch von Marie, die ihren Familienurlaub bereits hinter sich hatte, habe ich in den nächsten zwei Wochen nicht einmal einen Schatten gesehen. Mir wurde beinahe schlecht von der großen Anteilnahme, die euch, nicht mir, von einigen Leuten entgegengebracht wurde. Wie sehr doch eure Psyche darunter zu leiden habe, dieses schreckliche Drama mit eigenen Augen mitzuerleben. Besagte Leute meinten, es sei eindeutig die beste Lösung, die geplanten Urlaubsreisen nicht abzusagen. Ihr solltet die Gelegenheit erhalten, euch von diesem Trauma zu erholen, und den Alltag so normal wie möglich gestalten. Ich finde eine andere Formulierung treffender: euer schlechtes Gewissen zu verdrängen. Sag mir, Liliane. Wie gut warst du im Verdrängen?«

Rebeccas Tonfall war nun hörbar sarkastisch. Sie lehnte sich ein wenig aus dem Sessel nach vorn, stütze ihre Ellbogen auf die Knie und mit ihren Händen ihr Kinn. Abwartend sah sie Liliane an.

Liliane blickte Rebecca direkt in die Augen. Sie war plötzlich ganz ruhig geworden, ihre Hände zitterten nicht mehr.

»Ich war gut. Ich war so gut, dass ich irgendwann glaubte, Daniel wäre selbst dann ertrunken, wenn wir ihm rechtzeitig geholfen hätten.«

»Tja«, sagte Rebecca spöttisch und lehnte sich wieder zurück.

»Und dann kam ich in euer kleines, perfektes Leben zurück und habe dafür gesorgt, dass du und deine sauberen Freundinnen euch der Wahrheit stellen musstet. Die Verdrängung hat ein Ende, Liliane, jetzt kommt die grausame Realität und die trifft dich wie ein Vorschlaghammer, stimmt's?«

Rebeccas Blick schien Liliane durchbohren zu wollen.

»Aber zurück in die Vergangenheit: Ihr ward also zwei Wochen in eure therapeutischen Ferien gefahren und ich musste alleine mit Daniels Tod klarkommen. Meine Eltern standen damals verständlicher Weise noch zu sehr unter Schock, als dass sie sich intensiv um mich hätten kümmern können. Außerdem haben meine jüngeren Geschwister ihren großen Bruder ebenfalls vermisst und Trost gebraucht. Dann kam endlich der Tag, den ich so sehnlichst herbeigewünscht hatte. Deine Rückkehr aus dem Urlaub. Ich war so froh, denn ich glaubte, endlich mit einer Freundin über meine Gefühle und diese tiefe Trauer reden zu können. Endlich konnte ich mich gehen lassen. Mit dir gemeinsam weinen. Über den geliebten Bruder und den guten Freund, den wir beide verloren haben. Außerdem warst du schließlich bei dem Badeunfall, wie es die Polizei nannte, dabei. Ich hoffte, wenigstens du würdest mir genau erzählen können, wie es passiert war. Aber auch dies kam ganz anders. Keine Liliane hat sich bei mir nach ihrer Rückkehr gemeldet. Wenn ich bei dir zu Hause anrief, hast du dich verleugnen lassen. Als die Schule wieder anfing und wir uns begegnet sind, hast du nur ein gestammeltes Hallo herausgebracht und bist hastig weitergegangen. Ich verstand die Welt nicht mehr. Aber glücklicherweise hat Susan schon einen Tag später Licht ins Dunkel gebracht. Das naive, sensible Schaf.«

Liliane zog unwillkürlich die Augenbrauen beim Nachdenken zusammen, kleine Fältchen bildeten sich an ihrer Nasenwurzel.

»Ja, das bringt dich ins Grübeln, nicht wahr?«, sagte Rebecca, der diese Mimikveränderung nicht entgangen war.

»Nach dem zweiten Schultag fuhr ich mit dem Fahrrad hinaus zum Weiher. Dies habe ich damals seit Daniels Tod fast jeden Tag getan. Ich legte meine frisch gepflückten Wiesenblumen zu den anderen, die schon am Ufer des Weihers lagen. Und sie waren nicht nur von mir. Vielen Menschen war es offenbar ein Anliegen, dort Blumen abzulegen. Es hatte sich schon ein relativ großer Hügel aufgehäuft. Einige waren noch recht frisch, andere hatte die große Hitze in Trockensträuße verwandelt. Zwischen den Blumen lagen auch ein paar glatte, runde Steine, die meine jüngeren Geschwister dort hingelegt haben. Sie hatten sie gesammelt und danach bunt für ihren großen Bruder bemalt. Ich habe mich auf einen Baumstumpf gesetzt und einmal mehr mit Tränen in den Augen all die Botschaften für Daniel auf kleinen Zettelchen oder hübschen Postkarten betrachtet. Dass sie teilweise schon sehr verwaschen aussahen, weil das eine oder andere Sommergewitter darüber hinweggegangen war, ließ sie noch anrührender aussehen. In meinen Gedanken war ich so weit von dieser Erde entfernt, dass ich Susan gar nicht hatte kommen hören. Ich zuckte erschrocken zusammen, als sie mir vorsichtig ihre Hand von hinten auf die Schulter legte. Obwohl es mindestens dreißig Grad heiß war, waren ihre Hände eiskalt. Ich habe mich zu ihr umgedreht und sie verdutzt angesehen. Wärst du vor mir gestanden, damit hätte ich vielleicht noch gerechnet, es zumindest gehofft, aber Susan?«

Rebecca legte eine kleine Pause ein und beugte sich wieder etwas nach vorne.

»Also Susan. Sie setzte sich neben mich auf den Boden und sagte dann als erstes, fast entschuldigend, sie könne gut verstehen, dass ich über ihre Anwesenheit verwundert sei. Sie sei mir mit dem Fahrrad gefolgt und sie müsse unbedingt mit mir reden, damit ich die ganze Geschichte erfahre. Sie wirkte sehr fahrig. Immer wieder hat sie nervös ihre weißen, blutleeren Finger geknetet. Mir war noch nicht so ganz klar, worauf sie hinauswollte, aber das Gespräch versprach, für mich aufschlussreich zu werden. Also hörte ich ihr aufmerksam zu, ohne ein Wort zu sagen oder nachzufragen. Sie war so sehr mit Schuldgefühlen belastet, dass sie mir sogar von euer beider Geheimnis erzählt hat. Dieses Dummchen glaubte doch tatsächlich, dass die weißen Schmetterlinge Feen oder Elfen oder so ein esoterischer Unsinn seien. Na, immerhin hat sie mich durch ihre naive Vorstellung zu dieser Idee mit den Schmetterlingen an den Leichen inspiriert. Und ich dachte, so gebe ich dir gleich noch ein kleines Rätsel auf, damit du dir dein hübsches Köpfchen über diese Totenbeigabe zerbrechen kannst. Susan hat jedenfalls ausführlich und sehr emotional erzählt. Sie hat mir alles haargenau vom Mord an meinem Bruder erzählt, Liliane.«

»Wir haben Daniel nicht ermordet!«, schrie Liliane wie von Sinnen. »Es war ein verdammter Unfall. Er hatte einen Krampf ins Bein bekommen. Wir haben ihn nicht absichtlich ertrinken lassen, Rebecca, wir haben nur zu spät reagiert.«

Auch Rebecca wurde jetzt lauter.

»Nur, ist eine tolle Formulierung, wenn dabei ein Mensch ums Leben kommt. Dann war es auch keine Absicht, dass ihr nie ein Sterbenswörtchen darüber verloren habt, wie es wirklich passiert ist? Allen habt ihr die Geschichte mit dem Krampf im Bein erzählt, aber nicht einmal hat eine von euch erwähnt, dass ihr genügend Zeit hattet, ihn zu retten. Das habt ihr diskret weggelassen. Während ihr überlegt habt, ob er euch vielleicht nur etwas vorspielt, musste mein Bruder elendig ertrinken. Das ist doch die ganze ungeschönte Wahrheit, Liliane!«

»Ja, das ist die ungeschönte Wahrheit!«, brüllte Liliane zurück. »Wir haben damals nicht alles so erzählt, wie es sich zugetragen hat. Wir haben verschwiegen, dass wir wertvolle Zeit vergeudet hatten. Wir hatten einfach furchtbare Angst. Wir hatten Angst davor, was für Konsequenzen das für uns haben könnte. Was man über uns denken und reden würde. Wir hatten Angst davor, dass unsere Eltern, Verwandte und Freunde uns für schlechte Menschen halten würden. Aber wir sind keine schlechten Menschen, Rebecca. Wir haben einen Fehler begangen. Mit einem hast du aber völlig recht: Wir waren zu feige, um die Wahrheit zu sagen, bis heute. Damals, weil wir noch halbe Kinder waren, und später, weil wir gelernt hatten, es zu verdrängen, um damit leben zu können.«

»So ist es, Liliane, ihr habt es verdrängt und ich habe die ganzen Jahre bewusst damit leben müssen. Jeden Tag aufs Neue hab ich mich gefragt, wie ich damit weiterleben soll. Dann war mir plötzlich klar, was ich zu tun habe. Ich muss euch daran erinnern. Ich muss euch aus eurer Verdrängungstaktik herausholen und mit der Wahrheit konfrontieren. Ihr hattet viele Jahre Zeit, euch eurer Feigheit zu stellen. Um Daniel den letzten Respekt, der ihm gebührt hätte, zu erweisen. Aber keine von euch hat es öffentlich getan. Susan hatte immerhin so viel Anstand, es mir zu erzählen. Vielleicht wollte sie auch nur ihr schlechtes Gewissen beruhigen, das kann man nicht so genau sagen. Letztendlich hat sie dafür den Bonus von mir erhalten, als erste gehen zu dürfen, während ihr anderen den Schmerz und die Trauer ertragen musstet und noch müsst.«

»Du bist doch verrückt.« Lilianes Stimme klang jetzt zittrig. »Susan hat dir doch die Entscheidung in die Hand gelegt, als sie dir alles gebeichtet hat. Du hättest doch dafür sorgen können, dass die Wahrheit ans Licht kommt. Warum hast du es nicht allen erzählt, was sich damals am Weiher zugetragen hat?«

»Weil ich verdammt noch mal wollte, dass ihr das selbst tut. Ich habe euch die Chance dazu gegeben, aber ihr habt sie nicht genutzt. Außerdem bestand ja immerhin die Möglichkeit, dass Susan einen Rückzieher macht. Ich konnte nichts beweisen. Ihr hättet zusammengehalten und auf eurer Version beharrt. Nein, meine Liebe. Mir war klar, ich musste die Sache selbst in die Hand nehmen und dafür sorgen, dass der Gerechtigkeit Genüge getan wird. Also habe ich es mir zum Lebensziel gemacht, meinen Bruder zu rächen. Das war und ist mein Weg, um mit dem Schmerz besser umgehen zu können. Rache hält dich genauso am Leben wie die Liebe. Nachdem ihr mir genommen habt, was ich am meisten auf dieser Welt geliebt habe, ist mir nur die Rache geblieben.«

In Lilianes Kopf drehte sich alles. Ihr war plötzlich furchtbar schlecht und sie musste sich übergeben.

»Das kann eine Nebenwirkung von den Medikamenten sein oder eine leichte Gehirnerschütterung von dem Schlag auf den Kopf, halb so schlimm«, sagte Rebecca kühl, stand auf und ging ins Badezimmer. Wenige Sekunden später kam sie mit zwei Handtüchern zurück. Das ein warf sie auf das Erbrochene, um es abzudecken, das andere reichte sie Liliane.

»Wisch dir den Mund ab und dann werde ich dir die Geschichte weitererzählen.«

Wortlos fuhr sich Liliane mit dem Handtuch übers Gesicht.

Rebecca rückte ihren Rock zurecht, als sie wieder auf dem Sessel Patz nahm, und sagte fast erfreut:

»Also Liliane, wo waren wir stehen geblieben? Ah, ich weiß. Ich wusste nun also, was wirklich passiert war. Als Susan mir damals am Weiher alles gestanden hatte, bin ich wortlos aufgestanden und habe sie alleine zurückgelassen. Dann habe ich gewartet. Tage, Wochen, Monate. Aber kein Wort von euch. Und wie ich vorhin schon erwähnt habe, bevor ich von deiner Spuckerei unterbrochen wurde, ich habe die Sache dann selbst in die Hand genommen und mir einen Plan gemacht. Wenn man es genau nimmt, sogar einen Lebensplan. Mein Leid wollte ich durch euren Tod besänftigen.«

Bei diesem Satz lief es Liliane eiskalt über den Rücken. Sie kannte ihn. Er stand auf dem Zettel, der an Susans totem Körper befestigt worden war, und sinngemäß auch auf dem, den die Polizisten bei Julia gefunden hatten.

»Du bist krank, Rebecca!«

Liliane erhob sich vom Sofa.

»Ich will jetzt sofort wissen, wo Marie ist. Bring mich zu ihr!«

»Ich glaube kaum, dass du dich in einer Position befindest, in der du etwas verlangen kannst.«

Noch bevor Liliane reagieren konnte, stand Rebecca neben ihr. Sie verspürte einen kurzen Stich in ihren Oberarm. Sekunden später fühlte sie sich benommen. Sie sackte auf dem Sofa zusammen und verfiel in einen Traum. Ihre Kindheit hatte sie wieder.

Auf dem Festplatz Bongertwasen in Metzingen war Rummel angesagt. Überall waren Los- und Wurfbuden, Karussells und ein Autoskooter aufgebaut worden. An bunten Wägen wurden Zuckerwatte, Liebesäpfel und gebrannte Mandeln verkauft. All die Süßigkeiten, die man sonst das ganze Jahr nicht bekam. Liliane schlenderte an diesem Sonntagnachmittag mit ihren Eltern und ihrem kleinen Bruder Oli über das Gelände. Es war herrlich. Überall funkelten und glitzerten die Lichter der Schaustellerbuden. Aus jeder Ecke klang eine andere Musik.

Liliane stellte sich zwischen zwei Fahrgeschäfte. Die gespielten Lieder verschwammen ineinander, bis ein einziger Musikwirrwarr in ihren Ohren entstand. Unaufhörlich brüllten verschiedene Schausteller in ihre Mikrofone.

Lautstark warben sie für ihre Attraktionen. Oli hatte den Hauptgewinn an einer Losbude gezogen. Nun war er stolzer Besitzer eines Teddybären, der einen Kopf größer war als er selbst. Am Rand des Festplatzes befand sich eine kleine, runde, überdachte Manege mit Sägespänen auf dem Boden.

Kaum hatte Liliane die Ponys in dieser Manege entdeckt, war ihr der Rest des Rummels unwichtig. Da weder Lilianes Eltern, geschweige denn Oli Lust hatten, ihr zuzusehen, wie sie auf einem Pony im Kreis herumritt, ließen sie Liliane dort zurück. Zuvor hatten sie ihr allerdings das Versprechen abgenommen, sich auf keinen Fall von dort zu entfernen. Wie konnten ihre Eltern nur im Geringsten annehmen, dass sie einen Platz verlassen würde, an dem es Ponys gab. Nach einiger Zeit war auch den Schaustellern aufgefallen, dass Liliane keine Anstalten machte, ihre kleine Manege wieder zu verlassen. Sie boten ihr an, beim Führen der Ponys zu helfen. Ihr Glück war perfekt.

Liliane war gerade dabei, einem kleinen Jungen beim Absteigen zu helfen, als sich ein Mädchen direkt vor ihr in den Sattel eines braun-weiß gescheckten Ponys warf. Sie war in ihrem Alter. Ihr glattes, blondes Haar, reichte ihr bis zur Hüfte. Ihre Blicke trafen sich. Das Mädchen lächelte Liliane an und sie lächelte zurück. Kaum war die Reitrunde beendet, kamen die beiden ins Gespräch. Sie hieß Rebecca und nahm an, Liliane gehöre zu den Schaustellerkindern, weil sie die Ponys führte. Liliane musste lachen und erzählte ihr, wie es dazu gekommen war.

Bis Lilianes Eltern zurückkehrten, hatten die beiden Mädchen bereits Pläne geschmiedet, was sie in Zukunft alles zusammen unternehmen wollten. Lilianes Mutter gehörte zu der Sorte Frauen, die immer und überall alles Wichtige oder Unwichtige in ihrer Handtasche mit sich herumschleppte. In diesem Fall war Liliane froh darüber, denn so kamen sie und Rebecca ohne langes Herumsuchen an Stift und Papier. Sie tauschten Telefonnummern und Adressen aus. Da Rebecca nun auch in Metzingen wohnte, wollten sie sich so bald wie möglich wiedersehen.

Es hatte gerade zur ersten Stunde geklingelt. Liliane saß mit ihren Mitschülern im Klassenzimmer. Ihre Lehrerin teilte ihnen mit, dass sie heute eine neue Schülerin in ihrer Klasse willkommen heißen werden. Kurz darauf klopfte es auch schon zaghaft an die Tür. Nach einem freundlichen Herein trat ein blondes Mädchen mit geröteten Wangen und langem Haar, das ihr bis zur Hüfte reichte, ins Klassenzimmer. Liliane traute ihren Augen kaum. Gestern erst hatte sie dieses Mädchen auf dem Rummelplatz kennengelernt und heute wurde sie ihr als neue Mitschülerin vorgestellt.

Martin saß im Schwesternzimmer und wählte die Handynummer seiner Frau. Mittlerweile war es spät am Abend und er hatte bereits im Laufe des Nachmittags mehrfach versucht, Liliane zu erreichen. Am Morgen hatte er auf dem Frühstückstisch ihren Brief vorgefunden, in dem sie nochmals ihr Bedauern ausrückte, den Vorfall am Weiher jahrelang verschwiegen zu haben. Er wollte ihr sagen, dass sie sich keine Sorgen machen müsse, dass er sie verstehe. Erneut meldete sich nur die Mailbox und er legte wieder auf. Wahrscheinlich, so nahm er an, hatte sie ihr Handy ausgeschaltet, um mit Marie ungestört sein zu können. Angesichts der Geschehnisse hatte er dafür volles Verständnis. Dennoch beschlich ihn ein ungutes Gefühl, das er jedoch verdrängte. Er wollte später noch einmal versuchen, sie zu erreichen. Jetzt musste er in den Kreißsaal. Bei einer Schwangeren, die von ihm betreut wurde, gab es Komplikationen, die einen Kaiserschnitt unumgänglich machten.

Als Barbara Hochdorfer das Büro von Frank Schneider betrat, wedelte sie triumphierend mit einem Zettel in ihrer Hand.

»Ich glaube, wir haben da was. Eine von den Herzchen, eine gewisse Rebecca Steinmayer, die auf der Liste von Liliane Kramers Freundeskreis steht, lebt seit vielen Jahren in den Staaten und ist Chirurgin und…«

Sie machte eine kurze Pause, um den Erfolg ihrer Recherchen gebührlich auszukosten.

»Und was? Mach's doch nicht so theatralisch, Babs«, entgegnete Frank Schneider ungeduldig.

»Und… von der Klinikleitung habe ich erfahren, dass vor einigen Monaten der Bestand von Sufentanil und Ropivacain nicht mehr stimmte. Keine Ahnung, wie sie die Mittel durch die Zollkontrollen gebracht hat, aber das wäre später zu klären. Das sind genau die Mittel, die im Blut der beiden Opfer gefunden wurden. Na, was sagst du jetzt?«

»Schnelle und saubere Arbeit sag ich da, wie man es von dir gewohnt ist.«

»Das ist aber noch nicht alles. Ich habe außerdem herausgefunden, dass diese Doktor Steinmayer für ihren Vater eine Lagerhalle auf der Alb gekauft hat. Die sollten wir uns vielleicht mal genauer anschauen. Da hätten wir ihn doch, einen Platz, wo der Mörder beziehungsweise die Mörderin ungestört agieren konnte.«

Kommissar Schneider sprang von seinem Stuhl auf und griff nach seiner Jacke, die über der Lehne hing.

»Okay, dann lass uns diese Hütte mal genauer in Augenschein nehmen.«

Wie durch Watte hörte Liliane Rebeccas Stimme, konnte aber nicht verstehen, was sie sagte. Sie öffnete die Augen. Alles um sie herum nahm sie nur verschwommen wahr. Immer wieder musste sie die Augen schließen. Es dauerte eine ihr endlos vorkommende Zeit, bis sich der Schleier langsam lichtete und sie auch Rebeccas Stimme wieder klarer vernahm.

»Ach Liliane, wie oft sollen wir das Spielchen wiederholen, bis wir die Geschichte durchhaben? Ich weiß nicht, ob das zu verantworten ist, so viel Schlaf- und Beruhigungsmittel in so kurzen Abständen. Außerdem haben wir durch diese unschöne Unterbrechung fast eine Stunde verloren und du möchtest doch Marie so gerne wiedersehen.«

Liliane setzte sich auf. Vor ihr auf dem Tisch stand ein Glas Wasser und sie verspürte plötzlich einen brennenden Durst. Sie nahm das Glas und trank es mit einem Zug aus.

»Also, je aufmerksamer du zuhörst und je weniger du mich unterbrichst, umso schneller können wir zu Marie gehen.«

Liliane sah ein, dass sie keine Chance hatte, aus dieser schrecklichen Situation herauszukommen, und ergab sich ihrem Schicksal.

»Nach dem Abitur«, setzte Rebecca ihre Erzählung fort, »war für mich klar, dass es nur ein Studium für mich geben würde, nämlich das der Medizin. Mein nächstes Etappenziel war, Chirurgin zu werden. Ich musste doch so viel wie möglich über den menschlichen Körper erfahren, insbesondere über Anästhesie. Sicherlich fragst du dich, warum ich dann den Aufwand betrieb, Chirurgin zu werden, wenn mein großes Interesse der Anästhesie galt. Leichte Antwort. Sicherlich ein wichtiger Job. Aber ich wollte eine wichtigere Rolle spielen, als nur auf die Beatmung und Sauerstoffsättigung zu achten, wenn ich im OP stand. Ich wollte die Hauptrolle. Entscheidende Schnitte mit dem Skalpell ausführen, die über Leben und Tod entscheiden.

Ich wollte gut werden, Liliane, und ich bin gut geworden. In Amerika, in der Klinik, in der ich arbeite, bin ich eine angesehene Chirurgin. Was man nicht alles erreicht, wenn man sich nur Mühe gibt und ein Ziel vor Augen hat. Und ich war auch sehr ausdauernd und wissbegierig, was euer Leben betraf. Immer wieder bin ich zwischendurch nach Deutschland geflogen, um mich über euch auf dem Laufenden zu halten. Was ihr so macht und wo ihr lebt. Meine Familie hab ich bei der Gelegenheit natürlich auch besucht. Die dachten allerdings, ich komme in erster Linie ihretwegen, aber mein Hauptinteresse galt natürlich euch. Wenn ich mich in den Staaten aufhielt, übernahm ein exzellenter Privatdetektiv die Überwachung hier in Deutschland für mich. Er hat mir regelmäßig Bericht erstattet und somit war ich, was euch betraf, immer bestens informiert.«

Liliane machte ein erschrockenes Gesicht. Nie hätte sie damit gerechnet, so überwacht werden zu können, ohne dies zu bemerken. Sie fröstelte.

»Nun, soviel zu meinem beruflichen Werdegang.«

Rebecca ließ sich nicht ablenken.

»Kommen wir jetzt zu Wasserleiche Nummer eins. Susan. So zart, so sensibel. Wie schon erwähnt hatte sie sich aufgrund ihrer Beichte einen Pluspunkt bei mir verdient. Deshalb durfte sie uns als erste verlassen. Du musst dir das einmal vorstellen, Liliane, ohne ihr Geständnis wäre ich mein Leben lang unwissend geblieben. Sie wäre sicher daran zerbrochen, hätte ich eine von euch zuerst drangenommen. Ich wusste, ihr anderen seid stärker. Das war also mein Bonus für Susan. Jetzt war keiner mehr da, der sonst noch einen Bonus verdient hätte. Eigentlich war mein ursprünglicher Plan, Julia am längsten leiden zu lassen, weil sie damals am Weiher diejenige war, die verhindert hat, dass eine von euch schneller reagieren konnte. Außerdem war sie schon damals die Hochnäsigste von euch allen. Aber ich bin auch nur ein Mensch und meine Gefühle haben mich überwältigt. Meine Wut auf Julia war so groß, dass ich meine ursprünglichen Pläne, wie ich strategisch vorgehen wollte, über Bord geworfen habe. Also wurde sie zur Wasserleiche Nummer zwei.«

Liliane lief es vor so viel Hartherzigkeit erneut kalt den Rücken hinunter, sie versuchte aber, sich dies nicht anmerken zu lassen.

»An dem Abend, als ich Susan überraschte, ist mir der Zufall zu Hilfe gekommen. Ich hatte eigentlich nicht explizit diesen Abend ausgewählt, aber günstiger konnte es für mich nicht laufen. Ich hatte mir die Woche freigenommen, war nach Deutschland geflogen und wohnte in dieser Zeit bei meinen Eltern. Ab und zu benutze ich auch deren Wagen. Nicht aber an diesem Abend. Ich hatte mir ein Taxi bestellt und ließ mich von dem Fahrer an einem Restaurant in Metzingen absetzen. Das lag zwar ein beträchtliches Stück von Susans Haus entfernt, aber ich trug flache und bequeme Schuhe und war damit auch für eine weite Strecke zu Fuß gewappnet. Ich hatte Susan während dieser Woche schon mehrfach beobachtet. Und wie immer bei meinen Ausflügen, wenn ich euch auf den Fersen war, hatte ich in meiner Tasche einiges dabei, was nicht unbedingt zur Grundausstattung einer Handtasche gehört. Aber ich bin gerne vorbereitet. Als ich mich an diesem Abend schon eine ganze Weile in der Nähe von Susans Haus versteckt aufhielt, konnte ich beobachten, wie ihr beide euch voneinander verabschiedetet habt. Ach Liliane, weißt du, was das für ein erhabenes Gefühl ist, in diesem Moment etwas zu wissen, woran du nie im Traum gedacht hättest? Wenn alles gut ging, würdest du Susan nach diesem Abend nie wieder lebend sehen. Aber das nur so nebenbei. Nicht lange, nachdem du abgezogen warst, hörte ich durch die geöffneten Fenster, wie sich Susan und ihr Mann, Andreas heißt er, wenn ich mich nicht irre, furchtbar stritten. Nach einiger Zeit kam er aus dem Haus gerannt und fuhr wie ein Verrückter mit dem Wagen davon. Ich habe noch eine kurze Zeit in meinem Versteck abgewartet und bin dann zur Kellertür geschlichen. Mit dem dämlichen Bewegungsmelder hatte ich allerdings nicht gerechnet. Ich zuckte kurz zurück, als das Licht über der Kellertür anging. Doch auch dieses Problem ließ sich lösen. Ein gezielter, kurzer Schlag mit meiner Taschenlampe und es war dunkel. Der damit verbundene Krach hielt sich glücklicherweise in Grenzen. Du fragst dich wahrscheinlich, Liliane, warum die Kellertür mein Ziel war. Ganz einfach: Durch die wirklich außergewöhnlich guten Recherchen meines Privatdetektivs habe ich von dem versteckten Hausschlüssel hinter dem Ziegelstein gewusst. Bei einer seiner Observationen hatte er mitbekommen, wie Susan sich ausgesperrt hatte. Kurz darauf nahm er mit einem Mitarbeiter des Schlüsseldienstes Kontakt auf, der ihr in dieser misslichen Lage geholfen hatte. Durch geschicktes Nachfragen und ein wenig Schauspielerei konnte er dem guten Mann entlocken, dass er ihr geraten hatte, einen Ersatzschlüssel außerhalb des Hauses zu deponieren. Also ging er auf die Suche und wurde fündig. Ich fand den losen Ziegelstein ohne Probleme. Mein Freund, der Detektiv, hatte mir ein hübsches, kleines Foto von der Kellerwand gemacht und mir mit einem Kreuzchen den Ziegel markiert, hinter dem der Schlüssel versteckt war. Ich schloss also die Kellertür auf und legte den Ersatzschlüssel wieder zurück an seinen Platz.«

Rebecca war inzwischen aufgestanden und sah herablassend auf Liliane herunter, die sich instinktiv mit der flachen Hand vor die Stirn schlug. Natürlich, das erklärte die Scherben vor der Kellertür, über die sie sich gewundert hatte, als sie Susan in dieser Nacht nach ihrem panischen Anruf aufsuchen wollte.

»Im Schein meiner Taschenlampe«, sprach Rebecca weiter, »bin ich vorsichtig durch alle Räume des Hauses gegangen, bis ich Susan in ihrem Schlafzimmer ausfindig machte.

Sie hat mich nicht einmal kommen hören, so aufgewühlt war sie von dem vorangegangenen Streit. Sie weinte heftig. Jetzt musste alles sehr schnell gehen. Ich wusste ja nicht, ob ihr Mann womöglich gleich zurückkommen würde. Ein Griff von hinten, mein mit Chloroform getränktes Tuch über Nase und Mund, ein paar Sekunden nur, dann war sie weg. Ich musste schon eine Menge Kraft aufbringen, um sie die Stufen hinunterzuschleppen. Man sollte es nicht für möglich halten, wie schwer ein Mensch werden kann, wenn er ohne Bewusstsein ist. Selbst so ein kleines, schmales Persönchen wie Susan hatte plötzlich ein unheimliches Gewicht. Aber es ist erstaunlich, Liliane, welche Kräfte man mobilisieren kann, wenn man etwas wirklich will.«

Liliane versuchte, dem überheblichen Blick, den Rebecca in diesem Moment aufsetzte, auszuweichen, was ihr aber nur halbwegs gelang. Während Rebecca sich zurück in den Sessel setzte, nahm sie ihre Schilderung wieder auf.

»Und ich hatte noch mehr Glück an diesem Abend. Da es einen direkten Zugang von Susans Haus in die Garage gibt, musste ich nicht einmal darauf achten, dass mich draußen nicht irgendjemand sieht, während ich Susan auf die Rücksitzbank ihres eigenen Wagens verfrachtete. Ohne diesen Garagenbonus wäre das schwierig geworden, denn es war Vollmond in dieser Nacht und vom Schutze der Dunkelheit konnte keine Rede sein. Mit Susan in ihrem Auto fuhr ich nach Bad Urach, dann auf die Alb und über Landstraßen und Feldwege in mein abgelegenes Versteck. Dort konnte ich ungestört das tun, wozu ich nun zu tun bereit war. Es handelt sich um eine alte Lagerhalle mit einem Wellblechdach, die etwas außerhalb eines kleinen Dorfes liegt. Sie gehört mir. Ich habe sie schon vor Jahren für meinen Vater gekauft. Kurze Zeit, nachdem er in Rente gegangen war, fiel ihm zu Hause die Decke auf den Kopf. Er hatte sein Leben lang immer viel gearbeitet und war es nicht gewohnt, den lieben langen Tag nur zu Hause herumzusitzen.

Also machte ich ihm den Vorschlag, er könne sich doch nun endlich seinem Hobby widmen und an alten Autos herumschrauben. Er war begeistert. Es war allerdings gar nicht so einfach, ein geeignetes Objekt zu finden. In der Nähe der Wohnung meiner Eltern war einfach nichts zu bekommen. Auf der Alb sind wird dann endlich fündig geworden. Nach langem Zureden konnte ich ihn auch davon überzeugen, dass es für ihn keine Demütigung war, wenn ich die Kosten für die Halle und das Grundstück übernehme. Die Halle hatte alles, worauf es meinem Vater ankam. Ohne Probleme konnte er mehrere Wagen gleichzeitig darin unterstellen und durch das große Schiebetor auch größere Fahrzeuge mühelos ein- und ausfahren. Neben einem Stromanschluss und fließend Wasser gab es außerdem ein großes betoniertes Wasserbecken, das mir später von Nutzen war. Lange Zeit ging alles gut und mein Vater war glücklich. Doch dann erlitt er einen schweren Bandscheibenvorfall und er musste sein Hobby aufgeben. Das machte mich einerseits traurig, andererseits war nun der Weg frei, die Halle für meine eigenen Zwecke umzubauen. Das habe ich jedes Mal getan, wenn ich zu Besuch hier war und euch gerade nicht beobachtet habe. Die zwei alten Autos, die noch in der Halle herumstanden, störten mich nicht weiter. Ich trennte den Bereich mit dem Wasserbecken zu einem kleinen separaten Raum ab. Ansonsten stellte ich nur noch eine höhenverstellbare Liege auf, so eine wie sie in Rettungswagen benutzt wird. Auf weiteres Inventar konnte und wollte ich getrost verzichten. Schließlich sollte der Raum so unauffällig wie möglich erscheinen für den Fall, dass sich jemand unbefugt Zutritt verschaffen würde.«

Rebecca stand wieder vom Sessel auf und begann, in Maries Wohnzimmer hin und her zu gehen, ohne jedoch angespannt zu wirken.

»Doch nun zu Susan. Als ich mit ihr an der Lagerhalle ankam, öffnete ich das große Rolltor, fuhr mit dem Wagen hinein und hob sie vom Rücksitz heraus. Langsam schien sie das Bewusstsein wiederzuerlangen. Ich beeilte mich, sie auf die Liege zu legen und ihre Arme und Beine zu fixieren. Wenn sie gleich zu sich kam, sollte sie nicht in der Lage sein, sich großartig bewegen, geschweige denn flüchten zu können. Ich hätte natürlich dafür sorgen können, dass sie aus ihrer Bewusstlosigkeit überhaupt nicht mehr aufwacht. Aber was wäre ihr und mir dabei entgangen. Nein, so hatte ich mir das nicht vorgestellt. Sie sollte doch schließlich sehen und begreifen, wer ihr gleich das Leben nahm, und ich wollte in ihre Augen sehen, wenn sie es begriff. Ich war gerade dabei, die Spritze mit dem Opioid aufzuziehen, als ihre Lider zu flattern begannen. Die Lampe über der Liege blendete sie, also schwenkte ich den Arm der Leuchte etwas zur Seite. Susan schlug etwas schwerfällig die Augen auf und sah nach oben an die Decke. Sie wollte sich aufsetzen und bemerkte, dass ihre Arme und Beine festgebunden waren. Anscheinend hat sie schnell begriffen, wie aussichtslos ihre Lage war. Ich konnte fühlen, wie Panik in ihr aufstieg. Sie drehte den Kopf in alle Richtungen und ihre stahlblauen Augen suchten wirr die Umgebung um sie herum ab. Dann sah sie mich. Ihre Stimme zitterte und sie fing an zu weinen. Schluchzend fragte sie mich, wer ich sei. Da nahm ich einen Stuhl und setzte mich dicht an ihre Seite. Angstvoll starrte sie mich an. Ich konnte förmlich hören, wie ihr Gehirn auf Hochtouren arbeitete, um herauszufinden, wer vor ihr saß und sie quälte. Wenn sie sich ein bisschen anstrenge, komme sie sicher selbst darauf, habe ich ihr auf ihre unausgesprochene Frage geantwortet. Und tatsächlich, keine zwei Sekunden später kam ihr mein Name über die blassen Lippen. Ihre Mimik veränderte sich, sie schien sehr entsetzt. Natürlich wollte sie von mir wissen, was ich jetzt mit ihr vorhabe. Und selbstverständlich habe ich sie darüber aufgeklärt. Nicht auf die fachlich-medizinische Schiene wie in der Diskussion mit einem qualifizierten Kollegen, sondern so, dass es auch ein Laie verstehen kann. Alles andere wäre nicht fair gewesen. Sie sollte ja kapieren, was gleich mit ihr passiert. An ihrer Reaktion konnte ich erkennen, dass sie mich verstanden hatte. Ihr Weinen ging in ein Schreien über und sie flehte mich an, ihr nichts zu tun. Ich legte meine Hand auf ihre Brust, ihr Herz schlug wie verrückt. Wie bei einer kleinen Maus. Weißt du, Liliane, bei kleinen Säugetieren schlägt das Herz um ein Vielfaches schneller als beim Menschen. Genau in dieser Minute hatte Susan solch ein kleines Mäuseherz. Unweigerlich musste ich lächeln, denn gleich würde es für immer aufhören zu schlagen. Ein kurzer Stich in ihre Halsmuskulatur und ihr Schicksal nahm seinen Lauf.«

Während Rebecca sich bei diesen Worten hämisch lächelnd wieder setzte, zuckte Liliane zusammen, als sei sie selbst gerade gepikst worden.

»Es dauerte eine Weile, bis Susan spürte, was ich ihr zuvor erklärt hatte. Jeder einzelne Muskel ihres Körpers, der sich kopfabwärts befand, entspannte sich. Ich wartete ab, bis sie völlig bewegungsunfähig war und sich nicht mehr wehren konnte. Dann löste ich die Bremse der Liege und schob sie dicht an das Wasserbecken heran. Ich löste die Fixierungsbänder an ihren Armen und Beinen und zog dann Susan von der Liege direkt ins leere Becken. Zugegeben, da musste ich etwas grob werden. Ich hatte dir ja schon erklärt, wie schwer ein Mensch wird, wenn er bewusstlos ist. Das ist bei totaler Bewegungsunfähigkeit nicht anders. Doch Susan konnte es egal sein, sie fühlte in diesem Moment ja keine Schmerzen mehr. Und für mich war es so einfacher – ohne großen Kraftaufwand. Dann habe ich den Abfluss mit einem Gummipfropfen verschlossen und ließ das Wasser einlaufen. Ich hockte mich am Beckenrand nieder und beobachtete, wie das Wasser langsam und konstant immer höher stieg. Natürlich schrie sie am Anfang wie von Sinnen, aber nur für wenige Augenblicke.

Da Susan relativ flach in ihrem, nennen wir es mal, Betonsarg lag, hat das Wasser ihr Gesicht relativ schnell erreicht. Als das Wasser ihren Mund umspielte, hatte sie ganz andere Sorgen und keine Energie mehr fürs Schreien. Sie prustete und schnappte verzweifelt nach Luft. Ihre Augen waren weit aufgerissen. Dann floss das Wasser in ihre Nasenlöcher. Ich konnte förmlich dabei zusehen, wie sie ihr Leben aushauchte. So wie ich es mir ersehnt hatte.«

»Oh mein Gott!«, platzte es aus Liliane heraus, obwohl sie es sich fest vorgenommen hatte, Rebeccas Redefluss nicht noch einmal zu unterbrechen.

»Willst du nun die ganze Geschichte hören, Liliane, oder nicht?«, wies Rebecca sie unwirsch zurecht.

»Doch«, antwortete Liliane kleinlaut und klammerte sich an einem Sofakissen fest.

»Dann unterbrich mich nicht noch einmal«, sagte Rebecca und hob warnend ihren rechten Zeigefinger.

»Als ich den letzten Akt ausgekostet hatte, zog ich Susan aus dem Becken und legte sie auf den Boden. Nachdem ich ihre Augenlider geschlossen hatte, sah es fast so aus, als würde sie nur schlafen. Abgesehen von der abnormen Blässe erinnerte nichts daran, was für Qualen sie noch vor ein paar Sekunden durchgestanden hatte. Die ganze Aktion hatte nun doch eine beträchtliche Zeit gedauert und draußen war es bereits hell geworden. Also musste ich mit Susan in meinem Versteck ausharren, bis es wieder dunkel wurde. Am helllichten Tag eine Leiche durch die Gegend zu schleifen, wäre wohl nicht besonders schlau gewesen. Die Stunden bis dahin habe ich gelesen, außerdem habe ich unsere Susan ein wenig präpariert und hübsch gemacht. Mit einem Tuch um ihren Kopf fixierte ich ihren Kiefer, damit er nach der Leichenstarre nicht offen stand. Ihre blonden Locken kamen besonders gut zur Geltung, da sie genügend Zeit hatten, an der Luft zu trocknen. Bei ihren Händen half ich später am Weiher mit etwas Sekundenkleber nach, damit sie so gefaltet blieben, wie ich es mir vorgestellt habe. Ich wollte doch, dass Susan hübsch aussah, wenn man sie fand. Als es dann dunkel wurde, rollte ich ihren leblosen Körper vom Boden auf die verstellbare Liege und von dort in den Kofferraum ihres Wagens. Dann bin ich mit ihr zum Weiher gefahren. Dort blieb ich zuerst noch eine Weile im Auto sitzen und habe die Umgebung beobachtet. Ich musste ja auf Nummer sicher gehen, dass ich alleine war. Als ich sie dann vom Wagen bis an die vorgesehene Stelle am Ufer des Weihers geschleppt habe, hat mich das noch einmal richtig viel Kraft gekostet. Du ahnst sicher schon, welche Stelle ich für Susan ausgesucht habe, das dürfte dir eigentlich nicht allzu schwerfallen.«

»Wie um Himmels Willen konntest du nur so etwas Grausames tun, Rebecca?«

Liliane rannen jetzt Tränen über ihr Gesicht.

»Ich bitte dich, Liliane.« Rebeccas Stimme klang zynisch. »Du beschwerst dich bei mir darüber, dass mein Vorgehen grausam sei, dabei habt ihr dasselbe meinem Bruder angetan. Auge um Auge, Liliane.«

Liliane sah ein, dass es keinen Sinn machte, mit Rebecca zu diskutieren. Sie war eindeutig wahnsinnig und hatte keinen Sinn für Recht oder Unrecht. Ihr ganzes Denken und Handeln war nur auf eines ausgerichtet, ihre Rache, und dies schon seit Jahren.

»Bschscht.« Rebecca hob ihren Zeigefinger an ihre Lippen. »Hör jetzt auf zu weinen. Jetzt reden wir doch noch über deine andere Freundin, Wasserleiche Nummer zwei.«

»Ich möchte das nicht hören, du krankes Miststück.«

Liliane hielt sich mit beiden Händen fest die Ohren zu.

Rebecca stand auf, beugte sich zu Liliane über den Glastisch, zog ihr mit einem Ruck die Hände vom Kopf weg und hielt diese fest umklammert. Durch die vielen Medikamente, die Rebecca ihr injiziert hatte, besaß Liliane kaum die Kraft, sich dagegen zu wehren.

»Und wie du dir das anhören wirst.« Rebeccas Stimme klang jetzt sehr gehässig. »Du wirst es dir anhören oder du wirst von Marie nie wieder etwas zu sehen bekommen, das schwöre ich dir. Außerdem bin ich etwas enttäuscht, so wenig Interesse am Schicksal deiner Freundinnen, also wirklich, Liliane.«

Sie ließ Lilianes Hände mit einem verächtlichen Blick ruckartig los und setzte sich wieder auf ihren Sessel.

»Also denn, kommen wir zu Julia, der Oberzicke. Ach, wie schnell so ein schönes Wochenende im Schnee enden kann und eine ganz andere Richtung einschlägt, nicht wahr?«

Liliane blieb stumm. Sie hielt jetzt ihre Arme vor der Brust verschränkt, als würde sie frieren. Sie konnte diese Frau nicht mehr ansehen, ihr Blick starrte ins Leere.

»Ich wusste natürlich von eurem Ausflug in den Bayerischen Wald, ich wusste es in jedem Jahr. Aber in diesem Jahr fuhr ich euch nach. Mir gefiel die Idee besonders gut, Julia mitten aus eurer idyllischen Dreisamkeit zu reißen. Vor allen Dingen jetzt, als ihr euch gegenseitig so tapfer in eurer Trauerarbeit wegen Susan unterstützt habt. In jener Nacht kam mir der Schneesturm natürlich wie gerufen. Kein Mensch würde sich in dieser Nacht freiwillig vors Haus trauen. Ich war gut vorbereitet, ich trug einen Schneeanzug und Schneeschuhe und hatte einen großen Holzschlitten dabei, auf dem ich Julia relativ problemlos bis zu meinem Auto transportieren konnte. Um lästige Spuren musste ich mir auch keine Sorgen machen. Bis jemand ihr Verschwinden bemerkte, hatten der Schnee und der Sturm längst alle Spuren von mir oder den Schlittenkufen wieder überdeckt oder zugeweht. Ich hatte mich ganz in der Nähe eurer Hütte versteckt, um zu beobachten, wann die Luft für mich rein wäre, mir Julia zu schnappen. Nachdem ihr das Licht gelöscht hattet, wartete ich noch eine Weile ab. Ich wollte einigermaßen sichergehen, dass ihr eingeschlafen seid. Dann habe ich mich vorsichtig an die Holzläden der Fenster von Julias Zimmer herangeschlichen. An die Verriegelung dieser Fensterläden kommt man im Erdgeschoss der Hütte nur von außen heran, aber das weißt du ja selbst. Ich habe einfach den kleinen Eisenriegel, der die beiden Läden zusammenhält, geöffnet. Durch den Sturm in dieser Nacht wurden sie aufgerissen und haben polternd auf- und zugeschlagen.«

Liliane musste daran denken, wie die Fensterläden in Maries und ihrem Zimmer in derselben Nacht geklappert hatten. Allerdings war in ihrem Fall nur der Sturm schuld, bei Julia hingegen hatte Rebecca nachgeholfen.

»Und schon funktionierte mein Plan«, hörte sie Rebecca sagen. »Ich liebe es, wenn alles reibungslos verläuft. Auch im Operationssaal. Wenn bei einer meiner OPs nicht alles glatt läuft, kann ich zur Furie werden. Davon weiß das assistierende Personal ein Liedchen zu singen. Aber lassen wir das jetzt. Ich konnte also sehen, wie in Julias Zimmer das Licht anging. Keine Minute später öffnete sich die Eingangstür und Julia trat im Schlafanzug und mit ungebundenen Wanderstiefeln an ihren Füßen heraus in den Schnee. Der starke Wind wirbelte Hunderte Schneeflocken in die Hütte. Julia ging ums Haus herum bis zu den klappernden Fensterläden. Als sie diese gerade schließen wollte, trat ich von hinten an sie heran. Genau wie bei Susan habe ich ihr ein mit Chloroform getränktes Tuch über Nase und Mund gepresst. Kurz darauf sackte ihr schlaffer Körper zusammen und fiel mir in die Arme. Nachdem ich die Tür zu eurer Hütte zugemacht hatte, schleppte ich Julia zu meinem Schlitten und band sie mit Gurten darauf fest. Mit meiner gut verschnürten Fracht im Schlepptau bin ich durch den Schneesturm gestapft. Die winzigen Eiskristalle, die mir ins Gesicht peitschten, haben sich auf meiner Haut wie tausend Nadelstiche angefühlt. Aber das habe ich gerne in Kauf genommen. Mein Auto hatte ich relativ weit entfernt vom Feriendorf am Rand einer kleinen Ortschaft abgestellt. Als ich mit Julia dort angekommen war, habe ich sie auf den Beifahrersitz gesetzt, die Lehne ein wenig nach hinten geschraubt und ihr den Sicherheitsgut angelegt. Und schon sah Julia wie eine ganz normale, schlafende Beifahrerin aus. Danach verstaute ich den Schlitten im Kofferraum. Noch bevor ich startete, stellte ich fest, dass die Wirkung des Chloroforms nachließ. Nach dem langen Fußmarsch von eurer Hütte bis zu meinem Auto war das auch nicht verwunderlich. Also habe ich ihr noch etwas Schlafmittel injiziert, um ohne Störungen vom Bayerischen Wald auf die Schwäbische Alb zu kommen. Obwohl ich Schneeketten aufgezogen hatte, war es gar nicht so leicht, in dieser Nacht voranzukommen. Die Scheibenwischer hatten große Mühe, die Frontscheibe einigermaßen frei zu halten. Nachdem ich ungefähr eine halbe Stunde gefahren war, legte sich wenigstens der Sturm und es schneite nur noch. Aber ich habe es geschafft. Wir beide und das Auto erreichten unbeschadet meine alte Lagerhalle.«

Liliane räusperte sich, weil sie glaubte, durch den immer dicker werdenden Kloß in ihrem Hals keine Luft mehr zu bekommen. Sie konnte sich bereits vorstellen, was Rebecca ihr gleich schildern würde.

»Nachdem ich sie genau wie Susan auf meinem OP-Tisch, der Liege, festgebunden hatte, wartete ich«, fuhr Rebecca ungerührt fort. »Als Julia langsam zu sich kam, saß ich genau neben ihr. Ich wollte, dass das erste, was sie zu sehen bekam, wenn sie die Augen öffnete, mein Gesicht war. Natürlich konnte sie nicht sofort klar sehen. Schließlich hatte sie einiges an Schlafmitteln intus. Während der langen Autofahrt hatte ich unterwegs kurz anhalten müssen, um ihr doch nochmals eine zusätzliche Dosis zu verabreichen. Das hat die Wirkungsdauer natürlich verlängert. Als sich dann aber der Schleier über ihren Augen geklärt hatte, zuvor hat sie mehrmals nach dir und Marie gerufen, erkannte Julia mich erstaunlicherweise sofort. Selbst jetzt, als sie hilflos auf dieser Liege vor mir lag, meinte ich, ihre Arroganz spüren zu können. Ihre Worte klangen flehend, aber in ihren Augen konnte ich diese Verachtung lesen, die sie schon damals in unserer Jugendzeit für mich empfunden hatte. Aber jetzt lag ihr jämmerliches Leben in meiner Hand. Unnötig, dir nochmals zu erklären, wie ich danach vorgegangen bin. Dies spielte sich ab wie bei Susan. Warum sollte ich eine Technik verändern, die sich beim ersten Mal wunderbar bewährt hatte? Okay, vielleicht lief es nicht exakt genauso ab. Ich muss zugeben, mein Hass auf Julia war einfach größer als auf Susan. Also habe ich bei ihr den Hahn zugedreht, als der Wasserspiegel kurz davor war, ihre Nasenlöcher zu erreichen. Ich habe ihr Dinge gesagt, die sie hoffen lassen mussten, das könne vielleicht doch noch nicht ihr Ende sein. Dinge, die die Hoffnung in ihr weckten, dass ich sie vielleicht sogar gehen lassen würde. Doch dann habe ich den Wasserhahn wieder aufgedreht. Der Rest ist jetzt aber wirklich wieder identisch. Denn auch bei Julia habe ich abgewartet, bis es wieder dunkel wurde, um sie an den Weiher zu bringen.«

Mit einem triumphierenden Blick lehnte sich Rebecca entspannt im Sessel zurück.

»So, meine liebe Liliane, du bist wirklich ein tapferes Mädchen gewesen. Die Lücken in der Geschichte, die für dich nach Susans und Julias Verschwinden entstanden sind, sind hiermit geschlossen.«

Liliane saß lautlos weinend auf der Couch. Ihr Körper war völlig entkräftet und sie fühlte sich hilflos und schwach. Eine große Trauer breitete sich in ihrem Inneren aus. Sie konnte nur noch daran denken, welch unvorstellbare Qualen Susan und Julia hatten erleiden müssen. Wie viel Angst mussten sie gehabt haben, als sie in der Lagerhalle zu sich gekommen waren und langsam begriffen, was Rebecca mit ihnen vorhatte. Ihr gegenüber saß eine Bestie, eine kranke Bestie.

Plötzlich klingelte es an der Tür. Rebecca erhob sich ohne Hast von ihrem Sessel, kam auf Liliane zu, legte ihre Hand unter deren Kinn und hob ihren Kopf nach oben, bis sie in Lilianes tränenfeuchtes Gesicht blicken konnte. In diesem Augenblick hämmerten Fäuste gegen die Eingangstür und Liliane fuhr vor Schreck zusammen. Die energische Stimme eines Mannes drang bis zu ihnen ins Wohnzimmer.

»Polizei, machen Sie sofort die Tür auf!«

Liliane saß noch immer auf dem Sofa und verstand nicht so recht, was gerade um sie herum geschah.

»Hier trennen sich nun für immer unsere Wege, Liliane.«

Rebeccas Stimme klang ruhig und entschlossen.

»Ich habe zu Ende gebracht, was ich mir vor vielen Jahren vorgenommen habe.«

Abermals hämmerte es gegen die Wohnungstür. Liliane war sich sicher, dass die Polizei jeden Augenblick die Tür aufbrechen und die Wohnung stürmen würde. Rebecca blieb in einer beängstigenden Weise ruhig und gelassen.

»Deine Strafe wird sein, dass du mit all dem leben musst, genauso wie ich es geplant habe.«

Sie ließ Lilianes Kinn aus ihrer Hand gleiten und ging ohne Hast um die Ecke im Flur in die Richtung der Wohnungstür. Plötzlich peitschte der ohrenbetäubende Knall eines Pistolenschusses durch die Wohnung. Liliane zuckte kaum zusammen. Es war, als hätte sie darauf gewartet.

Fast zeitgleich sprengte die Polizei die Tür auf und mehrere Beamte stürmten herein. Zügig verteilten sie sich in der gesamten Wohnung. Einer kam sofort auf Liliane zu und setzte sich neben sie.

»Sind Sie verletzt?«

Sie sah in ein bekanntes Gesicht. Kommissar Schneiders Stimme klang besorgt. Langsam, fast wie in Zeitlupe schüttelte sie den Kopf.

»Das Miststück hat sich erschossen«, sagte Liliane mit ruhiger Stimme.

Frank Schneider nickte.

»Sie liegt hier vorne im Flur mit einer Kugel im Kopf. Kommen Sie, Frau Kramer, ich werde Sie hier rausbringen. Ihr Mann steht draußen vor der Wohnung und wartet auf Sie.«

Schneider gab einem seiner Kollegen ein Zeichen, Rebeccas Leiche abzudecken. Dann half er ihr hoch, Liliane stützte sich auf ihn. Ihre Beine waren schwach. Es kam ihr vor, als hätte sie eine Ewigkeit auf diesem Platz gesessen. Außerdem machten ihr die Medikamente, die Rebecca ihr verabreicht hatte, noch immer zu schaffen. Kaum stand sie auf ihren wackeligen Beinen, hörte sie, wie ein Polizist im Eingangsbereich anordnete, dass diese Wohnung von zivilen Personen nicht betreten werden dürfe.

Sie wusste sofort, wem diese Worte galten. Sie wusste aber auch, dass niemand Martin davon abhalten konnte, nach seiner Frau zu sehen. Er stürmte an den Beamten vorbei ins Wohnzimmer und nahm Liliane in seine Arme. Lange klammerte sie sich an ihm fest, hatte sie doch noch vor wenigen Minuten nicht mehr daran geglaubt, ihn jemals wiederzusehen.

»Komm mein Schatz, lass mich dich nach Hause bringen.«

Liebevoll strich Martin ihr über die Wange. Liliane sah ihn mit großen Augen an.

»Ich werde nirgendwohin gehen, solange ich nicht weiß, wo Marie ist. Wir müssen sie finden. Rebecca sagte mir, es gehe ihr gut und sie würde mich später zu ihr bringen.«

Liliane sah sich im Wohnzimmer um, ihre Augen suchten den Raum ab. Der Kommissar war nirgendwo zu sehen. Sie löste sich aus Martins Armen und rannte in die Eingangsdiele, um nach ihm zu suchen. Beinahe wäre sie dabei über Rebeccas toten Körper gestolpert, der mit einem grauen Tuch bedeckt im Flur lag. Liliane blieb kurz stehen und starrte wie hypnotisiert auf den blutgetränkten

Fleck, der sich um Rebeccas Kopf abzeichnete und langsam immer größer wurde. Schneider war auch hier nicht zu finden.

Sie drehte sich wieder um und ging zurück ins Wohnzimmer, von wo aus ein kleiner Flur zum Schlafzimmer und Bad führte. Aufgeregt rief sie nach dem Kommissar.

Plötzlich stand er vor ihr. Abrupt wurde sie von ihm vor der Badezimmertür gestoppt.

»Hier können Sie jetzt nicht herein, Frau Kramer.«

Energisch drückte er Liliane ein Stück zurück in den Flur. Sie sah ihn mit vor Angst erstarrten Augen an.

»Warum darf ich nicht ins Badezimmer? Ist Marie dort drin?«

»Lassen wir die Leute da drin ihre Arbeit tun«, gab er ihr zur Antwort, ohne auf Lilianes letzte Frage einzugehen.

»Ich habe Sie etwas gefragt. Ist Marie dort drin?«

Ihre Stimme klang fordernd. Sie machte eine kurze Pause und signalisierte ihm mit einem eindringlichen Blick, dass sie auf einer Antwort bestand.

Der Beamte atmete geräuschvoll durch die Nase ein.

»Ja, sie ist dort drin.«

Liliane konnte gar nicht anders, ihre Augen füllten sich schon wieder mit Tränen.

»Und, ist sie tot? Verdammt noch mal, sagen Sie es mir, ist Marie tot?«

Gleichzeitig hämmerten ihre Fäuste auf seine Brust ein. Er griff ruhig nach ihren Händen und hielt sie einen Moment lang fest.

»Sie hat einen schwachen Puls, die Notärzte und Sanitäter tun alles, um ihr Leben zu retten.«

Noch ehe Liliane einen zweiten Versuch unternehmen konnte, ins Bad zu kommen, drängten sich die Einsatzkräfte mit einer Trage an ihr und Frank Schneider vorbei.

»Gehen Sie aus dem Weg und lassen Sie uns unsere Arbeit machen, dass ist das Einzige, was Sie im Moment für

Ihre Freundin tun können«, blaffte sie einer der Notärzte im Vorbeigehen an.

Nur einen kurzen Blick konnte sie auf Marie werfen, als die Sanitäter mit der Trage an ihr vorbeistürmten. Was sie sah, reichte jedoch aus, um zu erkennen, dass hier Sekunden über Maries Leben oder Tod entschieden. Ihr Gesicht war blutleer, ihre Lippen waren blau verfärbt, ihr Haar tropfnass. Um ihren Hals hing eine silberfarbene Kette mit einem Anhänger. Ein weißer Schmetterling.

Liliane betrat das Badezimmer. Mehrere Beamte waren dabei, Spuren zu sichern. Einer von ihnen kam auf Kommissar Schneider zu, der direkt neben ihr stand.

»Der lag neben der Badewanne auf einem kleinen Tisch«, sagte der junge Mann und überreichte dem Kommissar ein eingetütetes DIN-A4-Blatt. »Dieser Zettel ist größer als die beiden anderen, die wir bei den bisherigen Mordopfern gefunden haben, außerdem ist der hier auf beiden Seiten beschrieben.«

Frank Schneider hielt das Papier so in seinen Händen, dass Liliane es ebenfalls lesen konnte.

Wasserleiche Nummer drei, jetzt ist es vorbei!

Er drehte den Zettel um.

Liebe Liliane,

wenn du wüsstest, wie erhaben das Gefühl ist, hier mit dir zu sitzen und über das Geschehene zu plaudern, während im Badezimmer derselben Wohnung Marie langsam ihrem Schicksal entgegenschlummert. Den Ausdruck schlummern wähle ich aus einem bestimmten Grund.

Zu meinem großen Bedauern war es mir leider den Umständen entsprechend hier in der Wohnung nicht möglich, genauso vorzugehen, wie es bei Susan und Julia der Fall war.

Na ja, du weißt schon, das Weinen und Flehen. Die Möglichkeit, dass du etwas mitbekommen hättest, wäre zu groß gewesen. Also bekam Marie einen Bonus von mir. Nachdem sie erfahren hatte, was ich mit ihr vorhabe, war sie die ganze Zeit über sediert. Bedeutet, sie hat geschlafen, als sie langsam in ihrer eigenen Badewanne ertrunken ist.

Nachdem du dich während unseres Gesprächs so furchtbar aufgeregt hattest und ich dich daraufhin mit einer Injektion eine Weile ausgeschaltet hatte, habe ich im Bad den Wasserhahn aufgedreht. Aber nur minimal, damit das Geplätscher des einlaufenden Wassers möglichst nicht zu hören ist. Wie du siehst, hat es geklappt.

So viel zu Maries Ableben. Nun zu uns beiden.

Auch mein Leben geht heute zu Ende, Liliane. Dafür werde ich zu einem gegebenen Zeitpunkt sorgen. Oder hast du geglaubt, ich würde mein weiteres Leben in einem Gefängnis oder einer forensischen Klinik fristen? Nein, Liliane, ich gehe meinen Weg mit all seinen Konsequenzen. Und du? Was wirst du nun tun? Dein jämmerliches Leben weiterführen oder endlich für deine Tat Verantwortung übernehmen und es mir gleichtun?

Deine Rebecca

Liliane verschwammen die Buchstaben vor ihren Augen. Sie hatte mit einem Mal das Gefühl, als gebe der Boden unter ihren Füßen immer mehr und mehr nach, als versinke sie in Treibsand. Wie aus dem Nichts stand plötzlich Martin vor ihr, er hatte alles vom Flur aus verfolgt. Er konnte sie gerade noch auffangen, als sie das Bewusstsein verlor. Martin kam es so vor, als halte er nur ihre leibliche Hülle. Er hob Liliane behutsam hoch und trug sie schweigend aus Maries Wohnung.

Lachend tobte sie über die Wiese. Strähnen ihres langen, braunen Haars fielen ihr dabei immer wieder ins Gesicht und versperrten ihr die freie Sicht auf Susan, die bereits dicht hinter ihr war und sie beinahe zu fassen bekommen hätte, wäre Liliane nicht noch eine flinke Drehung gelungen. Ein Maulwurfshügel, den sie übersah, weil sie sich zu ihrer Verfolgerin umdrehte, brachte sie aber kurz darauf rücklings zu Fall. Abgefedert durch das hoch stehende Gras stürzte sie zu Boden.

Susan, die ihr immer noch dicht auf den Fersen war und nicht mehr schnell genug abbremsen konnte, stürzte hinterher. Sie landete auf Liliane, doch keine verletzte sich dabei. Die beiden zehn- und elfjährigen Mädchen lachten nach dem ersten Schrecken lauthals. Nebeneinander blieben sie im Gras liegen und hielten sich die Bäuche. Kurz darauf erschienen über ihnen die Köpfe von zwei weiteren Mädchen. Julia und Marie, ebenfalls lachend, halfen den beiden auf die Beine.

»Ich wäre dafür, dass wir jetzt Verstecken spielen«, schlug Marie vor.

Keine musste überredet werden. Mit Schnick, Schnack, Schnuck wurde kurzerhand ausgeknobelt, wer als erste mit dem Zählen dran war und die anderen suchen musste.

»Schere schneidet Papier. Ich bin es schon mal nicht«, rief Julia freudestrahlend, als sie im ersten Durchgang Marie als letzte von den dreien besiegt hatte.

Weitere Runden folgten, bis am Schluss nur noch Liliane und Susan übrig waren.

»Der Stein fällt in den Brunnen«, jauchzte Susan, bildete mit ihren Fingern eine Art Röhre und symbolisierte so einen Brunnen.

Also musste Liliane als erste nach den anderen suchen. Sie drehte sich mit dem Gesicht zu einem der Bäume und begann, mit geschlossenen Augen langsam zu zählen.

»Eins, zwei, drei…«

Flink wie kleine Wiesel verteilten sich die drei anderen Mädchen in der Umgebung, um das perfekte Versteck zu ergattern.

»... achtundzwanzig, neunundzwanzig, dreißig, ich komme!«

Liliane drehte sich um und schlug die Augen auf. Ihre Pupillen mussten sich einen kurzen Augenblick an das grelle Sonnenlicht gewöhnen.

Dann fing sie an zu suchen. Zuerst schlich sie um die Bäume und Sträucher herum, die in ihrer unmittelbaren Nähe standen. Als sie dort keine ihrer drei Freundinnen entdeckte, breitete sie ihren Radius langsam aus. Sie ging hinunter zum Bach, konnte aber auch dort niemanden finden. Der kleine Bach hatte bisher für ihr Versteckspiel immer die Grenze gebildet. Alles, was auf der anderen Seite lag, war als Versteck tabu. Als Liliane nun etwas ratlos am Ufer stand und sich gerade zum Gehen umdrehte, um in der anderen Richtung weiterzusuchen, hörte sie von der gegenüberliegenden Seite ein leises Kichern. Es schien von einem der kleinen Gartenhäuschen zu kommen, die dort standen.

»Hey, was soll das, ihr Spaßvögel, seit wann sind die Spielregeln geändert?«, rief Liliane in die Richtung, aus der sie das Kichern gehört hatte.

»Na wartet«, flüsterte sie leise vor sich hin, »euch krieg ich.«

Sie rannte zurück zu dem Baum, an dem sie zuvor gestanden hatte, um zu zählen. In seinem Schatten lagen ihre Getränkeflaschen, die sie mitgebracht hatten. Liliane schnappte sich eine der leer getrunkenen Flaschen, eilte damit zurück zum Bach und füllte sie mit Wasser. Danach balancierte sie vorsichtig über den schmalen Holzbalken, der beide Bachufer verband.

Auf der anderen Seite schlich sie langsam und möglichst geräuschlos zu der kleinen Hütte, die ganz in der Nähe auf einer Wiese stand. Liliane war sich sicher, dass sich Julia,

Marie und Susan gemeinsam dort versteckt hielten. Als sie sich dem Häuschen näherte, konnte sie bereits erkennen, dass die Holztür einen Spalt breit offen stand. Langsam schraubte sie den Verschluss der Flasche ab und richtete sie auf den Eingang. Gleich wäre der Überraschungseffekt auf ihrer Seite, wenn sie die drei mit dem Wasser bespritzte. Sie stieß die Tür mit einem kräftigen Schwung auf und sprang mit einem Satz ins Innere.

Kaum war sie mit den Füßen auf dem Holzboden gelandet, brach er ein. Liliane stürzte viele Meter tief in einen Abgrund.

Als sie die Augen aufschlug, lag sie zwischen den zerbrochenen Holzbrettern auf einem feuchten Lehmboden. Sie sah nach oben auf das Loch, durch das sie nach unten gestürzt war. Nur ein schwaches Licht fiel auf sie herunter, doch es reichte aus, um sich in der Umgebung umzusehen. Sie lag in einer Art Grube.

Erstaunlicherweise hatte sie sich bei dem Sturz keine größeren Verletzungen zugezogen. Nur einige Schrammen brannten in ihrem Gesicht und an den Armen. Sie warf die Bretter, die teilweise noch auf ihr lagen, zur Seite und erhob sich. Nur hier konnte sie sich ganz aufrichten. Ansonsten musste sie sich bücken, so niedrig war die Decke. Der Schacht, in den sie hinabgestürzt war, erinnerte Liliane an einen Lehmbrunnen. Doch als sie um sich blickte, machte sie eine Art Höhle aus, die aus dieser Grube herauszuführen schien. In der Ferne konnte sie ein schwaches Licht erkennen.

Langsam ging sie darauf zu. Überall um sie herum kroch und krabbelte allerhand Kleingetier, das sich in dieser feuchten, dunklen Umgebung wohlfühlte. Liliane bekam eine Gänsehaut und beschleunigte ihre Schritte.

Als sie endlich am Ende der Lehmröhre angekommen war und hoffte, gleich wieder draußen auf der Wiese zu stehen, stellte sie erstaunt fest, dass das Licht gar kein natürliches war. Leuchtstoffröhren an der Decke erhellten den limettengrünen Linoleumboden eines Krankenhausflures. Liliane war völlig durcheinander. Wo war sie hier nur hingeraten? Sie vermutete, in einen geheimen Bunker. Nur das schien Sinn zu machen. Vielleicht war er im Krieg angelegt worden, um Verwundete zu versorgen. Vorsichtig schlich Liliane den Gang entlang und rief dabei immer wieder nach ihren Freundinnen. Sie kam an vielen Türen vorbei. Doch an keiner verriet ein Schild, was sich dahinter verbarg. Also versuchte sie, eine Tür nach der anderen zu öffnen. Alle waren abgeschlossen.

Erst die elfte Tür gab, als sie die Klinke nach unten drückte, nach. Sie war unverschlossen. Liliane öffnete die Tür langsam und erschrak über das leise Knarren. Sie kniff die Augen zu und zog den Kopf ein. Das letzte, was sie wollte, war Krach machen. Sie schlug die Augen wieder auf und stand in einem Raum mit kalkweißen Wänden und einem grauen Steinboden, der ebenfalls von Neonröhren ausgeleuchtet wurde. Das Einzige, was Liliane von der geöffneten Tür aus sehen konnte, war ein bodenlanger undurchsichtiger weißer Vorgang, etwa in der Mitte des Raumes. Mit lautem Herzklopfen ging sie auf den Vorhang zu. Als sie direkt vor ihm stand, griff sie mit einer Hand in den Stoff und zog ihn beherzt mit einem Ruck zurück.

Was sie sah, ließ ihr das Blut in den Adern gefrieren. Auf drei Metallbetten lag je ein nackter blasser Frauenkörper. Quer über den Köpfen verbarg ein langes weißes Leintuch ihre Gesichter. Liliane nahm all ihren Mut zusammen und zog auch dieses Tuch beiseite.

Sie konnte den grellen Schrei, der aus ihr herausbrach, nicht zurückhalten. Sie presste sich beide Hände auf ihren Mund, doch das nützte nichts, sie schrie und schrie und schrie.

Tränen schossen in ihre Augen, gleichzeitig wurde ihr schlecht. Liliane starrte auf die Körper. Die Frauen hatten blau verfärbte Lippen und nasses Haar. Es waren Susan, Julia und Marie. Aber nicht die Kinder, mit denen sie gerade noch Verstecken auf der Wiese gespielt hatte. Sie waren erwachsene Frauen.

Liliane glaubte, den Verstand zu verlieren. Alles um sie herum begann sich zu drehen. Sie musste unbedingt hier raus, raus aus diesem Horrorzimmer. Sie drehte sich um zur Tür, um zu flüchten, und wurde abrupt gestoppt. Vor ihr stand eine große, schlanke Frau mit rotem Haar. Sie trug einen grünen langen Kittel und einen weißen Mundschutz wie Ärzte bei Operationen.

Noch ehe Liliane reagieren konnte, verspürte sie einen unbeschreiblichen Schmerz in ihrer Brust. Keine Sekunde später hielt die Rothaarige Lilianes pochendes Herz in ihrer schmalen linken Hand.

Schreiend und schweißgebadet schreckte sie hoch. Verängstigt sah sie sich um. Einen kurzen Moment lang wusste sie nicht, wo sie sich befand. Alles um sie herum wirkte befremdlich. Martin eilte ins Zimmer und griff nach ihrer Hand.

»Ganz ruhig, mein Schatz, ich bin bei dir.«

Liliane sah ihn mit angsterfüllten Augen an. Erst jetzt begriff sie, dass sie zu Hause in ihrem Bett lag. Sie versuchte, tief durchzuatmen, was ihr aber nicht richtig gelang. Wieder und wieder hatte sie diese furchtbaren Bilder vor Augen. Seit dem Tag, als Rebecca sich erschossen hatte und seitdem Marie im Koma lag, gab es für sie keinen Schlaf ohne diesen Albtraum.

Für den Bruchteil einer Sekunde keimt in ihr jedes Mal die Hoffnung, dass die Morde an ihren Freundinnen ebenfalls nur ein schrecklicher Traum gewesen wären. Aber die Wirklichkeit ließ auch dieses Mal nicht lange auf sich warten. Der Traum, den sie immer wieder träumte, war das Resultat einer grausamen Realität.

Martin reicht ihr ein Glas Wasser. Sie nippte kurz daran und stellte es danach mit leichtem Zittern in der Hand auf den kleinen Glastisch neben ihrem Bett.

»Ich habe immer und immer wieder denselben schrecklichen Traum, ich halte das nicht mehr aus.«

Martin konnte die Verzweiflung in Lilianes Augen lesen. Er streichelte ihre Wange, die ganz eingefallen war. Die letzten Tage hatten sehr an ihren Kräften gezehrt und dies sah man auch ihrem Körper an. Unter Lilianes Augen lagen breite, dunkle Schatten. Sie blickte ihren Mann fragend an.

»Susan und Julia tot, Marie im Koma, aus dem sie wahrscheinlich nie wieder aufwachen wird. Glaubst du, ich werde jemals damit weiterleben können?«

Martin strich ihr eine Haarsträhne aus dem Gesicht und sah sie liebevoll an.

»Du wirst das schaffen. Gemeinsam werden wir es schaffen. Und was Marie betrifft. Gib sie noch nicht auf. Viele Koma-Patienten sind wieder aufgewacht.«

»Wer weiß, wie lange ihr Gehirn ohne Sauerstoff war. Selbst wenn sie aufwacht, wird sie wahrscheinlich schwere Hirnschäden davontragen«, wandte Liliane mutlos ein.

»Eine Chance besteht immer«, entgegnete Martin, der sich bemühte, ihr Mut zu machen.

Liliane rieb sich mit den Fingern an den Schläfen. Sie war nicht in der Lage, den Optimismus ihres Mannes zu teilen. Sie fand, es war besser, dieses Gespräch nicht fortzusetzen.

»Seit du mich vor vier Tagen aus Maries Wohnung getragen hast, habe ich fast nur geschlafen. Wahrscheinlich liegt es an den vielen Medikamenten und der Überdosierung, die Rebecca mir verabreicht hat. Ich weiß noch nicht einmal, woher die Polizei wusste, dass Rebecca uns in Maries Wohnung festgehalten hat.«

»Da haben mehrere Faktoren eine Rolle gespielt«, erklärte ihr Martin. »Nachdem ich an dem Morgen deinen

Brief gelesen hatte, wollte ich dich kurz auf dem Handy anrufen, ich konnte dich aber nicht erreichen. Erst einmal habe ich mir nichts dabei gedacht. Du hattest mir ja auf dem Extrazettel mitgeteilt, dass du zu Marie gefahren bist. Ich nahm an, ihr wolltet ungestört miteinander reden und du hättest vielleicht deshalb dein Handy auf lautlos geschaltet oder es schlicht und einfach nicht gehört. Ich wollte es später von der Klinik aus noch einmal versuchen und das tat ich dann auch. Aber wieder meldete sich nur deine Mailbox. Ich stand kurz vor einem Kaiserschnitt und eine der Schwestern teilte mir mit, dass im OP alles bereit sei und sie nur noch auf mich warteten. Während des Eingriffes kam es zu Komplikationen. Zeitweise sah es so aus, als würde das Ganze dramatisch enden und wir würden das Kind verlieren. Deshalb war ich länger als geplant im OP. Kurz nachdem wir den Eingriff beendet hatten und sowohl das Baby als auch die Mutter außer Lebensgefahr waren, piepste mich eine Schwester an. Sie gab mir eine Handynummer, unter der ich dringend zurückrufen sollte. Ich wählte die Nummer, Bernd war am anderen Ende der Leitung. Er war total aufgeregt. Er sei mit seiner Klasse im Schullandheim und habe Marie den ganzen Tag nicht erreichen können, weder auf der Festnetznummer noch auf ihrem Handy. Zu Hause gehe der AB ran und am Handy die Mailbox. Ich berichtete ihm, dass auch ich vergeblich versucht hatte, dich zu erreichen. Da stieg Angst in mir auf. Ich musste etwas unternehmen. Ich versprach Bernd, mich bei ihm wieder zu melden, sobald ich mehr wüsste. Das einzige, was mir sinnvoll erschien, war Kommissar Schneider zu informieren. Lieber einmal umsonst die Pferde scheu machen, als mir hinterher vorzuwerfen, ich hätte nicht alles versucht, sagte ich mir. Ich hatte ohnehin schon ein schlechtes Gewissen, dass ich nicht sofort reagiert und etwas unternommen habe, nachdem ich dich das zweite Mal nicht erreicht hatte.«

Liliane beugte sich zu ihrem Mann hinüber und küsste ihn, während sie mit beiden Händen seine Wangen berührte.

»Sag nicht so was, Martin. Du warst die ganze Zeit für mich da und dafür liebe ich dich so sehr.«

»Und ich liebe dich.«

Martin nahm sie in die Arme. Er war so froh, sie bei sich zu haben und sie halten zu können.

»Ich rief also Kommissar Schneider auf seinem Handy an und teilte ihm mit, dass wir weder dich noch Marie telefonisch erreichen konnten und dass du zu Marie gefahren seist. Er versprach mir, dass er sofort seine Kollegen losschicken werde, um Maries Wohnung zu stürmen. Er selbst befand sich in diesem Moment in einer Lagerhalle auf der Alb, die dieser Rebecca gehörte, er werde sich aber sofort auf den Weg nach Metzingen machen.«

»Ich weiß von dieser Lagerhalle«, unterbrach ihn Liliane. »Rebecca hat mir davon erzählt, als sie mich gezwungen hat, ihre kranken Ausführungen anzuhören. Sie hat dort Susan und Julia umgebracht. Aber woher wusste Kommissar Schneider von dieser Halle?«

»Durch seine Kollegin Frau Hochdorfer. Bei ihren Recherchen über deinen damaligen Freundeskreis stieß sie irgendwann natürlich auch auf Rebecca Steinmayer. Frau Hochdorfer fand heraus, dass sie seit langem in den USA lebte und Ärztin geworden war. Durch detailliertere Nachforschungen kam ans Licht, dass in der dortigen Klinik, Opioide und sedierende Medikamente verschwunden sind. Außerdem hat sie Frau und Herrn Steinmayer einen Besuch abgestattet. Die stolzen Eltern wurden nicht müde, ihre sorgsame Tochter zu loben. Unter anderem hat sie für ihren Vater eine Halle gekauft, um sein Rentendasein zu bereichern, die er aber aus gesundheitlichen Gründen seit einigen Jahren nicht mehr nutzen kann. Da ist die Kripobeamtin hellhörig geworden. Diese Halle wäre ein idealer Ort für das Verbrechen, das an Susan und Julia verübt worden ist. Also haben Schneider und seine Kollegin das Gebäude überprüft, ihre Vermutung hat sich dabei bestätigt. Nach dem Anruf beim Kommissar habe ich mich auf den Weg zu Maries Wohnung gemacht. Den Rest kennst du ja. Meine Gott, Liliane, ich bin so glücklich und dankbar darüber, dass die Polizei Rebecca rechtzeitig überrascht hat und somit dein Leben gerettet wurde.«

»Überrascht? Gerettet?«, wiederholte Liliane mit gerunzelter Stirn und wand sich aus seiner Umarmung heraus. Dann sagte sie mit unüberhörbarem Hohn in ihrer Stimme:

»Glaub mir, Rebecca wurde keinesfalls von den Beamten überrascht. Ihr war klar, dass ihr anfangen würdet, nach uns zu suchen, wenn es euch längere Zeit nicht gelingt, uns zu erreichen. Und was lag näher, mich dort zu suchen, wo du mich nach meiner Notiz vom Morgen am ehesten vermuten würdest. Bei Marie! Ich bin mir ziemlich sicher, dass sie Marie schon am Morgen in ihrer Gewalt hatte und sie gezwungen hatte, mich anzurufen. Als ich kam, ließ sie die Falle zuschnappen.«

Sie sah ihren Mann durchdringend und zugleich tieftraurig an.

»Martin, glaub mir, sie hat ihr Lebensziel erreicht, das hat sie mir unmissverständlich zu verstehen gegeben. Sie wusste, dass es an diesem Tag zu Ende sein würde. Aber nur, weil sie es so wollte. Und was deine Vorstellung angeht, mein Leben sei gerettet worden, diese angebliche Rettung bedeutet für mich einen quälenden, nicht enden wollenden Schmerz. Rebecca hat mir zwei der wichtigsten Menschen in meinem Leben genommen. Auf eine solch brutale Art und Weise, wie ich es mir nie hätte vorstellen können. Marie liegt im Koma und wird mit großer Wahrscheinlichkeit Julia und Susan folgen. Mich hat sie am Leben gelassen. Zur Strafe. Das gehört alles zu ihrem kranken Plan. Sie wollte, dass ich an diesem Schmerz zerbreche. Und auch das hat sie geschafft.«

Martin nahm Liliane wieder in seine Arme. Sie ließ es teilnahmslos geschehen. Sie schwiegen. Plötzlich durchbrach das Klingeln des Telefons die Stille.

»Wir lassen es einfach läuten.«, sagte Martin.

»Aber es könnte Bernd sein, und wenn er jemanden zum Reden braucht, sollte wenigstens einer von uns beiden für ihn da sein. Geh bitte ran, Martin, sei so lieb.«

Er stand auf und hauchte Liliane einen Kuss auf die Stirn. Dann verließ er das Schlafzimmer und ging im Wohnzimmer ans Telefon.

Liliane stiegen ein paar Tränen in die Augen, während sie ihrem Mann nachsah. Als sie hörte, wie er sich meldete, setzte sich auf den Rand ihres Bettes. Einige Wortfetzen drangen vom Wohnzimmer aus an ihr Ohr, tatsächlich, es war Bernd, der anrief.

Langsam erhob sie sich vom Bett. Ihre Beine fühlten sich zittrig und schwach an. Ein kurzes Schwindelgefühl befiel sie, sodass sie sich kurz am Kopfteil des Bettgestells festhalten musste. Danach ging sie langsam hinüber zur halb offen stehenden Schlafzimmertür. Liliane machte sie leise zu und drehte den Schlüssel im Schloss herum. Sie verweilte einige Sekunden hinter der geschlossenen Tür, an die sie ihre Stirn und ihre gespreizten Hände lehnte.

Dann drehte sie sich um und ging hinüber zum Fenster. Als sie es öffnete, strömte kalte, feuchte Luft ins Zimmer. Die langen weißen Vorhänge wehten im aufkommenden Wind, als würden sie von unsichtbaren Händen gestreichelt. Liliane hatte kaum einen Blick dafür. Sie sah hinaus nach oben in den mit schwarzen Wolken verhangenen Winterhimmel. Der Vollmond verwandelte die Umgebung in eine gespenstische Kulisse.

»Ein Sturm wird kommen«, flüsterte Liliane.

Und in der Tat schien sich ein Schneegewitter anzukündigen. In der Ferne hörte sie bereits das grauenhafte Grollen des Donners, es kam näher und wurde immer lauter. Schon als Kind hatte sie dieses Geräusch gehasst und wie damals lief ihr ein kalter Schauder über ihren Körper, der gar nicht mehr so sportlich wirkte wie noch vor wenigen Tagen. Er erweckte den Eindruck, genauso müde zu sein wie ihre Seele.

Plötzlich strömte ein kräftiger Windstoß ins Zimmer und wirbelte Lilianes feines Haar wild durcheinander. Sie versuchte, tief durchzuatmen, dennoch wurde sie das Gefühl nicht los, dass ihr irgendetwas die Kehle zuschnürte. Wie in Trance nahm Liliane den kleinen Hocker, den sie benutzte, um an die oberen Fächer des Kleiderschrankes zu gelangen, und kletterte über ihn auf die Fensterbank. Langsam richtete sie sich auf. Lilianes Körper füllte das hohe, schmale Fenster aus. Sie hielt sich mit den Händen links und rechts am Fensterrahmen fest. Unter ihren nackten Füßen spürte sie den kalten Marmor. Ihr weißes, mit Spitze besetztes Nachthemd reichte ihr bis zu den Knöcheln und der einströmende kalte Wind presste es eng an ihren Körper.

Im Hintergrund hörte Liliane, wie Martin versuchte, die Schlafzimmertür zu öffnen. Offenbar hatte er das Gespräch mit Bernd beendet und wollte ihr nun darüber berichten. Liliane drehte sich nicht zur Tür um. Martin drückte mehrmals die Klinke nach unten, um ins Zimmer zu gelangen. Sie hörte seine Stimme, war aber nicht mehr in der Lage zu verstehen, was er sagte. Er klang immer besorgter und wurde lauter. Es dauerte nicht mehr lange, bis er die Tür gewaltsam öffnete. Ihr Blick war unvermindert auf die schwarzen Wolken am Himmel gerichtet.

»Verzeih mir Martin«, sagte sie leise.

Er war der Mensch, der sie zu trösten und aufzubauen wusste, wenn es ihr nicht gut ging. Doch jetzt befand sie sich an einem Punkt in ihrem Leben, an dem es keinen Trost mehr für sie gab. Nicht einmal von ihm, dem Mann, den sie über alles liebte.

»Liliane, hast du nicht gehört, Marie ist aufgewacht. Sie hat nach dir verlangt.«

Liliane zuckte unwillkürlich zusammen. Sie war nicht sicher, ob sie durch die Tür nur hörte, was sie hören wollte. Ein kurzer lauter Krach von berstendem Holz und Martin stand im Schlafzimmer. Mit aufgerissenen Augen starrte er auf seine Frau, die scheinbar ungerührt auf dem Fenstersims stand und in den dunklen Himmel hinaufblickte.

»Liliane, Schatz, bitte, bitte komm da runter.«

Mit ausgestrecktem Arm ging er langsam auf sie zu. Er bemühte sich, sein Entsetzen zu verbergen.

»Bitte, Liliane, hast du mich nicht verstanden? Marie ist aufgewacht! Sie hat keine bleibenden Hirnschäden. Sie will, dass du zu ihr kommst, sie braucht dich!«

Er schluckt trocken.

»Und ich brauche dich auch. Tu uns das nicht an.«

Liliane stand noch immer auf der Fensterbank, ohne sich zu rühren. Sie schien geistesabwesend zu sein. Martin stand hinter ihr und war nur noch etwas mehr als eine Armlänge von ihr entfernt.

»Gib mir deine Hand, Liliane, bitte!«

Als stünde sie unter Hypnose, lösten sich ihre Hände vom Fensterrahmen. Langsam hob sie die Arme in die Höhe. Martin befürchtete das Schlimmste und schrie laut auf.

Liliane schloss die Augen und fiel – rückwärts in seine Arme.

Danke!

Obwohl das Schreiben an sich eine einsame Sache ist, sind dennoch viele Menschen daran beteiligt. Manchmal auch, ohne es zu wissen.

Danke sagen möchte ich:

- Uwe, der mir während des Schreibens immer den Rücken freigehalten hat. Ich liebe Dich.
- Susanne, Bettina, Schusch, Rita, Ute, Heidi, Moni und Claudi für eine schöne Kindheit.
- Schusch, die mich bestärkt hat weiterzuschreiben, und für ihre Begleitung während der Korrekturphase.
- Gabriele Schäfer-Lehari und dem Oertel+Spörer-Verlag, die den »Weißen Schmetterlingen« eine Chance gegeben haben.
- Elga Lehari-Reichling, die als Lektorin den Schmetterlingen den richtigen und wichtigen Schliff gegeben hat.
- Dr. Gertrud Volkert, die mich ermutigt hat, nicht aufzugeben.
- Ogelwie für ihre konstruktive Kritik bei meiner ersten Privatlesung.